Anne-Marie
Brichau-Magnabosco

ERYL

Les Origines 2

<u>Les Pionniers</u>

lesedilionskark.com

« Le Code de la propriété intellectuelle et artistique n'autorisant, aux termes des alinéas 2 et 3 de l'article L.122-5, d'une part, que les « copies ou reproductions strictement réservées à l'usage privé du copiste et non destinées à une utilisation collective » et, d'autre part, que les analyses et les courtes citations dans un but d'exemple et d'illustration, « toute représentation ou reproduction intégrale, ou partielle, faite sans le consentement de l'auteur ou de ses ayants droit ou ayants cause, est illicite » (alinéa 1er de l'article L. 122-4). Cette représentation ou reproduction, par quelque procédé que ce soit, constituerait donc une contrefaçon sanctionnée par les articles 425 et suivants du Code pénal. »

ISBN : 978-2-492248-30-6

Dépôt légal : octobre 2023
© Anne-Marie Brichau-Magnabosco
Correctrice : Corine Sogurson
Illustration : Brichau Florence

<u>Du même auteur</u>
<u>Anne-Marie Brichau-Magnabosco :</u>
Le secret du Mekassænda
Le Chevalier d'Asland
Rumeurs
Le journal d'un Alien !
Mange-Cailloux
Éryl (complète) :
Les origines 1 : La Pierre Noire
Les origines 2 : Les Pionniers
L'Odyssée de Kewen 1 : Revoir Anna
L'Odyssée de Kewen 2 : Le Don
L'Odyssée de Kewen 3 : Révélations
L'Odyssée de Kewen 4 : La révolte
Les enquêtes de Philippe Montebello :
    Un village si tranquille
    Une sacrée famille
    Fusibles
    Méprises
    Impostures
    Coup de couteau
    Intolérances
    Disparitions
    Noyade
    Le gîte

<u>Du même éditeur :</u>
<u>Frédéric Sirot :</u>
Le rêve de Laura
Mosaïque
Les chroniques de Badenweiler : légendes

<u>Nicolas Rioublanc :</u>
Le passé entre les mots

<u>Sophie Richard :</u>
Instantanés

<u>Lady O'Nyme :</u>
Collègue et plus si affinité

<u>Florence Brichau :</u>
L'Enfant de la Prophétie (version intégrale ou en 2 tomes)
Renco, quand enfanter est un devoir
L'art de survivre, seuls les meilleurs y parviendront
Section Criminelle 1 : l'astrologue
Section Criminelle 2 : Misogyne
Les Chroniques d'Edenalia 1 : Eleanor
Les Chroniques d'Edenalia2 : Kylian

Prologue

Les événements du passé ont influencé l'évolution des peuples d'Éryl, le présent aurait pu être différent, mais voilà, l'histoire et son lot de péripéties ont tout chamboulé.

Robin, Geoffrey et Lholm étant arrivés des siècles plus tôt, ils furent les premiers à contribuer à la mutation des habitants de la planète, mais surtout à accélérer son évolution.

D'autres Terriens allaient bientôt débarquer sur Éryl. Certains, parce qu'ils avaient les moyens financiers d'obtenir une place dans les vaisseaux spatiaux, d'autres parce qu'ils avaient été sélectionnés pour leur capacité dans différents domaines.

Toutefois, parmi ces derniers, un nombre important n'avait pas vraiment eu le choix.

Chapitre 1

Tandis que Ludovic, Élodie et Ambre préparaient leur voyage vers Éryl, grâce à la météorite, sur Terre, le jour du départ des vaisseaux était arrivé.

Yann Khewenchk était le pilote principal du vaisseau-mère, avec Louis Roncet. Ses parents, Monsieur et Madame Khewenchk s'étaient mariés en deux mille dix-huit, il était né en deux mille vingt, sa sœur, en deux mille vingt et un, autant dire que les deux enfants n'avaient jamais connu la Terre où il faisait bon vivre. Leur enfance n'a pas été malheureuse pour autant, seulement la quiétude des années précédentes leur était étrangère. Depuis leur union, ils habitaient en région parisienne. Ils vivaient dans une habitation à loyer modéré. Leurs salaires n'étaient pas très élevés, tout juste au-dessus du salaire minimum.

Ils s'étaient privés pour donner de l'instruction à leurs enfants, survivant difficilement, sans loisirs, sans sorties, sans vacances, rien de superflu.

Leurs enfants avaient fait de brillantes études, Yann était devenu informaticien. Il avait décroché un emploi dans une grande société. Cécile était biologiste. Ces deux jeunes gens faisaient la fierté de leurs parents qui ne regrettaient pas de s'être privés pour leur donner toutes les chances de survivre.

Le frère et la sœur subirent les épreuves d'évaluation, comme tous les adultes âgés de dix-huit à cinquante ans. Ils furent sélectionnés pour participer au voyage interplanétaire. Leurs parents étaient tristes de les voir partir, mais ravis qu'ils fassent partie des heureux élus qui échapperaient à l'enfer qui s'annonçait sur Terre.

Le dernier dimanche qu'ils passèrent ensemble, le père envisagea l'avenir probable de la planète :

— Vous savez les enfants, je sais que nous ne nous reverrons jamais après votre départ.

— Hein ? Pourquoi ? réagirent Yann et Cécile.

— Parce que ce sera un voyage sans retour. Nos dirigeants nous cachent depuis des années leurs objectifs, mais si on sait regarder les choses en face, on peut facilement deviner qu'ils sont en train d'organiser des expéditions pour fuir la terre.

— Tu crois ? demanda Yann.

— Oui, crois-moi, ce n'est pas uniquement pour faire des va-et-vient avec Mars.

— ... ?

— Pour ceux qui resteront, ils font des abris, mais il n'y en aura pas assez pour tout le monde et je prévois des révoltes, des pillages, j'en passe et des meilleures. Ce ne sera bientôt plus qu'une vaste guerre civile dans nos pays dits « civilisés ». La chance, c'est que vous échapperez à tout ça.

— Mais si c'est sur Mars qu'on nous envoie, nous pourrons facilement revenir pour vous voir et vous apporter ce qui vous manquera, insista Yann.

— Nous continuerons de communiquer avec la Terre, ajouta Cécile.

— Et si vous partez plus loin ?

— Encore faudrait-il que nous ayons les vaisseaux pour !

— Je pense qu'ils sont déjà en train d'être fabriqués.

— Tu plaisantes ?

— C'est ce que dit la rumeur...

— Il faut se méfier des rumeurs, tu nous l'as toujours dit.

— Oui, mais celle-ci me semble assez réaliste...

— Je ne m'imagine pas vivre ailleurs que sur Terre, répondit Cécile.

— Nous n'en sommes pas là, pour le moment. Qui veut du café ? les interrompit la mère, que cette conversation contrariait.

Ne plus jamais revoir mes enfants, je me demande si je pourrai le supporter ! pensa-t-elle.

Yann et Cécile partirent ensemble, dix jours plus tard. Monsieur et madame Khewenchk les accompagnèrent à l'aéroport, jusqu'à la salle d'embarquement. Ils s'embrassèrent longuement, puis les jeunes gens firent un dernier petit signe de la main avant de disparaître dans le corridor qui les emmenait vers l'aventure. Une aventure dont ils ne savaient rien.

Les deux parents regardèrent l'avion s'envoler, en pensant que cette fois, leurs deux enfants quittaient définitivement le nid. Ils pleurèrent un long moment dans les bras l'un de l'autre, chacun ayant conscience qu'ils ne les reverraient plus jamais.

L'appareil de Yann et Cécile atterrit dans la zone de construction des vaisseaux. Une ville de containers avait été créée en quelques mois, pour les accueillir. À la descente de l'avion, un bus les attendait.

Le véhicule roulait lentement, il ralentit, s'arrêta auprès d'un ensemble de ces logements. Plusieurs personnes furent appelées nominativement. Elles descendirent avec leurs bagages, leur femme, ou leur mari et leurs enfants.

Le car redémarra sans plus de cérémonie. C'était étrangement silencieux, des murmures virevoltaient de-ci de-là, mais tous ressentaient une légère angoisse et une certaine exaltation à ce qui allait suivre.

Yann posa une main rassurante sur la main de sa sœur. Elle le regarda un sourire anxieux sur les lèvres. À l'arrêt suivant, Cécile fut appelée.

— Ne t'en fais pas ma puce, je viendrai te voir dès que j'en aurai l'occasion.

Il l'embrassa, la serrant affectueusement.

— Vous êtes mariés ? Fiancés ? demanda le policier en s'approchant d'eux.

— Non, c'est ma sœur.

— Vous faites le même métier ?

— Non, moi, je suis biologiste.

— Et vous ?

— Informaticien.

— Dans ce cas, ce n'est pas un problème, vous vous rencontrerez certainement assez souvent. Je vais le noter, vous pourrez peut-être partager le même studio.

Ils se regardèrent avec espoir.

— Ce n'est pas certain que ce soit accepté. Mais, on manque de place. Je vais voir si je peux faire quelque chose, d'accord ?

— D'accord.

C'est le cœur plus léger que Cécile descendit. Ses bagages lui furent donnés et elle s'éloigna vers un container peint en rose bonbon.

— Au moins, c'est coloré ! remarqua Yann.

Le policier sourit.

— Ce n'est rien de le dire, si vous voyiez le mien il est d'un jaune cocu... enfin, on le remarque de loin.

Les deux jeunes gens plaisantèrent en énonçant devant chaque local ce que leur inspirait la peinture choisie.

Quelques arrêts plus loin, Yann descendit devant un logement d'un bleu presque noir. Il se tourna vers le jeune policier :

— Je me demande si je n'aurais pas préféré un jaune cocu !

— Vous n'avez pas tort, c'est d'un triste cette couleur. Bon, je ne vous oublie pas, si c'est faisable, je viendrai vous prévenir.

— Merci, bonne journée.

— À vous aussi.

Dans les heures qui suivirent, Yann eut l'autorisation d'habiter dans le même studio que Cécile. Ils appelèrent leurs parents pour les rassurer, puis sortirent visiter un peu.

Ils n'allèrent pas loin. Ils avaient à peine fait une cinquantaine de mètres que déjà, des policiers les interceptaient.

— Monsieur, madame, pouvez-vous nous dire où vous allez ?

— On visite.

— Il n'y a rien à visiter.

— On ne peut pas sortir du studio ?

— Si bien entendu, pour vous rendre à votre travail, ou pour aller faire du sport. C'est à l'opposé de l'endroit où vous vous dirigez.

— Ah ?

— Oui, c'est dans cette direction.

— Et pour faire les courses ? demanda Cécile.

— Vous n'avez pas à les faire, tout est automatiquement livré dans votre logement... Vous n'avez pas lu le document qui était à l'entrée ?

— Non, pas vraiment, on l'a survolé et on pensait qu'on avait le choix. On pensait juste faire un tour pour repérer les lieux, c'est tout.

— Je vois, je vais vous expliquer. Tout est fait pour que vous soyez débarrassés des tâches ménagères, de la cuisine et tout ça.

— Ah bon. Alors ? On ne peut aller se promener que vers le parc, par là-bas ?

— Oui. Je vois que vous venez d'arriver, vous n'avez pas encore reçu vos tenues.

— Pourquoi ? Il y a des tenues spéciales ?

— Oui, ça permet de savoir tout de suite si on a affaire à un médecin, un cuisinier... vous êtes quoi ? Vous ?

— Biologiste.

— Alors vous serez en tenue blanche à bordures verte.

— Et moi ? Je suis informaticien ?

— Vous, vous serez en marron et orange.

— Ça fait pas un peu, détenu américain ?

— Vous vous y ferez, sourit-il.

— Excusez-moi, mais j'ai un peu l'impression d'être en prison, nous sommes vraiment très contrôlés, non ?

— Il y a des caméras de surveillance, un peu partout, c'est vrai.

— « Big Brother », quoi ?

— Oui. Nous vous comprenons, madame, mais nous sommes logés à la même enseigne.

— Donc on n'aura jamais le droit d'aller dans cette direction ?

— Si, madame, quand vous aurez votre tenue, vous aurez le droit. Mais pas vous, monsieur.

— Pourquoi ?

— Parce que vous, vous aurez le droit d'aller dans cette direction, mais pas madame.

— Chacun son secteur, quoi ? réagit Yann.

— Exactement.

— Et vous ? Vous pouvez aller partout ?

— Non. Nous aussi nous avons des secteurs qui nous sont interdits, on a le droit d'aller un peu plus loin que vous, mais à peine, sauf si nous sommes affectés dans un de ces quartiers.

— Très bien, alors vous pouvez peut-être nous renseigner : y a-t-il une cafétéria ? Un restaurant ? Un endroit où manger ?

— Oui, voyez là-bas, tout ce qui concerne les loisirs est dans la direction du parc. Quand on vous remettra vos tenues, vous recevrez également un plan de la base, avec les zones autorisées et les interdites.

— Très bien, nous vous remercions messieurs.

— Tout à votre service. Bonne journée, monsieur, madame.

— Au revoir, messieurs, répondirent Yann et Cécile en faisant demi-tour.

D'immenses murs démontables protégeaient un secteur, dans lequel ils n'avaient pas le droit de se rendre sans être escortés.

Cécile avait été convoquée. Elle espérait découvrir ce qui se cachait derrière cette palissade. Elle rejoignit un groupe de chercheurs, biologistes, médecins, etc...

Ils arpentèrent plusieurs couloirs, ne laissant rien voir de l'extérieur, avant de pénétrer dans différents laboratoires. Son travail était inchangé par rapport à ce qu'elle faisait dans la région parisienne. C'était là qu'elle allait dorénavant effectuer ses recherches, dès le lendemain. Son adaptation fut rapide.

Yann avait été dirigé vers l'unité informatique. On l'obligea à compléter ses compétences, en suivant des cours de pilotage. Il fut appelé dans le bureau d'un général. Il s'y présenta rapidement.

— Vos résultats sont impressionnants, vous avez suivi une formation militaire ?

— Non monsieur.

— Quand on s'adresse à moi, on dit « mon général ».

— Oui, mon général.

— C'est très bien. Je dois vous avouer qu'on manque de temps pour que vous puissiez la suivre dans son intégralité. Vous devriez être capitaine, mais vous êtes incorporé au grade de lieutenant.

— Bien, mon général.

— Il y a encore des tests, on verra quel poste de pilotage vous sera confié.

— Oui, mon général.

Après les derniers examens, il fut désigné comme étant le plus apte des pilotes pour diriger le vaisseau-mère, la condition était qu'il accepte d'entrer dans l'armée. Il n'hésita pas longtemps, la tentation était trop grande, jamais il ne pourrait avoir de meilleur ce poste.

Yann fut convié à une visite avec d'autres jeunes gens. Quand il pénétra derrière ces hauts murs, il eut la sensation de rêver.

C'était impossible ! Plusieurs vaisseaux, dont l'un d'eux d'une grandeur impressionnante, finissaient d'être construits. On mena leur groupe jusqu'aux divers postes de pilotage.

C'était inimaginable. Il y avait une possibilité de voir tout ce qui se passait sur trois cent soixante degrés. Sans compter des écrans géants qui assuraient la visibilité quand le bouclier protecteur était enclenché.

La plupart de ses collègues étaient eux aussi émerveillés et angoissés à l'idée de devoir piloter de tels appareils. Comme sa sœur, il se donna à fond dans son activité.

Chapitre 2

Les frères Chamouilleaux avaient débarqué à l'aéroport huit jours après Yann et sa sœur. Ils avaient été installés dans le container bleu-noir, laissé libre par Yann.

— Rien que la couleur, tu es déjà en dépression, soupira Geoff.

— Oui, je vais voir si je peux trouver de la peinture rouge ou jaune pour l'égayer.

— Et tu comptes trouver ça où ?

— Je n'en sais rien, mais je vais trouver, fais-moi confiance.

Le fait est qu'il dégota des vieux pots avec des restes de peintures. Son frère, lui-même, ne sut pas comment il s'y était pris.

Ils taguèrent leur habitation, juste assez pour la rendre plus sympathique, tout en prenant soin de laisser le fond bleu-noir. Le résultat ne se fit pas attendre, deux policiers vinrent les arrêter. Ils se retrouvèrent devant un colonel qui leur demanda des explications.

— Bonjour, messieurs.

— Bonjour mon colonel, répondirent-ils d'une même voix, en se mettant au garde-à-vous.

— Je ne comprends pas ! J'ai là, vos dossiers, fit-il en désignant deux épaisses chemises de couleurs bleues.

Il était assis face aux Chamouilleaux debout, qui ne comprenaient pas vraiment ce qu'ils faisaient là.

— Vos dossiers sont plutôt élogieux, les résultats de vos tests plaident en votre faveur...

Les deux frères échangèrent un regard interrogatif.

— Qu'est-ce qui vous a pris de taguer votre logement ?

La surprise se lut sur leur visage.

— La couleur, mon colonel, répondit Roby.

— La couleur ?

— Oui, elle était moche.

Le colonel les considéra un instant, stupéfait d'une telle réponse. Enfin, il se décida à réagir :

— Sachez que chaque container est peint d'une couleur différente ! Que croyez-vous ? Vous n'êtes pas ici pour vous amuser !

— Désolé mon colonel, c'est moi qui ai pris cette initiative, la
couleur était trop horrible, on serait devenus neurasthéniques.

— Bon, puisque c'est ainsi, vous allez le repeindre entièrement.

— De la même couleur qu'il était ? grimaça Roby.

— Oui, de la même couleur ! Il n'y a pas à discuter ! Surtout que
vous allez déménager dans quelques jours. Tous les policiers vont
être regroupés dans la zone ouest.

— Bien mon colonel.

— J'ai vu que vous avez tendance à prendre facilement des initia-
tives, c'est très bien dans le cadre de votre métier, mais ici, vous devrez obéir. C'est clair ?

— Très clair, mon colonel.

— Et vous ?

— Très clair mon colonel.

— Bien, je ne vous retiens pas, passez à l'accueil, ils vous fourni-
ront des bleus de travail pour remettre votre local à la bonne couleur.

Ils sortirent après avoir salué le colonel, après quelques pas
Geoff ronchonna :

— C'est dingue ça ! On n'est quand même pas venu ici pour faire
de la peinture !

— On est flics ! On n'est pas dans l'armée. J'ai l'impression d'être
au service militaire.

Ils passèrent à l'accueil. Une tenue de peintre les attendait avec
les pinceaux, rouleaux et bidons de peinture bleue-noire.

Ils se regardèrent et furent pris d'un fou rire. Ils gagnèrent leur
container sans se presser.

Ils mirent deux jours à remettre leur habitation en état. Régulièrement, le colonel passait voir l'avancée des travaux.

Quand ils eurent terminé, il leur demanda de modifier l'encadre-
ment de la porte et de la fenêtre en traçant un trait de blanc pour
atténuer la tristesse qui se dégageait du logement. Les frères ne firent
aucune réflexion, mais dès qu'ils furent seuls, Geoff râla :

— Putain ! Ça lui aurait écorché la gueule de reconnaître que nous
avions raison ?

— Oui, sourit Roby en lui donnant une tape sur l'épaule. Allez,
on finit, je commence à en avoir ma claque de ce boulot.

Deux jours plus tard, ils furent déplacés vers l'extrémité ouest du terrain.

— J'espère qu'on ne va pas nous demander de peindre nos locaux, glissa Roby à son frère en apercevant tous les containers bleu-roi.

— Je trouve qu'ils sont très bien comme ça.

Ils s'installèrent rapidement. Puis ils allèrent faire un tour. Comme Yann et Cécile, ils furent stoppés par deux policiers. Ils s'excusèrent et repartirent en sens inverse.

— On est fliqué, dis donc.

— Oui, c'est le moins qu'on puisse dire.

— Ça me fait penser à un vieux feuilleton, tu sais avec des boules énormes et un type, le numéro six, comment il s'appelait déjà ?

— Le prisonnier, tout simplement.

— T'as raison Geoff, c'est ça. Eh bien j'ai l'impression d'en être un, moi, un prisonnier...

Ils marchèrent un peu avant de rentrer dans leur nouveau container.

— T'as vu, il y a des caméras disséminées un peu partout.

— On va se changer et on fera un petit jogging.

— Pourquoi ?

— Je me demande s'il n'y en a pas aussi dans notre container.

— D'accord. On devient parano !

Ils coururent un moment et s'arrêtèrent dans un endroit découvert. Ils firent quelques mouvements d'élongations, tout en parlant, discrètement.

— Qu'est-ce que ça veut dire, Roby ?

— Que c'est le branle-bas de combat ! Le sauve-qui-peut ! C'est l'impression que ça me donne.

— La Terre est foutue ?

— En tout cas, c'est ce que... nos grands pontes pensent.

— Mais, on ne sera qu'une minorité... à pouvoir nous échapper ! Et pour aller où ?

— Pas uniquement sur la lune ou sur mars... crois-moi.

— Dans ce cas... on va voyager pendant combien de temps ? On sera morts avant d'arriver... sur une terre accueillante ! s'exclama Geoff en soufflant un peu.

— C'est probable, à moins... que ce ne soient nos enfants... ou arrière-petits-enfants... qui y arrivent...

— Ou pas...

— Ou pas.

— Et les parents ?

— Si on a le droit de leur écrire... on leur conseillera de se servir... de la météorite avec Ambre... au moins, ils auront une... chance de survie.

— Tu sais, je ne crois pas... qu'ils nous donnent... vraiment le choix...

— J'ai la même... impression que toi.... Allez, on repart, il ne faut pas attirer l'attention trop longtemps, « big brother » risque de nous causer des ennuis, sinon.

Ils reprirent leur jogging pendant une dizaine de minutes et rentrèrent.

Ils étaient tous convoqués au centre de la police. C'était une grande salle, style entrepôt, qui avait été montée derrière les logements.

— Tu as vu, nous sommes passés devant des containers qui étaient tous rouge, réalisa soudain Geoff.

— C'est peut-être pour les pompiers...

— C'est possible, dans ce cas il doit y avoir des containers kaki, dans un autre secteur, non ?

— En effet, ce serait logique. On va déjà voir ce qu'ils vont nous dire.

Tous les policiers étaient entrés. Chacun discutait avec son voisin ou sa voisine, ils se présentaient les uns aux autres, toutes les nationalités européennes semblaient presque représentées. Ils faisaient connaissance, un brouhaha enfla progressivement. L'ensemble de ces policiers se demandait ce qui se cachait, derrière les hauts murs démontables.

Quand les chefs pénétrèrent, personne ne les remarqua vraiment, trop occupés qu'ils étaient tous à parler, rire ou blaguer.

— Mesdames, messieurs, s'il vous plaît ! gronda soudain une voix dans le micro. Elle répéta en anglais, en allemand, en italien, en espagnol, etc...

Doucement le bruit s'amenuisa, jusqu'au silence total. On présenta une femme, madame O'Connor, Irlandaise, directrice générale de la police.

— Avec ça, va falloir qu'on parle anglais, à tous les coups, râla Roby.

— Tu crois ?

— Il y a des chances, oui.

Il n'était pas le seul à avoir eu ce genre d'intuition. Un murmure avait suivi la présentation de la dame. Elle prit la parole :

— Mesdames, messieurs, il va de soi que pour une meilleure compréhension entre nous, nous parlerons en anglais.

— Et pourquoi pas en français ? lança un policier, devançant Roby qui s'apprêtait à le dire.

— Vous serez aussi autorisés à le faire en français et en allemand. Mais avec la hiérarchie, ce sera en anglais.

— Ben voyons ! ronchonna le voisin de Geoff.

— Pour aujourd'hui, à titre tout à fait exceptionnel, nous le ferons dans vos diverses langues. Tout d'abord, sachez que vous avez tous été sélectionnés à la suite des tests, que vous avez passés en début d'année.

— On le savait déjà, glissa le voisin de Roby.

— Vous serez chargés de la sécurité civile, à bord des vaisseaux, qui sont en train d'être construits.

Un nouveau bourdonnement monta dans les rangs des policiers.

— Je sais, pour le moment, c'est le maintien de l'ordre à l'intérieur de la base, ensuite, ce sera dans les vaisseaux.

Rassurés, ils écoutèrent la suite du programme d'entraînement. Des groupes furent formés, les deux frères négocièrent et réussirent à être dans le même.

— On peut savoir ce qui se cache derrière les murs démontables ? questionna un Italien à la fin de la réunion.

— Les vaisseaux, évidemment.

— Et on peut les voir ?

— Non. Pas pour le moment.

— Ça, c'est l'armée ! ronchonna Roby.

Comme les Khewenchk, ils vivaient en vase clos, sans avoir de réelles nouvelles de l'extérieur. Les informations étaient bienveillantes, sans aucune aspérité, à croire qu'il ne se passait rien d'important en dehors de leur base.

Deux ans s'étaient écoulés. Roby et Geoff se doutaient que la vie ne devait pas être facile pour leurs parents et leur sœur. Ils leur écrivirent une lettre la veille de leur départ : à la fin de celle-ci, ils notèrent une petite phrase d'apparence anodine :

« Nous savons que notre séparation vous semble déjà très longue... nous comprenons que vous vous ennuyiez de nous, comme nous de vous. Malheureusement, nous ne vous reverrons jamais. Nous allons embarquer jeudi dans un vaisseau.

Vous nous manquerez énormément. Vous souvenez-vous de cette histoire de pierre magique, celle qui permet de réaliser des voyages extraordinaires... C'était une vieille histoire de famille. Peut-être pourriez-vous réaliser à votre tour un dernier voyage, et être heureux ailleurs, notre petite sœur devrait vous accompagner... »

Chapitre 3

Parmi les privilégiés, chacun cherchait à trouver le moyen de fuir la planète. L'un d'eux, Daluce était un des chefs de la mafia, il avait fait fortune grâce à la drogue et au trafic d'armes. Il vivait largement, sur la côte ouest des États-Unis, bien protégé par ses sbires.

Il serait bien parti pour la lune, ou pour Mars, mais il craignait que les autorités, ne s'occupent de lui, dès qu'il poserait le pied sur le satellite ou sur la planète rouge, l'obligeant à vivre dans un quartier plus que surveillé et sans possibilités d'agir à son gré. Il savait que des caméras étaient déjà disposées un peu partout dans la colonie qui se montait. Il en irait probablement de même dans la deuxième.

— Rester sur Terre et crever dans d'atroces souffrances à cause de la pollution ! Je m'y refuse également. Me creuser un abri, j'y ai pensé et le mien est pratiquement terminé, mais il me faut un pied-à-terre sur la lune et sur Mars pour continuer le « bizness ».

Il convoqua ses hommes de main.

— Je pense que la meilleure solution est de rester dans ce bunker. Il est pour vous ! Je vais aller faire un tour pour voir ce que je peux apporter comme améliorations.

— Vous revenez dans combien de temps ?

— Je n'en sais rien, je vais peut-être aller jusqu'aux colonies lunaires, ou Mars un ou deux, pour voir si on peut organiser quelque chose. Il y a certainement un créneau à prendre. En attendant, ce bunker est à vous !

Il partit dans son jet privé avec ses quatre principaux lieutenants.

— Bon, les gars, on ne va pas rester ici à crever à petit feu. On ne va pas non plus aller sur la lune, ni sur Mars.

— Mais vous avez dit...

— Je sais ce que j'ai dit. Sur la lune ou sur Mars, c'est truffé de caméras, nous sommes attendus. Le mieux c'est le voyage intergalactique. Ce sera plus long, mais on pourra se refaire une virginité.

Vous voyez ce que je veux dire ?

— Oui, oui, chef, pas de problème.

— Donc, si vous êtes d'accord, je vous emmène avec moi.

Il paya le voyage pour lui, sa compagne, ses hommes et leur compagne s'ils en avaient une.

— C'est bien compris, on se refait une virginité.

— Oui, chef.

— Pas de gros esclandres, on pourra quand même faire nos petites affaires, mais en toute discrétion. Et appelez-moi Daluce, comme si nous étions des collègues d'une grosse société d'import-export.

— Oui, ch... Daluce.

*
* *

Même parmi les ministres ou députés, l'intérêt personnel primait sur l'intérêt général et ceux qui savaient ne pas pouvoir être sélectionnés, tentaient par tous les moyens de trouver les sommes nécessaires pour pouvoir payer leur voyage vers n'importe quelle planète.

Le ministre de l'avenir et des énergies d'un pays d'Amérique du Sud était originaire d'Europe centrale. Ses grands-parents avaient fui après la Deuxième Guerre mondiale avec une belle fortune. Mais à force de vouloir paraître plus riches qu'ils ne l'étaient, pour évoluer dans les milieux aisés, celle-ci s'était étiolée.

Sa scolarité avait été terne. Il était agressif, méprisant envers les autres. Cependant, c'était un beau parleur, fort convaincant et très bon acteur. Grâce à son statut de ministre, il décida de fonder une association qui collecterait des fonds pour creuser des abris. Il convoqua dans cet objectif, de nombreuses personnes bien placées dans la hiérarchie de différents pays.

— Mes chers amis, commença-t-il. Si je vous ai réuni aujourd'hui, c'est pour vous exposer un projet qui me tient particulièrement à cœur.

Tout le monde se tut et l'écouta.

— Vous savez que de nombreuses localités ont entrepris de creuser des villes, ou des abris souterrains pour sauver l'humanité d'une disparition quasi inéluctable.

Un murmure d'approbation s'éleva de la salle.

— Cependant, les fonds vont bientôt manquer pour mener à bien cette entreprise.

Un nouveau murmure se fit entendre, révélant une légère appréhension, quant à la suite de son discours. Il modifia légèrement son approche :

— J'ai reçu, il y a quelque temps, un courrier d'un homme que je ne connaissais pas. Je n'y ai d'abord pas accordé d'importance.

Il nota un mince intérêt chez ses auditeurs.

— Cet homme m'a de nouveau écrit. Il était atteint d'une maladie incurable, en phase terminale...

Il fit une pause pour se rassurer. La salle était plus attentive.

— Je me suis décidé à le rencontrer.

Il s'arrêta une fois encore, comme pris d'une soudaine émotion, en s'apprêtant à évoquer cette entrevue.

— Cet homme donc, fit-il en s'arrêtant pour marquer son émoi. Cet homme ne voulait pas mourir avant d'avoir fait un don...

Sa voix se brisa sur les derniers mots. Il marqua une courte pause. Puis, faisant un effort il continua :

— Il m'a dit... il m'a dit qu'il désirait que nous créions une association pour récolter des fonds... Il m'a donné tout ce qu'il possédait, pour qu'on puisse aider à cette entreprise de construction d'abris, pour sauver la race humaine...

La salle n'était pas encore conquise.

— Il... excusez-moi, fit-il en étouffant un sanglot. Il a tenu à ce que tout soit signé avant sa mort...

Il se tut pour reprendre sa respiration qui était rendue difficile à cause du trouble tragique qu'on pouvait deviner. D'une voix accablée, il poursuivit :

— Quand tout a été signé, tout le monde est sorti. Il était épuisé... J'étais le dernier à ses côtés...

De nouveau, il fit une pause. Il sentit ses auditeurs émus.

— Il m'a dit : « maintenant que tout est fait, je peux partir ».

Il étouffa un sanglot.

— Il s'appelait Raitter, Jack Raitter...

Il s'arrêta encore, pour se reprendre et pouvoir continuer :

— C'est pourquoi, je propose de créer, une association du nom de cet homme... l'association Jack Raitter.

De nouveau il fit une pause, incapable de dire un mot supplémentaire, l'émotion étant trop forte.

La salle était bien accrochée. C'était le moment de porter l'estocade, avant qu'un de ses auditeurs ne réfléchisse et ne cherche à savoir qui était le bonhomme, ou ne propose un autre nom. Il n'eut pas à le faire, un de ses associés, touché par cette narration lança :

— Qui est pour ?

Les bras se levèrent.

— Qui est contre ?

Personne n'osa lever la main.

— Qui s'abstient ?

Rien.

— Accepté à l'unanimité. L'association s'appellera Jack Raitter.

Tout le monde applaudit. Le ministre les remercia, des larmes dans les yeux.

Il sortit.

J'aurais dû faire du théâtre, je les ai bien manœuvrés. Quelle bande de cons ! Il faut que je sois le trésorier, maintenant...

Il réussit à obtenir le poste qu'il convoitait sans le moindre problème.

Un mois avant le départ, il se rendit en Asie. Un terrible tremblement de terre avait eu lieu dans le Pacifique, suivi d'un tsunami non moins effrayant et destructeur. De petits pays, en avaient été largement affectés et des scènes de désolation s'affichaient sur toutes les chaînes de télévision du monde quand elles émettaient encore.

Le chaos qui en avait résulté était impressionnant.

Le ministre en profita pour faire élaborer des pièces d'identité au nom de Raitter, pour lui et sa famille.

Trompant et escroquant ses compagnons de tous les pays, il vida le compte en banque enregistré au nom de Jack Raitter, pour se payer le voyage intergalactique.

Chapitre 4

Les pilotes et le personnel navigant avaient pris leur poste. Les uns dans les petits « pionniers », les autres dans le vaisseau-mère.

Dans le Chlols numéro quatre, six binômes et douze remplaçants étaient chargés de l'informatique, Yann Khewenchk était associé à Louis Roncet, pour le pilotage. Cependant, il était prévu qu'ils travaillent à plusieurs quand la vigilance le nécessiterait.

Ce fut ensuite le personnel de sécurité, les policiers et les militaires. Il y avait six équipes de policiers. Les frères Chamouilleaux commandaient chacun un groupe. José, Hans et Zora travaillaient avec Roby et étaient chargés du vaisseau-mère.

Geoff avait sous ses ordres Gino, Anke et Suzy. Ils couvraient le quatre.

L'engin-mère s'éleva, grâce à la poussée des tuyères, pour le moment, placées verticalement. Un bruit infernal accompagna le décollage. La sensation de s'arracher à l'attraction terrestre était intense.

Quand l'altitude fut suffisante, les deux pilotes modifièrent la direction des tuyères. Ils donnèrent alors le maximum de poussée à leur appareil pour finir de traverser la stratosphère.

L'attention et la concentration du jeune Khewenchk était à son paroxysme. Il savait que toute erreur de sa part, ou de celle de son collègue, Louis Roncet, pouvait provoquer une catastrophe dont nul ne réchapperait. Ils mirent l'engin en orbite en attendant les petits astronefs.

Les pionniers un, deux et trois furent les premiers à être complets. Ils décollèrent l'un après l'autre, dans un bruit assourdissant et allèrent se positionner non loin du vaisseau mère, sur une orbite assez proche, en attendant les numéros quatre et cinq.

La file des passagers se présenta à l'embarquement devant les deux pionniers restant. Parmi eux, il y avait Monsieur Taylor.

Cet Anglais vivait dans la région de Londres, il possédait une belle demeure, héritée de ses parents. Il travaillait dans la finance. Son salaire était plus que substantiel. Il avait trois enfants, deux garçons et une fille. Son épouse, riche héritière, était décédée quelques années plus tôt dans un accident de la route.

Depuis un an, il était amoureux d'une ravissante jeune femme, frivole et superficielle, plus âgée de huit ans que son fils aîné. Il était sous son charme.

Malgré la réticence des trois gamins pour l'accepter, il l'avait épousée.

Il était rassuré d'avoir réussi à obtenir des places dans un des pionniers. Ça n'avait pas été très facile, il avait acheté son billet au marché noir, à un milliardaire qui avait fait une culbute remarquable sur le prix.

Le départ était imminent.

Sur le sol, des lignes avaient été peintes de différentes couleurs.

— Ça sert à quoi les lignes de couleur, papa ?

— Je n'en sais rien John. Je demanderai quand je verrai un responsable.

— Elle est où, Lola ?

— Elle a vu quelqu'un dans une autre file, elle est allée la saluer.

— Si seulement elle pouvait rater le départ, on serait bien tranquille, murmura sa fille à ses frères.

— Ce serait trop beau, comme tu dis. Mais il ne faut pas rêver, elle n'a pas encore réussi à finir de vider le compte en banque de papa...

— De quoi vous parlez, les enfants ?

— Rien, on est un peu inquiets, ça risque d'être un voyage très long, non ? réagit John.

— C'est vrai, on ne sait pas pour combien de temps on part.

— J'ai entendu des gens dire que nous ne verrons jamais la planète où se posera le vaisseau, ce seront nos enfants, qui la verront, mais pas nous.

— C'est possible, mais ce sera mieux que de mourir dans de terribles souffrances sur terre, non ? répondit monsieur Taylor.

— Oui, ben, ça fait quand même peur, insista son fils aîné.

— Allons les enfants, moi, je suis certain que je ne la verrai pas, mais vous, je pense que vous la verrez cette nouvelle Terre. Je crois que ceux qui vous ont dit ça sont des pessimistes nés.

— Hum...

— Avancez, j'enregistre vos Pass.

Une hôtesse leur sourit en regardant les trois enfants et le père avancer devant elle.

— Par ici, suivez le tracé vert au sol, vous arriverez directement à la section de vos cabines.

— Merci, mademoiselle.

— Eh bien, voilà, on sait à quoi ça sert maintenant, déclara John.

C'était le moment décisif, les deux derniers astronefs étaient prêts. Tous les passagers étaient sanglés. L'hôtesse était la dernière à être montée. Elle s'attacha dans le couloir des cabines vertes.

Le bruit fut une fois de plus intense, un grondement sourd qui semblait résonner comme un dernier coup de trompe pour saluer la Terre.

Des sentiments divers traversèrent l'esprit des occupants des machines. Passant de l'euphorie à la crainte, de la joie à la tristesse, de l'angoisse à l'espoir.

Yann et Roby étaient dans le vaisseau-mère, Cécile dans le « pionnier deux » en orbite et Geoff dans le quatre attendait le départ.

Le premier « pionnier » s'arrima sans difficulté devant le vaisseau principal.

Le deuxième et le troisième étaient nettement plus compliqués à accrocher. Ils devaient se fixer quelques minutes plus tard au « premier pionnier », et au vaisseau-mère, dans un ensemble parfait, pour ne pas déstabiliser le Chlols.

Le quatrième se relia au deuxième et le cinquième au troisième, toujours simultanément avec le vaisseau mère.

Quand ce fut terminé, Yann et son collègue poussèrent un soupir de soulagement. Ils étaient trempés de sueur. Ils se regardèrent et poussèrent ensemble un cri de joie libérant la tension considérable dont ils avaient fait l'objet.

Les différents commandants nommaient l'ensemble d'un vaisseau-mère et de ses cinq pionniers : une « forteresse ».

— Bon, il ne nous reste plus qu'à attendre les autres, dit le commandant.

Les deux pilotes reprirent progressivement leur calme. Yann, confirma :

— Nous prenons une orbite plus large.

Quand toutes les forteresses furent constituées, chacun prit sa place dans la formation.

L'Américain se positionna en tête, le Russe et le Chinois en deuxième et troisième position. Yann et Roncet se placèrent derrière le premier, adaptant leur vitesse pour rester dans son sillage, tandis que d'autres forteresses se préparaient à les rejoindre.

Les radars leur indiquèrent bientôt que l'Africain était à leur gauche. Le Turc les rejoignit à son tour, à droite. Puis, un Sud américain et un Australo-Japonais vinrent grossir l'ensemble, enfin, un Canadien, acheva la formation en diamant.

L'escouade prit son rythme de croisière. C'était parti ! Les Terriens s'enfuyaient de leur planète. Le voyage promettait d'être long. Ils comptaient gagner progressivement en vitesse et en temps.

— Mesdames et messieurs, ici le commandant Hermann, vous pouvez détacher vos harnais de sécurité. Notre équipage vous souhaite un bon voyage.

Des cris de joie montèrent dans l'ensemble des vaisseaux. Il y eut une légère interruption. Il reprit :

— Notre personnel va se charger de vous faire visiter les différents lieux auxquels vous pourrez avoir accès dans notre forteresse.

Il avait volontairement caché, la vitesse à laquelle la formation volait et le nombre d'années réelles, que la flotte risquait de mettre pour atteindre leur destination. Inutile d'affoler ses passagers.

Dans chacun des pionniers et dans le vaisseau-mère, un responsable de l'armée se chargea d'informer les passagers et répondit à toutes leurs questions, plus ou moins précisément.

C'est alors qu'un homme, accompagné de trois enfants, vint se présenter à l'accueil du vaisseau-mère.

— Oui monsieur, que puis-je pour vous ? demanda la jeune sergent qui occupait le poste.

— Je viens signaler la disparition de ma femme.

— La disparition de votre femme ?

— Oui, depuis que je suis monté dans le vaisseau, je ne l'ai pas revue. J'ai cru qu'elle s'était perdue, mais je ne la trouve nulle part.

— Très bien, je vais faire une annonce.

— S'il vous plaît. Merci, ajouta-t-il. Arrêtez les enfants ! Restez sages !

— Elle a raté le départ ! murmura John.

— Non, elle est sortie faire un tour, elle est tellement nunuche, répliqua sa sœur en chuchotant.

Monsieur Taylor ne faisait pas attention à ce que disaient ses enfants. Ils ne devaient pas avoir bien compris le problème, parce qu'ils n'arrêtaient pas de rire.

— Comment s'appelle votre épouse ?

— Lola Taylor.

Elle appuya sur un bouton et d'une voix suave, elle annonça :

— Madame Lola Taylor est attendue au centre d'accueil du vaisseau-mère.

Elle répéta plusieurs fois le message. Monsieur Taylor faisait les cent pas, devant le comptoir de la jeune femme.

Quelques minutes plus tard, elle réitéra son annonce. Voyant que rien ne se passait, elle appela les policiers discrètement en appuyant sur un bouton.

Ils furent rapidement sur les lieux.

— Que se passe-t-il, Gina ? demanda Roby.

— L'épouse de monsieur Taylor a disparu.

— Il y a longtemps ?

— Depuis qu'il est monté à bord.

— Il est dans lequel ?

— Monsieur Taylor ! Quel est le numéro de votre vaisseau ? demanda-t-elle en se tournant vers l'homme qui piétinait un peu plus loin.

— Le quarante-quatre, répondit-il.

— Dans le quatre, traduisit Gina.

Roby l'avait aussi bien entendu qu'elle, il ne releva pas.

— Je vais voir avec lui. Tu appelles quelqu'un pour s'occuper des enfants, pendant ce temps-là ?

— Oui. Je le fais tout de suite. Merci Roby.

Il lui fit un petit sourire, avant de se tourner vers l'homme qui marchait de long en large.

— Monsieur Taylor ?

— Oui.

— Vous pouvez me suivre, s'il vous plaît ?

— Oui, vous l'avez retrouvée ?

— Pas encore, nous sommes là pour ça.

— Vous allez la retrouver, n'est-ce pas ?

— Venez, fit-il, persuasif.

— Mes enfants ?

— On s'en charge, ne vous inquiétez pas. Suivez-moi.

Roby et son collègue José, accompagnèrent Taylor jusqu'au petit bureau qui avait été attribué à la police, dans le vaisseau-mère.

— Entrez, je vous prie, asseyez-vous.

Geoff le rejoignit, il s'approcha de son frère et le questionna à voix basse.

— Qu'est-ce que c'est ?

— Sa femme a disparu depuis qu'on est monté.

— Nous sommes dans un endroit fermé, elle n'a pas pu aller faire un tour dehors, ironisa-t-il. Donc, soit elle est quelque part ici, soit elle n'est pas montée.

— C'est ce que je me suis dit.

Il fit un geste à sa collaboratrice :

— Propose-lui donc une boisson chaude, ça le détendra un moment.

— C'est toi qui l'interroges ? demanda Geoff.

— Oui, c'est un anglais, à moins que ça ne te tente ?

— Pas du tout.

— José parle bien le français, mais pas vraiment l'anglais, Zora est polonaise, elle maîtrise bien, mais je la garde en réserve au cas où... Alors ? Tu vois quelqu'un d'autre pour le faire ?

— Non, non, vas-y, je ne voudrais pas te gâcher ce plaisir !

— Je te revaudrai ça !

Zora prépara un thé, elle l'offrit à l'homme qui se morfondait. Pendant ce temps, Roby s'installa au bureau. Il se plaça devant un ordinateur et se prépara à la rédaction de l'audition. Faisant un gros effort, il se lança en anglais.

— Bien, monsieur Taylor, vous allez nous raconter tout, depuis le début.

— Euh...

— Je vais vous aider. Si vous le voulez bien. Quand vous êtes monté dans le vaisseau, votre femme était à côté de vous ?

— Non.

— Elle était où ?

— Je ne sais pas.

On n'est pas sortis de l'auberge !

— Bien, reprenons, vous êtes venu avec votre épouse pour monter dans le vaisseau ?

— Oui.

— Ensuite ? Vos bagages ont été dirigés vers le vaisseau quatre ?

— Quarante-quatre, oui... pas quatre... quarante-quatre.

— Oui, si vous voulez.

— Pas si je veux, le numéro est le quarante-quatre !

Il va me gonfler longtemps avec son numéro !

— En effet, entre nous, nous disons le quatre, le premier quatre correspond au numéro de la position du vaisseau-mère dans la formation, le quatre à celui du « pionnier ».

— D'accord, je comprends.

Tant mieux, parce qu'à cette vitesse-là, on risque de la retrouver dans vingt ans ! Surtout qu'il me manque des mots de vocabulaire anglais, moi !

— Bien, je disais donc que vous étiez ensemble pour le chargement des bagages.

— Oui.

— Ensuite ?

— J'avais les papiers pour l'embarquement et ceux de mes enfants.

— Vous avez les numéros de votre cabine ?

— Oui, je les ai, là.

Il les tendit à Roby. Celui-ci les saisit et les donna à José.

— Tiens, tu me vérifies ça.

— Oui, merci.

— Vous avez celui de votre épouse ?

— Non. C'est elle qui l'avait.

— José, tu vérifies si elle a été enregistrée.

— Tout de suite, Roby.

— Pourquoi n'était-elle pas à vos côtés ?

— Elle m'a dit qu'elle avait quelqu'un à saluer avant de partir.

— Son numéro a bien été validé, intervint José.

— Très bien. Zora, tu me trouves l'enregistrement de l'embarquement ?

— D'accord.

— Ça ne vous a pas inquiété qu'elle ne soit pas à vos côtés lors du décollage ?

— Non, je me suis dit qu'elle était montée en dernier et qu'elle n'avait pas eu le temps de me rejoindre.

— Si nous avons décollé, c'est que tous les passagers avaient été pointés, le conforta Roby.

— Oui, c'est pour ça que je ne me suis pas affolé.

— Très bien.

Zora avait pianoté sur un clavier.

— J'ai l'enregistrement.

— Mets-le sur grand écran.

Aussitôt, sur le mur du fond du bureau la file d'embarquement apparut.

— Là, c'est moi, avec les enfants.

— Vous voyez votre femme quelque part ? Elle était censée passer après vous je suppose ?

— Oui, mais je ne la vois pas.

— Très bien, Zora, recherche à quelle heure madame Taylor a glissé son « Pass Voyage Interplanétaire » ?

— À vingt-six.

— Bien, montre-moi à nouveau la file d'attente... Là, vingt-six, c'est elle ?

— Mais non, je ne la connais pas !

— Ah ! Nous avons donc un passager clandestin à bord. Votre épouse n'est pas montée monsieur, je suis désolé.

— Il faut faire demi-tour ! Il faut aller la chercher !

— Impossible, monsieur, nous sommes désolés.

— Mais comment est-ce possible ? Je vais me plaindre ! Votre organisation a été nulle !

— Calmez-vous, monsieur. Nous allons aller interpeller cette personne.

— Comment allez-vous la retrouver ? Hein ? Comment ? Et ma femme ? Comment elle va me rejoindre ?

Ça ! Ça m'étonnerait qu'elle puisse le faire ! réfléchit le policier.

— C'est notre travail monsieur, nous allons tâcher de retrouver cette personne.

— Et qu'est-ce qu'on fait pour ma femme ? Elle ne peut pas nous rattraper !

— Elle pourra peut-être vous rejoindre lors de notre passage à proximité de Mars ?

— Mais mon billet n'est pas pour Mars ! Comment pourrait-elle s'y rendre ?

— Euh... Nous allons tâcher de résoudre ce problème.

— Hum ?

— Si nous n'agissons pas rapidement, je crains qu'on ne puisse rien faire pour elle. Il va falloir préparer vos enfants. Je comprends que ça risque d'être difficile de leur annoncer que leur mère...

Taylor l'interrompit :

— Ce n'est pas leur mère, c'est leur belle-mère.

— Très bien, ma collègue va vous reconduire auprès d'eux et nous allons tenter de retrouver cette usurpatrice.

— Mais ma femme...

— Nous allons tâcher d'éclaircir ce mystère et trouver une solution, le rassura-t-il, tout en pensant que c'était peine perdue.

Monsieur Taylor était abattu. Il suivit Zora, il regardait fixement le sol l'air totalement absent.

— Je ne m'attendais pas à celle-là, déclara Geoff, qui avait tout suivi.

— Moi non plus, avoua Roby.

— À moins de le déposer au passage sur Mars, je ne vois pas comment faire.

— Oui, tu as raison, il n'y a pas d'autre solution.

Ils prévinrent le commandement et décidèrent de contrôler toutes les personnes qui étaient à bord. Les militaires les y aidèrent. Ce fut d'ailleurs une de leurs patrouilles qui intercepta la jeune femme. Elle était venue au-devant d'eux, très calmement.

— Excusez-moi, messieurs, je cherche à me rendre au point d'accueil, pour signaler ma présence à bord, j'ai échangé ma place avec une autre femme qu'on vient d'appeler.

— Suivez-nous, dirent-ils surpris de cette attitude.

Ils lui passèrent les menottes et l'amenèrent au bureau, où Roby était revenu pour l'interroger.

— Vous pouvez lui retirer les bracelets.

Elle se frotta les poignets. Elle n'avait pas compris le comportement des militaires. Les larmes lui étaient montées aux yeux, jamais elle n'avait ressenti une telle honte.

— Bien, madame ?

— Mademoiselle Chiton.

Zut ! Encore une Britannique ! Va falloir que je progresse dans cette langue, moi !

C'était une jeune fille de bonne famille, anglaise. Dans sa jeunesse, elle n'avait jamais connu de problèmes financiers. Elle voyageait énormément avec ses parents de palace en hôtel grand luxe. Ils étaient décédés quelques années plus tôt, lors d'un terrible tsunami. Ce jour-là, elle avait perdu toute sa joie de vivre.

De nombreux conseillers et avocats s'étaient chargés de l'aider à faire fondre ses avoirs. Elle en avait cependant encore largement assez, pour s'offrir son billet pour Mars.

Roby la fixa un moment avant de l'interroger :

— Bien, mademoiselle Chiton, pouvez-vous m'expliquer pourquoi vous avez utilisé le P. V. I. de Lola Taylor ?

— Je l'ai dit aux militaires, je venais à l'accueil pour le signaler.

— Je sais, ils m'ont dit que vous veniez spontanément. Vous pouvez m'expliquer ?

— C'est elle qui me l'a donné.

— Pardon ?

— Oui, je l'ai rencontrée il y a quelques jours. C'est elle qui m'a abordée.

— Racontez.

— J'étais au bord de la piscine de l'hôtel, je n'avais pas envie de parler, mais elle a insisté pour me raconter sa vie. J'écoutais distraitement. Puis, elle m'a dit qu'elle avait son billet pour le voyage intergalactique.

— Et vous n'aviez pas de billet, vous ?

— Si, pour Mars.

— Ensuite ?

— Elle m'a proposé d'échanger nos billets.

— Pourquoi ?

— Elle m'a dit que son père, monsieur Taylor, refusait de la laisser partir avec l'homme qu'elle aimait.

— Elle vous a dit que c'était son père ?

— Oui.

— Monsieur Taylor est son mari.

— Elle m'a dit, son père, pas son mari ! Vous vous trompez ! Il ment ! Elle m'avait prévenue qu'il ferait tout pour l'empêcher de partir avec l'homme qu'elle aimait.

— Non, mademoiselle, je ne me trompe pas. Monsieur Taylor est son mari.

Elle le considéra un instant avec méfiance. Se pouvait-il qu'il dise la vérité ?

— C'est pas vrai, si j'avais su, je n'aurais jamais accepté, bredouilla-t-elle.

— Continuez, je vous prie.

Elle s'était remise à pleurer, elle ne réussissait pas à se remettre. Roby patientait. Elle finirait bien par s'arrêter. Elle se moucha une nouvelle fois.

— Donc, elle vous a dit qu'elle avait son billet pour le voyage intergalactique...

— Oui. Elle m'a demandé si je partais bientôt. Je lui ai dit que j'avais mon billet pour Mars. Elle m'a demandé si je partais avec quelqu'un en particulier. Je lui ai répondu que j'étais seule.

Elle renifla. Roby lui tendit une boîte de mouchoirs en papier. Elle en piocha un, se tamponna les yeux avec, avant de se moucher discrètement.

— Alors ? demanda-t-il, quand il estima que la pause avait été suffisante.

— Elle m'a dit que si je voulais, elle pouvait prendre ma place et qu'elle m'offrait la sienne pour le voyage interplanétaire.

— Et vous avez accepté ?

— Au début, non. J'ai cru qu'elle se moquait de moi, elle m'a donné l'heure et le jour auxquels elle était censée partir. Et puis elle est revenue avec l'homme qu'elle aimait, j'ai discuté avec lui, il semblait vraiment être quelqu'un de bien, agréable, charmant.

— Donc vous avez accepté.

— Il était riche et elle ne manquerait de rien. J'ai eu pitié d'eux.

— Je vois...

— Comme le vol pour Mars partait après celui-ci, ça l'arrangeait. Elle m'a dit : « venez, je vous ferai prendre ma place et je prendrai la vôtre ».

— Et vous avez accepté, comme ça ?

— Elle m'a dit qu'elle était majeure, que c'était sa vie, qu'il n'avait plus à lui donner d'ordres. Qu'elle était tombée amoureuse de ce charmant milliardaire, Charles-Henri. Son père refusait que sa famille ne soit pas regroupée dans le même vol et que celui-ci faisait une escale sur Mars.

Je me suis dit que pour quelques mois, ce ne serait pas dramatique. Au contraire, si ça ne marchait pas entre eux, elle pourrait repartir avec son père. Et si ça marchait, elle serait plus mûre pour l'affronter.

— Hum... Ce vol ne fait pas escale sur Mars.

— Comment ? Mais, elle m'a dit...

Elle ne termina pas sa phrase. Un lourd silence s'installa durant quelques secondes. Roby patientait, il l'examinait. Elle paraissait sincère. Mademoiselle Chiton se décida à reprendre son récit.

— Charles-Henri est venu me voir pour me donner une forte somme d'argent.

— D'accord, soupira Roby.

En fait, c'est l'attrait du fric, supposa-t-il.

— J'ai refusé l'argent tout d'abord, mais il a insisté en me disant que c'était pour le désagrément que ça risquait de m'octroyer... Mais, je ne pensais pas à ce genre de désagrément, moi !

Elle se remit à pleurer.

— Vous comprenez que nous devons vérifier vos dires ?

— Oui, j'ai une lettre ici pour son pè... euh... mari.

— Je peux voir ?

— Euh...

Roby tendait la main, elle marqua une légère hésitation et lui donna. Il la parcourut.

Oh ! Putain ! Comment il va prendre ça, notre cocu ?

— Zora, tu vas chercher monsieur Taylor. José, tu contactes la Terre pour savoir si madame Taylor est bien inscrite sur un de leurs vaisseaux, peut-être sous le nom de Chiton.

— D'accord.

— Il devait partir quand votre vol ?

— Il doit être parti maintenant.

— Tu as entendu ?

— Oui, oui, Roby, je fais le nécessaire.

Monsieur Taylor arriva. Le policier le fit asseoir.

— Mademoiselle Chiton, je vous présente monsieur Taylor, l'époux de Lola.

Il tendit la lettre à monsieur Taylor. Il la lut, blêmit, regarda la jeune femme qui était sur l'autre chaise.

— Je ne comprends pas !

— Je croyais que c'était votre fille.

— Ma fille ?

— Oui, c'est ce qu'elle m'a dit.

— ... ?

— Elle m'a dit qu'elle était tombée amoureuse d'un milliardaire, vous le connaissez, il vous a vendu les places sur ce vol.

— Le salaud ! Il a fait ça pour me piquer ma femme ! Il n'y a que le fric qui l'intéresse cette traînée ! Mes gamins avaient raison ! Que le fric !

Les policiers attendirent que l'homme digère l'information. Quand ils constatèrent que celui-ci avait enfin assimilé la nouvelle, Roby s'adressa à lui :

— Je crains que l'affaire ne soit close, monsieur Taylor. Nous sommes en train de vérifier la véracité des propos de mademoiselle. Si c'est le cas, nous n'avons plus rien contre elle.

Monsieur Taylor examina la jeune femme qui ne cessait de pleurer. Ils patientèrent jusqu'à ce qu'ils aient la réponse de la Terre et du vaisseau spatial.

Geoff revint.

— J'ai eu la confirmation. Elles ont échangé les P. V. I. La réponse est sur ton ordi.

Il consulta le document.

— Dans ce cas, mademoiselle, monsieur. Mon collègue va rédiger vos auditions.

Monsieur Taylor jeta un œil à la jeune femme, assise sur l'autre chaise. Des larmes continuaient de couler sur ses joues. Il ne réagissait pas. Roby se demanda s'il avait bien compris ce qu'il venait de lui dire.

— Monsieur Taylor ?

— Oui ?

— La Terre et le vaisseau spatial confirment la présence de votre épouse sur le vol pour Mars.

Il y eut un long moment de silence, pendant lequel, on n'entendit que les reniflements de mademoiselle Chiton, quand elle ne se mouchait pas.

Monsieur Taylor releva la tête vers le policier.

— Excusez-moi, monsieur, mais que va devenir mademoiselle Chiton ?

— Nous n'en savons rien.

— Où va-t-elle habiter ?

— Je pense qu'on va la mettre à l'infirmerie, en attendant de lui trouver un endroit où loger.

Monsieur Taylor était embêté, il ne voulait pas que mademoiselle Chiton paye pour la manigance de sa garce d'épouse. Il était conscient qu'elle s'était faite embobiner, rouler, comme lui.

— J'aurais une proposition à faire.

— Oui ?

— Dans ce cas, Mademoiselle Chiton est une victime, elle aussi ?

— C'est exact.

— Je propose qu'elle soit chargée de s'occuper de mes enfants. N'importe comment, elle n'a aucun endroit où loger autrement.

— Ça vous regarde, ça. Ce n'est pas à nous de décider. Si elle est d'accord, ça ne nous pose aucun problème. Comme je vous disais, l'affaire est close pour nous.

Après une bonne heure, monsieur Taylor et mademoiselle Chiton sortirent du bureau ensemble. Les policiers restèrent dans le bureau, déconcertés par cette drôle d'affaire.

— Dire que je dois faire un rapport pour ça ! ragea Roby.

— On ne voudrait pas te perturber, surtout que tu dois le faire en anglais, on te laisse, répondit Geoff amusé, en sortant avec José et Zora. On va voir où sont Anke, Gino et Suzy.

— C'est ça, c'est ça, ronchonna son frère.

Chapitre 5

Les premières semaines furent relativement calmes. Tout se passait bien, Yann et Louis se relayaient avec deux autres équipes. Leur temps de loisirs était assez réduit. Ils en profitaient pour aller dans la salle de sports, afin de se maintenir en forme.

Parfois Yann prenait des nouvelles de sa sœur. Il réussit même à aller la voir deux ou trois fois. Elle s'entendait avec tout le monde et ne se plaignait pas.

Elle rencontra enfin l'amour en la personne d'un géologue qu'elle présenta dès qu'elle le put à son frère. Les deux hommes sympathisèrent.

De leur côté, les frères Chamouilleaux n'avaient pas grand-chose à résoudre depuis l'affaire Taylor. Ils arpentaient les différents vaisseaux pour s'assurer qu'il n'y avait pas de problème.

— C'est l'idéal, faire des rondes dans des conditions pareilles, rit Geoff en retrouvant Roby au bureau.

— Tu as raison, mais ça risque de devenir lassant si c'est notre seule activité pendant quarante ans ! rétorqua son frère.

— C'est vrai.

Quand ils avaient fini, ils allaient eux aussi dans une salle de sports du « pionnier trois ».

La plupart de leurs interventions concernaient des disputes familiales, leurs enquêtes se limitaient le plus fréquemment à la résolution de menus larcins.

— Putain ! Ils sont cons, avec toutes les caméras qu'il y a dans le vaisseau, tu ne peux pas bouger une oreille sans que ce soit filmé, confia Roby à son frère.

— C'est exactement ce que je pense.

Ils intervenaient bien plus souvent pour des bagarres. Vivre en vase clos pendant des mois n'était pas très facile. La cohabitation était, pour certains, une véritable épreuve.

Les tentatives de viol, ou les plaintes pour harcèlement sexuel devinrent plus nombreuses, l'oisiveté en étant la première cause. Pourtant de nombreuses activités existaient pour faire paraître le temps moins long. Cependant, la plupart se lassaient très vite et il fallait trouver autre chose.

Les passagers s'ennuyaient. Quelques personnes vinrent voir le commandant pour qu'il organise une réunion et qu'il parle en leurs noms.

— Je suis d'accord, messieurs-dames ! Mais, je crains que nombre d'entre eux n'approuvent pas.

— Vous allez quand même développer nos projets ?

— Oui, oui, je vais le faire, comptez sur moi.

Tous les passagers étaient rassemblés. Le commandant fit une proposition de travail bénévole qui permettrait à ceux qui le voulaient de pouvoir pratiquer une activité, qui les occuperait, permettant ainsi de voir le temps passer plus rapidement.

— Je vous invite à venir rencontrer les personnes ici présentes, afin qu'elles vous dirigent vers les lieux de l'activité qui vous intéresse.

— Est-ce que c'est une obligation ?

— Non. Seules, les personnes qui en ont envie, peuvent le faire.

— Mais ce n'est pas payé ?

— Non, c'est uniquement fait pour soulager le personnel. Chacun est libre d'y adhérer ou pas.

— Mais si ça ne nous plaît pas et qu'on désire faire autre chose après quelques jours ?

— Pourquoi pas ? Si le travail choisi ne vous convient pas, vous demandez à faire autre chose et ce sera tout à fait possible.

— On peut refuser ce projet ?

— Évidemment, je sais que certains sont partants, cette idée émane d'ailleurs d'eux. Ceux qui préfèrent continuer à vivre sans travailler, sont libres.

— Excusez-moi, intervint un homme d'une quarantaine d'années.

— Je vous en prie, répondit le commandant, en lui laissant la place de l'orateur.

— Je m'appelle Marchal, je suis un de ceux qui ont fait cette proposition. En fait, j'ai réfléchi à notre débarquement sur une planète inconnue, je me suis dit qu'il nous faudrait peut-être faire un certain nombre de choses par nous-mêmes, pour notre propre survie.

— Il y a assez de personnels pour ça, ici, répliqua un autre.

— Oui. Et si la planète n'est pas accueillante ? S'ils sont occupés à nous défendre contre des animaux sauvages ou des tribus hostiles ! Qui fera une palissade pendant ce temps ? Qui créera les animaux ? Qui cultivera ? S'ils ont des accidents ? Qui subviendra à votre survie ?

Un bourdonnement monta, chacun exprimait son idée quant aux arguments de Marchal.

— Si certains d'entre vous préfèrent, des militaires, des chercheurs et différents personnels sont prêts à vous enseigner la mécanique, l'architecture, etc., reprit Marchal.

— Mesdames, messieurs, rien ne vous oblige à prendre votre décision aujourd'hui. Réfléchissez-y. Deux hôtesses seront à votre écoute, quand vous voulez. Nous ne forcerons personne, compléta le commandant.

Il décida qu'il avait suffisamment perdu de temps avec eux. Après tout, s'ils préféraient « glander » toute la journée, ça les regardait. Mais qu'au moins, ils cessent de créer des problèmes du style bagarres, harcèlement ou tentatives de viol comme ça devenait de plus en plus l'habitude.

— La réunion est terminée, je dois rejoindre mon poste ainsi que mes collègues. Je vous souhaite une bonne journée. Au revoir messieurs, mesdames.

Il traversa la salle, accompagné de ses hommes et gagna le poste de commandement.

Les pionniers un, deux et trois étaient cruciaux pour la survie des occupants. Ils servaient, à la culture, à la transformation d'algues pour nourrir l'ensemble des occupants de la forteresse, à la conservation de cellules d'animaux et de plantes pour les introduire sur la future planète, si nécessaire. Enfin, ils hébergeaient le personnel. Le Chlols abritait le matériel indispensable, les armes etc.

Les numéros quatre et cinq étaient essentiellement des cabines pour les passagers. La formation des vaisseaux avançait régulièrement, sans accroc.

Chapitre 6

Les forteresses étaient parties depuis un peu plus de quatre mois, quand un message de Chlols Un provoqua un grand remue-ménage.

— *Certains passagers veulent débarquer sur Mars, ils ne veulent pas aller plus loin.*

Le commandant prit la parole et conclut son intervention par :

— Nous sommes en mesure de vivre dans ce vaisseau pendant plusieurs décennies, nous nous autosuffisons. Je vous rappelle que vous avez signé et accepté les conditions de ce vol.

Il y eut bien des personnes qui râlèrent, mais l'annonce fut cependant relativement bien acceptée.

Il n'en fut pas de même pour une des forteresses. Un dialogue entre Chlols Un et Chlols Six attira l'attention du commandement européen.

— *Révolte à bord !*

— *Ici Chlols Un, répétez Chlols Six.*

— *Nous avons une révolte à bord !*

— *Pouvez-vous la contenir ?*

— *Je ne sais pas ! C'est une mutinerie !*

— *Éloignez- vous de la formation immédiatement !*

— Putain ! Il ne faut pas qu'ils jouent aux cons, sinon, on y passe tous, maugréa Yann.

— *Ici Chlols Un. À tous les vaisseaux : rompez immédiatement la formation. Je répète : rompez la formation.*

Toutes les forteresses changèrent de cap pour mettre de la distance entre eux et l'astronef attaqué.

— *Ici Chlols Un, pouvez-vous nous maintenir informés de la situation ?*

— *Ça canarde dans tous les sens. Une partie de l'armée et de la police tente de ramener l'ordre, mais les autres ont armé des passagers.*

Des bruits de luttes et des échanges de coups de feu résonnaient dans la salle. Le commandement au grand complet s'était réuni derrière les pilotes-informaticiens.

Yann et Louis échangeaient de petits regards en biais à chaque nouveau communiqué. Des alarmes retentirent dans le bâtiment six.

— Ça chauffe, murmura Sera qui était arrivée avec Liam.

Dès le début de l'annonce, le commandant avait compris le danger et avait convoqué deux informaticiens supplémentaires.

— Oui, ça chauffe ! répondit Yann à voix basse.

Ils ne voyaient pas ce qui se passait dans le groupe de vaisseaux numéro six, mais les sons qui leur parvenaient les effrayaient.

— Ils vont tous nous faire sauter ! réagit Louis.

— Nous nous sommes éloignés, répondit le commandant.

— Pas suffisamment, commandant, s'ils explosent, on risque de recevoir des débris qui endommageront notre Chlols, répliqua Yann.

— Endommager, oui, pas nous faire exploser. Ou alors ce serait vraiment un manque de chance que ça tape pile poil au mauvais endroit.

— Oui, ben, je ne préfère pas vérifier notre degré de chance aujourd'hui, ironisa-t-il malgré la tension qu'il ressentait.

— Moi non plus, rassurez-vous. Continuez de prendre le large.

— Avec plaisir commandant. À tous les pionniers, enclenchement partiel du bouclier de protection.

— Vous avez aussi enclenché le nôtre ?

— Oui, mon commandant.

— Très bien.

— *Ici Chlols Un, où en êtes-vous Chlols Six ?*

— …

— *Répondez Chlols Six !*

— …

— Ça devient inquiétant, avoua Liam.

— Oui. J'aimerais bien savoir ce qui se passe dans leur vaisseau, dit Yann.

Un silence pesant continuait d'envahir la salle. Personne ne parlait, ni ne bougeait.

— *Chlols Six ?... Chlols Six ?... Répondez Chlols Six !*

Les regards se croisaient, personne n'osait dire un mot. Le mutisme qui répondait à l'astronef Un, devenait inquiétant.

— Regardez ! s'écria Yann qui ne quittait pas les écrans des yeux.

Tous les regards se tournèrent vers ce que montrait Yann. Deux pionniers se séparèrent du vaisseau-mère à quelques secondes d'intervalle, déstabilisant l'équilibre de l'engin principal qui se mit à tourner sur lui-même.

— Il faut qu'il le rétablisse vite, s'exclama Louis.

— C'est ce qu'il tente de faire, regarde !

Tout le monde suivait en direct les vrilles du Chlols Six. Le pilote tentait de compenser au maximum pour rétablir l'équilibre de son appareil.

— C'est bon, ils ont repris un axe normal.

— C'est un chef celui qui est aux commandes, déclara Yann.

Tous les hommes et les femmes dans la salle poussèrent un « ouf » de soulagement.

— *Ici Chlols Six.*

— *Enfin ! Vous pouvez nous faire un rapport ?*

— *Deux des cinq pionniers se sont mutinés. Nous avons mis du temps à reprendre le contrôle. À moins que vous n'ayez une solution, nous ne sommes plus en mesure de poursuivre le voyage.*

— *Nous allons étudier le problème.*

— *Les pionniers et Chlols Six vont devoir se poser sur Mars. C'est la seule solution que nous ayons, pour le moment. Attendons vos suggestions. À vous Chlols Un.*

— *Bien reçu, Chlols Six. Patientez un peu.*

Le commandant Américain contacta les autres vaisseaux. Demandant de faire la proposition pour ceux qui le souhaitaient de s'arrêter sur Mars. Ils avaient une heure pour se décider, ensuite ce serait terminé.

Il fallait également obtenir l'autorisation de la planète rouge. Un dialogue s'installa avec les responsables de Mars. Les colons n'étaient pas disposés à accueillir trop de gens.

Une heure plus tard, une liste de personnes souhaitant s'arrêter sur la planète rouge arriva aux différents centres de gestion des forteresses.

Le commandant Hermann en profita pour se débarrasser des prisonniers qui avaient été arrêtés par les policiers pour toutes sortes de délits.

Après une longue discussion, un terrain d'entente fut enfin trouvé. Les colons acceptèrent quand le Chlols Un leur donna le nombre exact de voyageurs, demandant asile.

De chaque forteresse, un pionnier fut chargé d'envoyer ses passagers versatiles vers le vaisseau-mère numéro six. Ils s'arrimèrent tour à tour. Six pionniers numéros quatre et cinq prirent en charge les voyageurs pour la planète rouge. Il fut convenu qu'ils ne rejoindraient pas la formation, après cette mission. C'était le contrat passé avec Mars. Une exigence acceptée par les pilotes et le personnel concerné.

Les astronefs durent se répartir différemment. Chlols Six était privé, comme l'Australo-Japonais et le Chinois, des pionniers quatre et cinq.

— Félicitations pour la façon dont vous avez récupéré l'axe du vaisseau, déclara le commandant à son collègue.

— *Merci forteresse quatre.*

Ils devaient reprendre la formation en losange, modifiant légèrement les places des différents Chlols.

— *Chlols Trois ?*

— *Oui Chlols Un,* répondit le Chinois.

— *Vous prendrez la position Neuf dans la formation…*

— *Compris Chlols Un, je prends la position neuf.*

— *Chlols Neuf ?*

— *Oui Chlols Un,* dit le Canadien.

— *Vous devenez le Chlols Trois.*

— *Bien reçu, Chlols Un, je deviens le numéro trois.*

— *Chlols Six ?*

— *Oui, Chlols Un, je vous écoute,* répondit le Turc.

— *Vous permutez avec le Chlols Sud-Américain. Vous devenez le Chlols Sept.*

— *Compris, Chlols Un, je prends la position sept.*

— *Chlols Sept ?*

— *Oui Chlols Un, je prends la position six,* répliqua le Sud-Américain.

— *Exact. Vous êtes maintenant le Chlols numéro six.*

Quelques minutes s'écoulèrent.

— *Prenez la formation.*

Toutes les forteresses se regroupèrent selon les dernières directives du Chlols Un.

Quand ils eurent dépassé Mars, ils accélérèrent, multipliant par trois, la vitesse qu'ils avaient jusque-là maintenue, afin de quitter rapidement le système solaire.

Une année passa. Roby croisa par hasard monsieur Taylor dans le vaisseau mère.

— Bonjour, je voulais vous demander quelque chose.

— Si je peux vous rendre service.

— Je voudrais épouser mademoiselle Chiton.

— Déjà ?

— Oui, c'est une jeune fille de bonne famille. De l'aristocratie anglaise. Je voudrais savoir si le commandant accepterait de nous unir, bien que mon épouse et moi ne soyons pas divorcés...

— Je crois que je vois ce que vous voulez dire.

— Maintenant, je ne la reverrai jamais, donc je devrais pouvoir me remarier, non ?

— Je poserai la question.

— Si c'est accepté, j'aimerais que vous soyez un de mes témoins, avec un de vos collègues, si vous voulez ?

— D'accord, je vous donnerai la réponse, vous êtes toujours dans le numéro quatre ?

— Oui, oui, dans le numéro quatre.

— Et vos enfants ?

— Ils s'entendent beaucoup mieux qu'avec la précédente.

— Tant mieux.

— J'ajouterai que ce sont eux qui m'ont suggéré de l'épouser.

— C'est magnifique ça !

— Oui, c'est aussi ce que je pense.

Ils se séparèrent quelques instants plus tard. Roby profita d'une rencontre avec le commandant pour lui poser la question. Il parut convaincu et accepta le mariage.

Trois semaines plus tard, Geoff et Roby furent les témoins de l'union de monsieur Taylor et mademoiselle Chiton. Celui-ci eut lieu dans le vaisseau-mère. C'était le premier mariage réalisé dans l'espace. Ce ne fut pas le seul.

— J'aurais pourtant pensé que Taylor serait descendu sur Mars, remarqua Geoff.

— Moi aussi.

— Après tout, il n'a peut-être pas eu tout à fait tort. Ses enfants ont l'air d'apprécier leur nouvelle belle-mère.

— Oui. C'est aussi bien que de s'en payer une qui n'est là que pour le fric.

Une semaine plus tard, Cécile épousa son charmant géologue et plusieurs mariages furent aussi célébrés ce jour-là.

Depuis leur départ, il y avait eu de nombreuses naissances. Beaucoup de grossesses étaient en cours. La nursery était au trois-quarts exploitée. Elle finirait bientôt par être trop petite.

— Chlols Un à tous les vaisseaux, rompez la formation champ de météorites en approche. Libérez les pionniers !

Monsieur Taylor était avec toute sa petite famille dans le vaisseau mère quand l'alarme fut donnée :

— Alerte ! Ne cherchez pas à gagner vos cabines, arrêtez-vous au siège le plus proche et attachez-vous avec les harnais de sécurité prévus à cet effet. Ne courrez pas. Laissez le passage au personnel. Sanglez-vous dès que possible. Alerte !

Le message repassa en boucle.

Yann et Louis étaient de repos. Le message débutait quand leur biper d'urgence les avertit. Ils se précipitèrent vers la salle de contrôle, évitant les passagers qui n'obéissant que partiellement, tentaient de rejoindre leur cabine.

— Poussez-vous ! Attachez-vous ! Laissez-nous passer, vite ! ne cessaient de lancer les deux hommes, en tâchant de gagner la salle de contrôle.

Les deux informaticiens qui les remplaçaient se levèrent et partirent en courant vers le pionnier dont ils étaient responsables. Yann et Louis enfilèrent le harnais qui les maintiendrait au siège pendant les manœuvres. Ils quittèrent rapidement la formation.

L'Américain répéta :

— Chlols Un à tous les vaisseaux, rompez la formation champ de météorites en approche. Libérez les pionniers !

Près d'eux, le commandant s'était lui aussi sanglé, il ronchonnait :

— C'est bien les Américains, ça ! Comme si on ne savait pas ce qu'il y avait à faire ! On connaît les instructions aussi bien qu'eux ! Il faut toujours qu'ils donnent les ordres ! Comme si on ne savait pas ce qu'il y avait à faire ! répéta-t-il.

Louis et Yann échangèrent un bref regard. Depuis le départ, le commandant en avait après son collègue. Le Chlols Un correspondait régulièrement avec les autres forteresses, sur un ton de grand commandant en chef de l'expédition.

Ils avaient le même grade, les mêmes compétences, c'est au bénéfice de l'âge que l'Américain avait eu le poste.

— Et encore, sept jours ! Sept jours de plus que moi ! Alors, hein ! Ses grands airs ! Vous savez où il peut se les mettre ! Hein ?

Personne ne répondait, bien entendu. Hermann n'était pas vraiment jaloux, mais il estimait que la direction lui avait été refusée pour de mauvaises raisons. Sept jours !

Dès qu'ils furent assez éloignés, ils débutèrent les procédés de séparation.

— Pionnier quatre, êtes-vous prêt ?

— *Prêt.*

— Pionnier cinq, prêt ?

— *Prêt.*

— Décrochage dans cinq, quatre, trois, deux, un, top !

Dans un ensemble parfait, ils se libérèrent des pionniers deux et trois. Ils leur laissèrent quelques secondes pour prendre de la distance.

— Pionnier deux, prêt ?

— ...

C'étaient les deux informaticiens qui étaient dans le centre de commandement, à leurs postes, quelques minutes plus tôt. Visiblement, ils n'avaient pas encore rejoint le centre de pilotage de leur vaisseau.

— Sera, Bob ? Vous êtes là ?

— *Cinq secondes. Nous arrivons,* répondit Bob, essoufflé.

— Pionnier trois, prêt pour décrochage ?

— *Prêt.*

— Pionnier deux, prêt ?

— *Voilà, nous sommes prêts.*

— Décrochage dans cinq, quatre, trois, deux, un, top !

Quelques secondes passèrent.

— Opération réussie, confirma Louis.

— Pionnier un, prêt ?

— *Prêt.*

— Décrochage dans cinq, quatre, trois, deux, un, top !

— Séparation réussie, annonça Roncet.

— Bouclier de protection.

— Bouclier de protection enclenché.

— Louis, tu me signales les coordonnées pour que j'évite le maximum d'impacts. D'accord ?

— D'accord.

Pendant qu'il était à Kourou, Yann avait suivi des stages de formation pour le pilotage des astronefs dans un simulateur. Très vite, il avait été repéré par l'armée. Contrairement à la majorité de ses collègues, il n'était pas militaire. Roncet, était lieutenant. Yann avait été incorporé d'office, au même grade que son camarade.

C'est à lui qu'avait été confiée la responsabilité du vaisseau-mère, les résultats de ses tests ayant été les meilleurs parmi tous les pilotes. Les deux jeunes gens s'entendaient bien, une sympathie et une complicité les avaient unis presque spontanément.

Ils furent incorporés avec les deux fonctions : informaticien et pilote, ce qui permettait d'économiser le nombre de personnels.

Yann était concentré, en plus de ce qu'il voyait et évitait droit devant lui, il tenait compte des informations divulguées par son collègue.

— Un, sept cent cinquante-quatre, vingt-huit, deux cent cinquante-deux.

Le vaisseau se pencha presque à la verticale.

— Trois, quatre cent dix-sept, vingt et un, soixante-quinze.

Il pivota rapidement dans une position inverse à la précédente.

Plus ils avançaient, plus Louis égrenait des chiffres. L'astronef se cabrait, plongeait, virait à gauche, à droite, piquait en tournant, grimpait en pivotant dans un sens puis dans l'autre.

Devant son écran, Yann maîtrisait la manette à la perfection. Tel dans un jeu vidéo, il se faufilait entre les météorites.

Leur bouclier de protection était suffisant pour ne pas avoir à éviter les plus petits impacts. Cependant si la vitesse de quelques aérolithes dépassait certaines limites, ils pouvaient réussir à le traverser. Quant aux plus gros, ils ne pouvaient être que freinés, mais en aucun cas stoppés par le bouclier.

Sur le grand panoramique de la salle de commandement, le radar affichait les points, dont le nombre augmentait à chaque instant. Ils s'approchaient de plus en plus rapidement.

— Trois, cinquante-trois, dix-neuf.

Yann n'attendit pas de savoir l'angle, le temps était trop court pour ça. Il plongea, redressa. L'appareil fut pris de tremblements difficiles à contrôler.

— Dix, soixante et un, seize, cent deux.

Une autre météorite apparut.

— À deux heures ! cria Louis, sans avoir le temps d'énumérer tous les chiffres.

Yann plongea presque à la verticale, une fois de plus. Des éclats de météorites passèrent au travers du bouclier de protection. Le vaisseau se mit à vibrer dangereusement.

Avec maîtrise, Yann le maintint, tandis que tout l'aéronef tremblait d'une façon effrayante. Il rétablit néanmoins l'appareil après quelques secondes.

— Waouh, il n'est pas passé loin, celui-là, murmura le commandant à son collègue.

Plusieurs passagers et certains membres du personnel étaient malades. Heureusement, des sacs étaient à disposition sous les sièges où ils étaient sanglés, malgré tout, tous n'avaient pas eu le temps de l'attraper avant de rendre leur dernier repas, ce qui provoqua bon nombre d'autres vomissements...

Le jeune Khewenchk n'avait pas un instant pour écouter ce qui se disait dans son dos. Ils évitaient toutes les grosses météorites, mais leur Chlols avait parfois des secousses incontrôlées. Il fallait alors user de tout son savoir-faire, pour retrouver une assiette correcte, tout en échappant aux gros aérolithes qui les auraient fait exploser.

— Attention, astronef à trois heures !

— Mais qu'est-ce qu'il fout là ? maugréa Yann. En virant pour l'éviter.

Sur l'écran panoramique, les positions des vaisseaux-mères et des pionniers s'affichaient en bleu. Les météorites étaient en rouge. Bizarrement, cet astronef n'était apparu que quelques secondes avant, comme s'il venait de nulle part.

Le commandant suivait attentivement tous les points, quand l'un attira particulièrement son intention :

— Explosion à cinq heures ! Un pionnier a été touché, attention à l'onde de choc !

Yann se cramponna à sa manette en faisant obliquer son appareil, il s'enfonça au cœur d'une trouée momentanée. Les occupants du vaisseau étaient secoués, bousculés dans tous les sens.

Tantôt ils se retrouvaient collés sur leur siège, tantôt c'était le harnais qui les retenait pour qu'ils ne soient pas projetés sur les murs qui leur faisaient face, ou encore qu'ils ne soient suspendus vers la droite ou vers la gauche.

— Onze, quarante-huit, vingt-huit, treize.

Un nouveau pionnier explosa derrière eux, provoquant l'explosion d'un autre.

— Attention, onde de choc !

Tout le vaisseau fut agité de soubresauts. Le calme revint. Devant eux, l'onde leur ouvrit un passage en déviant les météorites. Yann n'hésita pas, il s'y engouffra. Il entra dans un secteur moins dangereux, il fallut éviter les quelques aérolithes qui passaient, mais sans être aussi nombreux que dans l'heure précédente.

Ils reprirent une vitesse de croisière lente en attendant les autres Chlols et pionniers. La fin de l'alerte sonna.

— Rapports des avaries ? lança le commandant.

Yann avait évité les plus gros projectiles, mais de tout petits avaient néanmoins touché l'appareil.

Chacun leur tour, les responsables firent leur compte-rendu des dommages. Ceux-ci étaient minimes. Ils s'en étaient bien sortis.

Dans tous les Chlols et pionniers, des équipes furent chargées de sortir pour vérifier et réparer les dégâts. D'autres examinaient l'intérieur des appareils. Chacun restaura les éléments endommagés. Ils restèrent longtemps avant que tout soit enfin en état de marche.

— Ici Chlols Quatre, appareil opérationnel, je répète Chlols Quatre, appareil opérationnel.

Chaque vaisseau fit ainsi savoir qu'il était en état de fonctionner correctement.

Progressivement, les différents astronefs s'approchèrent. Quand ils constatèrent qu'ils étaient pratiquement tous présents, ils s'alignèrent. Ils avaient pour la plupart quelques dommages, mais rien de dramatique, au regard du passage redoutable qu'ils venaient de traverser. Le commandant entra aussitôt en communication :

— Pionnier quatre-un, répondez.

— *Ici, pionnier quatre-un.*

— Comment ça va ? Êtes-vous en capacité de vous arrimer ?

— *Oui, Chlols Quatre. Légères avaries, n'entraînant aucun risque. Tout semble fonctionner.*

Yann reprit alors la communication :

— Pionnier quatre-un, préparation pour arrimage, prêt ?

— *Prêt.*

— Arrimage dans cinq, quatre, trois, deux, un, top.

Quelques secondes s'écoulèrent.

— Arrimage réussit, déclara Louis.

Le commandant appela ensuite le deuxième :

— Pionnier quatre-deux, répondez.

Un grésillement inaudible leur parvint.

— Pionnier quatre-deux, répondez.

— *... niers... eux...*

— Pionnier quatre-deux, nous ne vous recevons pas correctement.

— *Pi... iers... eux...*

— Pionnier quatre-deux, nous recevez-vous ?

— *... clair...*

Yann décida d'une autre technique.

— Pionnier quatre-deux, si vous nous recevez clairement répondez par mouvement en vol.

L'astronef oscilla.

— Pionnier quatre-deux, êtes-vous en capacité de vous arrimer ?

À nouveau, l'astronef oscilla.

— Très bien, nous contactons pionnier trois, patientez.

— Pionnier quatre-trois, répondez.

— *Ici, pionnier quatre-trois.*

— Comment ça va ? Êtes-vous en capacité de vous arrimer ?

— *Oui, Chlols Quatre. Légères avaries, n'entraînant aucun risque. Tout semble fonctionner.*

Yann reprit la communication :

— Pionnier quatre-deux préparez-vous pour arrimage. Pionnier quatre-trois, êtes-vous prêt ?

— *Prêt.*

— Arrimage dans cinq, quatre, trois, deux, un, top !

Quelques secondes, qui parurent interminables, s'écoulèrent. Le vaisseau-mère ne bougea pas, au grand soulagement du poste de commandement.

— Arrimage réussit, souffla Roncet.

— *...ri... age... sit.*

Yann soupira en jetant un regard angoissé à Louis.

Il poursuivit avec pionnier quatre-quatre et quatre-cinq. Tout se passa bien. Quand la forteresse fut complète, Yann se tourna vers Roncet :

— Tu peux me reprendre Louis ? J'aimerais aller jusqu'au pionnier deux. Ma sœur est dedans, poursuivit-il à voix basse.

— Pour moi, pas de problème, répondit-il en chuchotant.

Yann regarda alors Hermann.

— Commandant ? Demande possibilité d'aller vérifier pionnier deux ?

— Requête acceptée lieutenant.

— Je vous remercie commandant. Je fais vite, glissa-t-il à son collègue.

Il se hâta jusqu'au passage du pionnier deux. Il se précipita à l'intérieur, jusque dans le laboratoire où sa sœur travaillait. Elle était pâle. Elle se jeta dans ses bras en pleurant. Il la consola, lui parla avec tendresse. Elle se reprit petit à petit. Il l'embrassa affectueusement. Son beau-frère prit le relais pour la rassurer. Une fois certain que Cécile allait bien, il se rendit auprès des pilotes de pionnier deux.

— Alors ? Vous avez trouvé d'où venait le problème ?

— Oui, Yann, aucune difficulté pour réparer. Le plus grave c'est plutôt dans certains systèmes de navigation, je crains qu'ils ne nous lâchent lors de l'atterrissage. C'est l'explosion d'un pionnier qui a provoqué nos dommages. Nous allons tâcher de faire le nécessaire pour pallier ces inconvénients, mais je ne promets rien...

— Si vous avez besoin de personnel, vous demandez, ok ?

— Oui, on a déjà contacté pionnier trois, il nous envoie une équipe technique.

— *Pionnier deux, nous attendons le rapport d'avaries.*

— Vous recevez bien, constata Yann.

— Oui, apparemment, c'est juste pour émettre qu'on a des difficultés, sourit Bob.

— D'accord.

— Rapport d'avaries, dit un soldat en tendant un document. Nous ne pouvons pas le transmettre autrement, pour le moment.

Bob le remercia, il prit le document le scanna et le tendit à Yann. Ils le survolèrent rapidement, grimaçant en même temps.

— Bon, je file le porter au boss, sinon dans quinze secondes il va réitérer la demande.

— D'accord, salut.

— Salut.

Il n'avait pas fait trois pas hors de la salle, que déjà résonnait à nouveau la demande du commandant :

— *Pionnier deux, nous attendons votre rapport d'avaries.*

Yann regagna son poste de travail. Il donna le rapport au commandant. Il était temps, il devait procéder aux manœuvres nécessaires à la récupération de leur place dans la formation. Il se contenta d'assister Roncet qui avait déjà pris contact avec Chlols Un.

— Quels sont les pionniers qui ont explosé ? s'inquiéta-t-il.

— Le trois-trois, le huit-trois, le six-cinq et le deux-deux.

— Soit quatre pionniers... s'attrista Yann, qui imaginait déjà la douleur des familles et des amis.

Le jeune homme préféra ne pas trop penser aux pertes humaines, aussi douloureux que ce soit, et dans un premier temps il devait gérer le côté pratique, son collègue reprit :

— Oui, pour l'équilibre, ils vont galérer.

— Pourquoi a-t-on arrêté les manœuvres ?

— Il y a négociation.

— Je ne vois qu'une solution.

— Laquelle ?

— Compléter le trois ou le sept, puis le six ou le huit, ce qui laisserait un Chlols sans les pionniers latéraux.

Un appel de l'Américain confirma qu'il était arrivé à la même conclusion. La discussion entre les différents vaisseaux durait.

Ils réussirent enfin à trouver un terrain d'entente. Le Turc récupéra deux pionniers Canadiens, le sud-américain, un autre, un Australo-Japonais s'arrima au russe permettant la création de cinq Chlols complets.

La formation prit la configuration du diamant. Les forteresses complètes se répartirent une nouvelle fois différemment dans la formation :

numéro un : Américain complet,

deux : Russe complet,

trois : Européen complet,

quatre : Sud-Américain avec trois pionniers,

cinq : Africain complet,

six : Turc complet,

sept : Canadien avec pionnier un,

huit : Australo-Japonais avec pionnier un,

et enfin neuf : Chinois avec trois pionniers.

Il y eut beaucoup de bobos à soigner, des jambes ou bras fêlés voire cassés, dus essentiellement à la non-obéissance immédiate des passagers.

Les blessures les plus sérieuses concernaient exclusivement quelques membres du personnel qui avaient été obligés de secourir des voyageurs ou encore de réparer des impacts sans attendre, pendant les vire-voltages des machines. Ils déploraient trois morts.

Il y eut également beaucoup de nettoyage à faire pour retrouver un environnement plus agréable.

Chapitre 7

Dix-huit mois s'étaient écoulés dans la Galaxie, depuis la traversée du champ de météorites, il fallait régulièrement modifier la formation pour ravitailler les Chlols sept et huit, privés de leurs pionniers.

Ils avançaient en formation quand ils ressentirent une forme de tempête soudaine, rien n'était pourtant visible. Une fois de plus l'alarme retentit. Les ordres furent semblables à la fois précédente.

— *Alerte ! Ne cherchez pas à gagner vos cabines, arrêtez-vous au siège le plus proche et attachez-vous avec les harnais de sécurité prévus à cet effet. Ne courrez pas. Laissez le passage au personnel. Sanglez-vous dès que possible. Alerte !*

Le message repassa une fois de plus en boucle.

Cette fois, aucun passager ne chercha à gagner sa cabine. La dernière expérience leur avait enseigné qu'il était urgent d'obéir pour une question de sécurité.

Yann était à son poste et lança :

— Préparation à séparation immédiate de la formation !

— Que se passe-t-il ?

— C'est difficile de tenir la forteresse ! On va toucher !

Plongeant au maximum, Yann évita la collision de justesse avec le Chlols Six et le Un.

Quelques secondes s'écoulèrent.

— Séparation immédiate des pionniers !

Comme la première fois, il contacta les pionniers les uns après les autres. Il ordonna les séparations. En très peu de temps, tous s'éloignèrent des vaisseaux-mères. C'était étonnant, un vent invisible les brinquebalait.

Ils progressaient avec difficulté, prenant garde de ne pas trop approcher les astronefs les uns des autres.

Un rayon bleu-vert apparut soudain il enveloppa quelques vaisseaux-mères et les pionniers les plus proches.

La lueur qui les auréolait s'effaça aussi promptement qu'elle était apparue. Cet événement parut ne durer que quelques minutes. Tous les vaisseaux qui étaient dans cette colonne de lumière avaient disparu.

Les Chlols Canadiens, Chinois, Africains et Sud-Américain restèrent stupéfaits. Toutes les autres forteresses s'étaient volatilisées sous leurs yeux, un certain nombre de pionniers, également. Il n'en restait que quelques-uns, qui avaient eux aussi, échappé au phénomène.

Ils firent le point sur leur nombre, afin de s'organiser pour poursuivre le voyage interplanétaire vers Alpha du Centaure. Ils supposèrent que les autres vaisseaux avaient été absorbés par un trou noir ou quelque chose de similaire et qu'ils avaient donc été détruits.

De leur côté, cinq vaisseaux-mères avaient été happés. Ils ne pouvaient rien faire, aucun appareil ne fonctionnait. Ils étaient comme dans un tunnel bleuté qui les aspirait avec neuf astronefs.

Ils se maintenaient juste à l'horizontale, enfin il leur semblait que c'était ce qu'ils faisaient, mais nul n'aurait osé l'affirmer. Ils n'avaient aucune idée du temps qui passait, des heures ou des minutes ? Des mois ou des semaines ? Ils s'étaient tous regardés sans se permettre d'émettre un son.

La colonne et le brouillard bleuté qui les enveloppaient se dissipèrent en une fraction de seconde.

Le vaisseau plongea violemment.

Yann et Louis durent opérer en même temps pour le restabiliser, tout en évitant les autres astronefs. Tous ses collègues durent faire le même style de manœuvres.

Quand ils eurent réussi leurs rétablissements, ils vérifièrent tous les appareils. Tout fonctionnait à la perfection. Ils firent le point sur les vaisseaux restants.

Ils supposèrent, eux aussi, que les Chlols et les pionniers manquants avaient été détruits.

Cinq Chlols étaient présents : l'Américain, l'Européen, le Russe, le Turc et l'Australo-Japonais. Quant aux pionniers, il n'y avait plus qu'un Sud-Américain, trois Européens, un Russe, un Africain, un Canadien et deux Chinois. Ils s'organisèrent tant bien que mal.

Yann fut soulagé en constatant la présence du pionnier dans lequel se trouvait sa sœur.

Ils durent bientôt se rendre à l'évidence, ils ne savaient pas dans quelle galaxie ils évoluaient maintenant. Elle leur était totalement inconnue. Ils cherchaient à se repérer, à reconnaître des étoiles qui auraient pu leur permettre de se positionner. Malheureusement, ils en furent incapables.

Ils étudièrent alors les astres susceptibles d'être habitables. Ils errèrent plusieurs mois, examinant chaque planète. Enfin, l'une d'elles attira leur attention. Ils se dirigèrent donc, vers celle-ci. Ils mirent presque quatre mois pour l'atteindre.

À l'approche de ce nouveau monde, tous commencèrent à espérer, elle avait probablement une atmosphère relativement proche de celle de la Terre. Elle possédait des mers et des océans, des plaines, des montagnes.

L'Américain prit la parole :

— *La planète semble habitable.*

Il y eut un silence, ils venaient de remarquer un détail important. L'Australo-Japonais fut le premier à réagir.

— *Ils ont des objets en orbite !* constata-t-il.

— Je pense que nous ne devons pas nous poser tous en même temps, il ne faut pas donner l'illusion d'une attaque, ils pourraient nous anéantir en peu de temps, intervint l'Européen.

— *Je propose qu'un seul vaisseau atterrisse dans un premier temps, les autres suivront dès qu'ils en auront l'autorisation des habitants de cette planète.*

— *Vous croyez qu'ils sont beaucoup plus avancés que nous ?* interrogea le Russe.

— *Au moins autant. Nous nous mettrons en orbite,* décida l'Américain.

— *S'ils nous y autorisent.*

— Ils pourraient croire à une attaque ! insista l'Européen.

— *C'est vrai,* approuva le Turc.

— *Nous allons tenter d'entrer en contact avec eux, c'est la seule solution,* admit l'Américain.

Il n'eut pas longtemps à se poser la question. Ils n'étaient qu'à quelques jours d'atteindre ce nouveau monde. Comme prévu, ils envoyèrent un message vers la planète, en espérant que celle-ci comprendrait leur communication.

Avant même que le message n'ait fini d'être transmis, ils constatèrent qu'une multitude d'aéronefs de petite taille les encerclaient.

Les ordinateurs de tous les Chlols fonctionnèrent sans aucune sollicitation interne. Une inquiétude grandit très vite chez tous les commandants Chlols. Cette planète était peuplée par une espèce, d'une intelligence au moins égale, si ce n'était supérieure, à celle des Terriens.

— Si ce ne sont pas des Lilliputiens, ce sont des genres de drones qui nous surveillent, murmura Yann en regardant son écran.

— Je confirme, répondit Louis.

— Qu'est-ce qu'on fait ?

— C'est aux commandants de prendre la décision.

Dans tous les vaisseaux, en même temps, un être humain apparut sur les écrans, sans que quiconque n'ait agi. Il parla, mais personne ne comprit ce qu'il disait.

— Nous ne parlons pas votre langue, déclara l'Américain.

Il y eut un moment de silence, l'individu s'effaça et le visage d'une femme le remplaça.

— *Quelles sont vos intentions ? Que venez-vous faire ici ?*

Ils furent surpris qu'elle maîtrise aussi bien leur langue, elle discourait avec un léger accent indéfinissable. Le commandant Américain lui exposa alors le but de leur voyage.

— *Nous devons nous consulter avant de vous autoriser à un possible accord d'atterrissage.*

— *Nous comprenons votre souci. Nous patienterons.*

— *Si nous acceptons, vous devrez vous conformer à nos directives pour vous poser sur Éryl.*

— *Nous acceptons.*

— *Vous ne serez pas autorisés à sortir de vos astronefs sans notre aval.*

— *Bien entendu.*

— *Nous devrons vérifier votre état de santé, pour éviter toute contamination.*

— *Ça nous semble logique. Nous acceptons ces conditions.*

La femme disparut des écrans.

— À ton avis, elle mesure combien ? Douze ? Quinze centimètres ? blagua Yann.

— Je dirais plutôt dix-sept.

— Nous arrivons au royaume de Gulliver ! rit-il.

— Ça se trouve, elle fait deux mètres cinquante !

— Ce serait moins drôle, on serait très mal !

— Elle est très belle, tu crois qu'elle a quel âge ? demanda Roncet.

— Comme ça, je dirais une trentaine d'années.

— Ça se trouve, elle a cent vingt ans !

Le commandant ne disait rien, il écoutait le dialogue entre les deux pilotes. Il réfléchissait aux suppositions que les deux hommes faisaient.

Depuis le temps qu'ils avaient quitté la terre, il avait noué des relations de complicité presque amicales avec ses pilotes.

— J'espère messieurs que vous avez tort, sourit-il.

— Nous aussi ! rirent les deux jeunes gens.

Un temps qui leur parut interminable s'écoula. Enfin, le visage de la jeune femme apparut sur leurs écrans.

— *Nous acceptons que vous fassiez halte sur Éryl, mais à la moindre action suspecte, nous n'hésiterons pas à vous détruire.*

— *D'accord. Nous vous remercions.*

— *Nous vous indiquerons, où vous poser. Vous ne sortirez que lorsque nous vous y aurons autorisés.*

— *Nous avons compris, nous acceptons. Merci.*

— *Sachez toutefois que notre planète est dangereuse dans certains secteurs, pour tout ce qui est électronique. Une grande prudence est exigée pour atterrir.*

— *Nous suivrons vos instructions.*

— *Pour votre sécurité, vous ne le ferez qu'au moment où nous vous le dirons et dans le lieu que nous vous indiquerons.*

— *Nous avons bien compris.*

— *Avez-vous quelque chose à ajouter ?*

— *Non, pas pour le moment.*

— L'un de nos vaisseaux pionniers est en mauvais état, pourrait-il être le premier à se poser ? demanda Hermann à l'Américain.

— *Lequel ?*

— Le deux, il risque d'avoir des problèmes pour un atterrissage normal, alors pour un atterrissage compliqué...

— *Je le demanderai à la prochaine communication.*

— Merci.

— *Il n'y a que des scientifiques dans celui-ci ?*

— Affirmatif.

— *Requête accordée pour ma part.*

— Merci.

Yann demanda l'autorisation d'aller embrasser sa sœur au cas où la demande serait acceptée.

Le commandant le lui permit. Il courut jusqu'au pionnier deux.

— J'ai peur, Yann.

— Vous voulez venir dans le vaisseau-mère ?

— Non. Merci. Je t'aime.

— Je t'aime ma puce. On se retrouvera au sol, je ne sais pas si on atterrira tous dans le même pays. Mais je tâcherai de te retrouver, dès que possible. D'accord ?

— D'accord.

Il embrassa Cécile l'étreignant longuement, puis il donna une franche accolade à son beau-frère. Il salua les pilotes au passage, leur donna quelques mots d'encouragement et retourna à son poste.

La séparation des pionniers se fit aussitôt.

Le visage de la jeune femme d'Éryl apparut de nouveau sur les écrans.

— *Autorisation donnée à un appareil de se poser.*

— *Nous avons un astronef en mauvais état, pourrait-il être le premier à se poser ?*

— *Qu'il suive les « orvards » qui viennent de s'éclairer.*

— Ça s'appelle des « orvards » leurs trucs, chuchota Louis, tu crois qu'elle est à l'intérieur de l'un d'eux ou qu'elle nous parle d'ailleurs ?

— Je n'en sais rien, mais elle est rudement jolie.

— *Pionnier trois, deux, suivez les « orvards » qui clignotent.*

— *Bien reçu, nous suivons les « orvards ».*

Quelques secondes passèrent, ils virent l'astronef bouger lentement et quitter la formation.

— *Yann ! Ta sœur est à mes côtés, elle veut absolument te dire encore au revoir.*

Son visage se dessina sur l'écran. Ils n'avaient pas beaucoup de temps.

— Salut Cécile. Ça va ma puce ?

— *Je voulais te dire adieu.*

— Allons, tout va bien se passer. Bob et Sera sont des chefs ! Je t'embrasse très fort, on se retrouve au sol, d'accord ?

— *Je t'aime Yann. Adieu.*

— Sois courageuse. Je t'aime aussi. Au revoir, bisous.

— *Bisous.*

La ligne fut aussitôt coupée.

— *Si les habitants nous reçoivent avec agressivité, nous devrons soit nous battre, soit trouver une autre planète. Dès que l'un de nous sera posé, il devra nous tenir au courant de l'évolution des choses,* déclara l'américain.

— *Bien reçu. Amorçons l'approche...*

— *Vous devez vous attendre à faire une approche manuelle,* intervint l'interlocutrice d'Éryl.

— *Bien reçu. Nous sommes prêts.*

— *Bonne chance,* dit-elle.

— *Merci.*

Dans tous les postes de commandement, l'atterrissage de pionnier trois-deux était suivi. L'entrée dans l'atmosphère se passa bien. Les « orvards » les précédèrent, visant une grande étendue plate, il aurait dû s'y poser sans encombre, mais certaines commandes endommagées ne réagissaient pas.

— *Mes instruments ne répondent plus ! Rien ne marche !*

— *Il faut le faire manuellement !* s'exclama la voix de la jeune femme.

— *Bon sang ! Mes commandes manuelles sont bloquées !*

— *Attends ! J'essaie à partir des miennes !*

— *Ça ne marche pas !*

— *Les miennes non plus !*

— *Allez, ensemble ! Go !*

— *Ça y est ! Ça s'est débloqué ! On Remonte ! Remonte ! Encore ! Encore !*

On sentait la crispation des pilotes sur leurs manettes. Leur frayeur était palpable. Dans un dernier effort, ils tentaient de redresser leur appareil quand ils virent surgir devant eux un mont, puis une montagne. Soudain, la voix affolée du pilote résonna dans la salle.

— *C'est trop tard ! Putain ! C'est trop tard !*

— *On n'y arrivera pas ! C'est foutu !*

Ce furent les dernières paroles que les vaisseaux terriens entendirent de pionnier trois-deux. Il ne réussit pas à éviter la montagne, il la percuta. Plus un bruit n'était audible. Le vaisseau avait disparu des écrans radar.

— Non ! Hurla Yann. Non !

Déjà, Louis était à ses côtés, tentant de le réconforter. Plusieurs personnes dans la salle s'approchèrent pour le consoler. Il ne réussissait pas à contenir le flot de larmes qui montait en lui. Il ne cessait de répéter :

— C'est pas possible, pas Cécile ! Pas Cécile. Je lui avais dit que tout irait bien !!!

Le silence était absolu dans la pièce. Il n'y avait que le bruit des pleurs de Yann.

Les autres Chlols n'avaient rien perdu des derniers instants du pionnier. Un moment passa. Le visage attristé de la jeune femme se manifesta sur l'écran.

— *Nous sommes désolés, pour l'appareil qui a essayé de se poser. Nos équipes de sauvetage sont déjà en route au cas où il y aurait des survivants. Voulez-vous continuer de tenter les atterrissages ?*

— Que s'est-il passé ?

— Nous vous avons prévenu, le sol de notre planète détraque fréquemment les instruments électroniques, il ne faut utiliser que les commandes manuelles dans ces cas-là.

— Mais c'est ce qu'il a fait.

— Nous le savons, nous avons aussi suivi son approche. Il semblerait qu'il y ait eu une défaillance technique dans son appareil.

— En effet, c'était ce qu'il craignait, confirma Hermann.

— Si vous le permettez, je serai le prochain, je pourrai ainsi donner les directives aux suivants, proposa l'Australo-Japonais.

— Très bien. Les autres resteront en orbite jusqu'à ce que nous donnions notre accord ou non, répondit l'Éryloise sans attendre que l'Américain donne son avis.

— D'accord, accepta-t-il, contraint et forcé.

— Suivez les « orvards ».

— Me permettez-vous de prendre les voyageurs avec enfants à mon bord ? demanda-t-il.

— Si vous voulez, vous avez une heure pour ce transfert, pas davantage.

Sur l'écran, la position de tous les vaisseaux et des « orvards » resurgit.

— Ils contrôlent nos écrans. Ils nous espionnent s'ils le souhaitent, réagit le commandant.

Yann s'était repris, il tenait son poste, cependant de temps à autre, une larme roulait sur sa joue. Même s'il réussissait à rester concentré et maître de ses actions, au plus profond de son être, il se sentait anéanti.

Le deuxième vaisseau eut des problèmes électroniques, un certain nombre d'appareils tombèrent en panne, d'autres s'affolèrent, indiquant n'importe quoi. Le commandant dut débrancher le pilotage automatique, il fit toute l'approche manuellement, sans se fier à ses instruments. Trois objets volants de la nouvelle planète l'accompagnaient, leur donnant les indications nécessaires pour se poser sans encombre.

Une fois de plus, les Terriens suivirent la trajectoire. Tout se passa bien, ils constatèrent qu'il s'était posé non loin de l'endroit du crash de pionnier trois-deux.

Il avait stoppé. Des applaudissements et des cris de joie retentirent à l'intérieur de l'engin. Depuis les années qu'ils venaient tous de passer confinés, ils avaient hâte de sortir sur une terre qui semblait accueillante.

Ils furent surpris de constater qu'en quelques instants leur vaisseau venait d'être entouré par des militaires armés qui les attendaient.

Chapitre 8

Le commandant Laurent et un de ses hommes avaient décidé d'être les premiers à sortir, pour le contact initial avec la population Autochtone.

La porte s'ouvrit et ils avancèrent lentement, les mains bien en vue pour affirmer leur non-agressivité.

Un homme en longue tunique blanche et deux autres en violet se tenaient à quelque distance. D'un geste, ils invitèrent les deux hommes à les suivre.

Ils les firent passer dans un sas de décontamination.

Quand ils sortirent, une dizaine de minutes plus tard, on leur donna une longue tunique jaune. Sans broncher, ils les enfilèrent. Puis, d'un signe de la main, ils furent conviés à les rejoindre. Lorsqu'ils furent à moins de trois mètres d'eux, les indigènes les saluèrent en posant leurs mains l'une sur l'autre au niveau de l'estomac et en inclinant légèrement la tête.

Ça fait penser aux saluts Asiatiques, songea Laurent.

Le commandant et le soldat les imitèrent.

— Visiblement, ils sont moins avancés que nous, vous avez vu ? Ils sont en soutanes comme au Moyen Âge.

— Oui Gallen, pourtant au niveau des armes ils paraissent aussi bien équipés que sur Terre, sans parler de leurs vaisseaux... Et leur tenue est assez semblable à la nôtre, à part les trois gus, là...

— C'est vrai. C'est peut-être leur habit de réception !

Ils emboîtèrent le pas de ces hommes, qui leur avaient tourné le dos et avançaient vers une tente qui avait rapidement été dressée, ils y entrèrent avec un peu d'appréhension.

Deux jeunes individus vêtus de tuniques vertes leur offrirent un collier en forme de croissant à chacun. Ils se regardèrent avec crainte. Le sourire engageant des trois hommes les incita à obéir. C'était peut-être un signe de bienvenue. Dès qu'ils les eurent accrochés à leur cou, l'homme en blanc prit la parole :

— Messieurs, bonjour, je me présente je suis le Sage Vapro, voici mes collègues Chary et Pernus.

— Bonjour messieurs, je suis le commandant Laurent et le lieutenant Gallen.

— Veuillez vous asseoir, je vous prie. Je vous présente les Sages Straton et Barcy.

De profonds fauteuils avaient été positionnés dans l'angle du fond. Chacun prit place.

— Nous sommes désolés, l'autre vaisseau s'est écrasé entre le mont dragon et le mont Banu, une équipe de secours s'est transportée sur les lieux, mais ils n'ont pour le moment trouvé aucun survivant.

— Je m'en doute, vu l'explosion que j'ai aperçue... je vous remercie néanmoins de cette attention.

— Maintenant, que venez-vous réellement faire sur Éryl ?

— Éryl ?

— C'est le nom de cette planète. Les habitants de ce continent se nomment les Simas.

— D'accord. La survie sur notre planète, la Terre, est compromise, nous vous demandons l'asile.

— Rien que ça ? Le problème avec vous les Terriens, c'est que vous avez tout fait pour détruire un endroit qui aurait presque pu être paradisiaque.

— Comment savez-vous ça ?

L'homme éluda la question et poursuivit :

— Nous ne sommes pas contre le fait de vous héberger, mais si vous avez dans l'idée d'amener ici vos querelles d'argent, de religions, ou de pouvoir, sachez que nous n'hésiterons pas à vous exterminer. Par contre, si vous acceptez de vivre comme tous les habitants du Sima et de vous fondre dans la population, nous vous accueillerons sans problème.

— Comment savez-vous ce qui s'est passé sur Terre ? répéta le commandant.

— Voici plus d'un siècle que nous vous observons...

— D'ici ?

— Non, à bord de nos vaisseaux.

— Les Ovnis, c'était vous ?

— Nous ne sommes pas les seuls, vous inquiétez plusieurs autres planètes, certaines nous ont contactés pendant nos voyages, pour nous dire combien vous deveniez dangereux.

— Mais pourquoi n'êtes-vous pas intervenus ?

— Quand vous voyez une buse fondre sur un mulot, vous intervenez ?

— Euh... non.

— Eh bien pour nous c'est la même chose. Le seul point qui nous intéresse, c'est que votre stupidité ne devienne pas une menace pour nous.

— Je comprends... articula difficilement le commandant.

Il fallait prouver à cet homme que leurs intentions n'étaient pas belliqueuses.

— Nous avons des femmes et des enfants à bord, commença-t-il.

— Oui, je sais, mais nous ne les laisserons sortir, qu'après vous avoir donné les textes des lois qui nous régissent, si vous les acceptez, nous organiserons votre sortie et vous pourrez vous installer à travers notre pays.

— Sinon ?

— Sinon, vous repartirez vers un autre système pour trouver une autre planète qui vous accueillera.

— Nous acceptons d'étudier votre offre.

— Mais rappelez-vous, le moindre écart... et nous serons intransigeants.

— D'accord. Vous savez que d'autres vaisseaux attendent en orbite autour de votre terre.

— Nous savons, nous avons été informés, nous vous avions détectés sur nos radars, nos armes sont actuellement dirigées vers eux, par mesure de sécurité.

Le commandant s'interrogea sur la suite des événements. Il se devait d'être prudent, pour ne pas heurter leur hôte.

— Je dois consulter mes collègues des autres pays et continents, pour savoir s'ils acceptent de les accueillir, reprit l'homme en blanc.

— Je comprends, répéta-t-il.

— Un seul état ne pourra pas héberger l'ensemble de ces réfugiés, vous vous en doutez ?

— Oui, bien sûr.

— Vous allez devoir nous aider à rédiger les textes dans votre langue.

— Mais nous parlons la même langue !

— Non, en ce moment vous parlez notre langue, pas la vôtre... grâce à ce collier.

— Ah ? Répondit le commandant dubitatif.

— Retirez-le...

Le commandant obtempéra.

Le Sage blanc s'adressa au lieutenant, qui lui répondit en souriant. Le chef n'avait pas compris un mot de ce qu'ils se disaient. Voyant l'inquiétude qu'il avait dans le regard, Vapro ajouta quelques mots à l'intention du soldat. Celui-ci ôta momentanément l'appareil.

— Remettez-le commandant, conseilla-t-il en réajustant le sien.

Dès qu'il l'eut fait, il comprit de nouveau le Sage.

— J'ai proposé à votre compagnon des fruits pour vos compatriotes, en attendant la fin de notre discussion.

— Je vous remercie de ce geste, fit-il instinctivement, encore troublé par l'expérience qu'il venait de vivre.

— Il va retourner seul à votre vaisseau si vous le voulez bien et vous allez traduire nos écrits.

— Je ne comprends pas, pourquoi avez-vous besoin de traduire nos paroles ? Vous avez des gens qui parlent très bien, puisque vous êtes intervenus sur nos écrans !

— En effet, certains de nos astronautes parlent bien votre langue, mais ils ne maîtrisent pas votre écriture. Ils ne le font que phonétiquement. Si nous vous passons notre façon de prononcer vos paroles avec nos signes, je crains que vous n'y compreniez rien.

— Je crois que j'ai saisi ce que vous m'expliquez. C'est un peu comme si nous écrivions votre langue avec notre propre alphabet.

— C'est exactement ça. Nous n'avons jamais cherché à retranscrire ou à étudier tous vos dialectes. Quand il a fallu influencer des savants pour que vous progressiez, nous l'avons fait télépathiquement.

— Ah, oui, bien sûr...

— Évidemment, comment pensez-vous qu'ils aient progressé si vite ?

— Je ne m'étais jamais posé la question, je dois l'avouer.

— Les découvertes fulgurantes qu'ils ont faites au cours du dernier siècle ? Si nous n'avions pas été là, vous commenceriez à peine à découvrir les ordinateurs...

Cette nouvelle troubla le commandant. Il préféra ne pas chercher à avoir plus de renseignements que nécessaire. D'autant qu'il jugeait inutile de révéler ça tout de suite, à ses passagers.

— Euh... pourriez-vous autoriser un de mes collègues à venir me rejoindre, il pourra taper les phrases en direct, on gagnera du temps.

— Sans problème.

— Dans ce cas, c'est le capitaine Anton qui viendra.

Le lieutenant repartit. Le commandant Laurent en profita pour poursuivre la discussion :

— Nous comprenions ce que disait la jeune femme dans les vaisseaux, parce qu'elle nous avait espionnés, c'est ça ?

Le Sage blanc sourit :

— Elle a vécu quelques années près de la Terre, pour savoir ce qui s'y passait.

— Vous voulez dire que vous nous avez infiltrés ?

— En quelque sorte, oui.

— Donc ceux qui disaient que des extraterrestres étaient parmi nous avaient raison ?

— Non, elle n'était pas sur Terre, elle se déplaçait dans votre ciel. La plupart du temps en étant invisible, grâce à nos boucliers protecteurs. Elle se contentait de recueillir vos ondes radio pour apprendre vos différents langages et vous écouter.

— Elle ne se posait jamais ?

— Si, sur la face cachée de votre satellite.

— Pourquoi ?

— Pour ne pas être détectée ! Bien sûr !

— Non, pourquoi nous espionnait-elle ? Pas uniquement pour nous écouter ! Ne me prenez pas pour plus idiot que je le suis.

— Pour connaître vos intentions, savoir ce que vous vous apprêtiez à faire, pour préserver l'équilibre interplanétaire. Quand nous avons appris que vous souhaitiez sauver une partie de la race humaine, nous avons influencé certains de vos savants pour qu'ils progressent et puissent fabriquer vos forteresses, je vous l'ai dit tout à l'heure.

— Oui, vous m'avez dit télépathiquement !

— En effet, en entrant dans leur cerveau et en influençant leurs recherches.

— Vous n'auriez pas pu le faire plus tôt ? Pour que nos dirigeants ne nous mènent pas droit dans le mur ?

— Nous aurions bien voulu, mais très peu écoutaient, c'était l'argent seul qui intéressait la majorité d'entre eux, pas la survie de l'espèce. De plus, ils en auraient fait des armes...

— Oui, je comprends, ce n'est pas très glorieux de notre part. Je m'attendais à cette réponse. Je crois que nos dirigeants ont été en dessous de tout ! C'est ça ?

— C'est un peu ce que nous pensons ici.

Il aurait aimé une autre réponse. Il avait d'autres questions concernant leur arrivée sur Éryl.

— Comment avez-vous fait pour intervenir sur toutes nos forteresses en même temps ?

— Je vous l'ai dit tout à l'heure, nous avons donné à vos savants le moyen de les construire, nous savons donc comment les manœuvrer, sourit le Sage.

— Bien sûr. Mais, tous nos appareils électroniques sont tombés en panne en atterrissant, vous pouvez m'expliquer ?

– Oui, c'est pour cette raison que trois « orvards » vous ont accompagnés, pour vous permettre de vous poser sans encombre. Dans certaines régions, nous avons beaucoup de mal avec tout ce qui est électronique, c'est dû à la composition du sol. Vous devrez prévenir vos collègues s'ils sont autorisés à se poser, pour qu'ils connaissent les risques.

— D'accord, je vous remercie de votre sollicitude.

— C'est tout à fait normal. Toutefois, veillez à ce que vos compatriotes aient un comportement loyal envers les Érylois.

— Je tâcherai de faire passer le message, répondit le commandant.

Le capitaine Anton se présenta avec un ordinateur portable. Il était lui aussi passé par le sas de décontamination. Il portait le collier de Gallen.

— Bonjour monsieur.

— Bonjour messieurs, mesdames.

— Venez vous installer ici, autrement il ne fonctionnera pas, conseilla le Sage.

Le capitaine obéit.

— Vous allez avoir un travail important de traduction à effectuer. Nous comptons sur vous pour le faire de la façon la plus fidèle possible.

— D'accord.

— Nous y tenons absolument !

— J'ai bien compris, je ferai ce travail le plus minutieusement possible.

— Bien, alors, nous allons commencer par les droits de l'être humain.

Ils passèrent l'après-midi à traduire. Le Sage Chary prononçait une phrase, Anton transcrivait.

— Ça ressemble étrangement à la déclaration des droits de l'homme et du citoyen français, remarqua Laurent dont le père était originaire de Lyon.

— À ceci près, en précisant être humain, nous échappons aux risques de racisme, de sexisme, ou autres.

— Je comprends les raisons que vous évoquez, dit-il.

De leur côté, les Sages verts et le commandant travaillaient à la conception d'un recueil pour que les habitants et les réfugiés puissent communiquer plus facilement. Ils demandèrent donc à Anton d'effectuer la même opération pour cette élaboration, en y ajoutant la phonétique.

Le Sage blanc revint, il fournit les accords de certains pays qui acceptaient de recevoir un ou deux vaisseaux, s'ils acceptaient leur réglementation, cette dernière serait approximativement la même que la leur, à quelques détails près.

Quand le commandant Laurent rejoignit ses concitoyens, il avait un petit lexique des phrases les plus utiles pour dialoguer avec les Autochtones et les textes de loi à étudier, afin de décider s'ils pouvaient ou non rester dans ce pays.

Il contacta le chef de la flotte, lui transmettant les conditions exigées. Il leur expliqua aussi les problèmes rencontrés avec les instruments de navigation électroniques, ainsi que l'obligation d'attendre l'escorte des appareils Érylois.

Dans tous les vaisseaux, il y eut des réunions pour étudier la possibilité de s'installer ou non sur cette planète.

Le commandant de l'appareil qui avait atterri organisa une grande assemblée, au cours de laquelle il exposa les conditions Éryloises.

— Je ne suis pas vraiment d'accord pour suivre les directives imposées. J'ai apporté ici assez d'or et de pierres précieuses pour vivre correctement. Mais je ne comprends pas, pourquoi cette interdiction de spéculer, comme sur terre ! commença un passager.

— Je comprends ce que vous voulez dire, monsieur, mais ici vous êtes dans le pays Sima sur la terre d'Éryl. Ils estiment que tout travail doit être rémunéré, mais ils refusent que ce soit l'argent qui travaille à la place des hommes.

— Mais ils n'ont rien compris ! Il faut leur expliquer !

— Ils ont très bien compris au contraire ! Ils ont pu constater l'effet néfaste que cette pratique a eu sur les peuples qui crevaient de faim pendant que d'autres ne savaient quoi faire de leur argent !

— Vous avez l'air de nous traiter de privilégiés !

— N'est-ce pas ce que nous sommes tous ici ? Nous avons eu la possibilité de fuir une planète que nous avons pourrie ! Vous arrive-t-il parfois de penser à ceux qui survivent là-bas ? Et dans quelles conditions ils le font ?

— Ce n'est quand même pas notre faute !

— Vous croyez ?

— N'importe comment, il est trop tard pour leur venir en aide ! Alors, on ne va pas se lamenter sur leur sort !

— En effet, on ne peut plus rien pour eux. Alors, nous avons deux solutions, soit nous restons ici, soit nous repartons dans l'espace à la recherche d'une autre planète habitable.

Un brouhaha monta. Il l'interrompit.

— Je pense qu'il serait peut-être préférable d'accepter, je ne suis pas sûr que notre forteresse puisse subir un nouveau voyage, vers où et pendant combien de temps ? Maintenant, si certains vaisseaux préfèrent repartir, nous ferons le nécessaire pour que vous puissiez les rejoindre.

— Ne peut-on les obliger à faire ce que nous souhaitons ? S'ils sont moins évolués que nous, c'est peut-être possible, non ? demanda une riche héritière.

— Ils ont une technologie nettement supérieure à la nôtre. Voilà près d'un siècle qu'ils nous surveillent avec leurs vaisseaux spatiaux, même s'ils n'en ont pas l'air, je pense qu'ils sont très forts... Il ne faut pas se fier à leur façon de s'habiller, ajouta-t-il à l'attention du lieutenant Gallen en souriant.

— Ils nous surveillaient ? s'exclama une autre personne.

— Oui, ils craignaient que nous ne fassions exploser notre planète. Ils avaient vu le mur dans lequel on fonçait.

— Pourquoi n'ont-ils rien fait ? Alors ?

— C'est grâce à eux que nous avons pu construire nos forteresses.

— Comment ?

— Ils ont aidé nos savants à le faire, sans que nous nous en doutions.

— Vous en êtes sûrs ? Ils auraient pu nous dire quoi faire, pour que nous n'ayons pas à quitter la Terre !

— Mais ce n'était pas leur problème, nous nous autodétruisions, nous aurions pu l'éviter. Les aurions-nous seulement écoutés ? Personne ne voulait entendre ceux qui nous avertissaient depuis près d'un siècle !

Il y eut une agitation parmi les passagers. Beaucoup étaient d'accord, mais certains trouvaient choquant qu'un simple commandant ait pu se permettre de faire une telle réflexion.

Après quelques hésitations, les Terriens donnèrent finalement leur accord.

— Sachez que dès que vous descendrez de cet appareil, vous devrez passer dans un sas de décontamination.

— Pourquoi ?

— Parce qu'ils ne veulent pas être contaminés par une quelconque maladie que nous pourrions leur apporter.

— Et eux ?

— Quoi ? Eux ?

— Qu'est-ce qui nous prouve que ce ne sont pas eux qui vont nous contaminer ?

— Rien. Mais c'est nous qui les envahissons, il est normal qu'ils prennent des précautions. Donc, soit vous acceptez, soit vous repartez immédiatement pour une durée inconnue. Je tiens à vous signaler qu'en ce qui me concerne, j'ai décidé de rester ici. Il vous faudra trouver un autre commandant.

Le tumulte qui s'ensuivit fut de courte durée.

— Je vous propose de voter. Qui est pour rester ici ?... Qui est contre ?... Bien à l'unanimité, nous restons.

Ils transmirent leur réponse aux Sages qui attendaient.

Chacun fut autorisé à descendre de l'appareil.

Un par un, à la sortie du sas, leur nom était noté, un document biométrique était élaboré, puis remis dans le quart d'heure suivant. Il était accompagné d'un petit recueil des phrases les plus courantes et la façon de les prononcer dans la langue Sima.

On les dirigea ensuite vers des navettes qui les emmenèrent dans la ville la plus proche.

Les Autochtones les accueillirent chaleureusement, il fut décidé que les Terriens seraient reçus par des Sages bleus qui définiraient leur futur emploi.

En fonction de leurs compétences et des possibilités, il leur serait proposé des lieux de résidence, au plus près de leur travail. En attendant, ils seraient hébergés dans des stades couverts, des salles de spectacle ou de réunion.

— Il n'y a donc pas d'hôtels dignes de ce nom dans ce pays ? s'indigna un milliardaire.

— Quant à moi, j'exige d'avoir une habitation impeccable !

— Oui mesdames, oui messieurs, il y a des hôtels ici et des demeures luxueuses, mais pour le moment vous devez être regroupés, avant qu'on ne vous laisse vous répartir dans notre pays, avec une adresse « digne de ce nom », pour reprendre vos paroles, rétorqua un Sage mauve.

Le commandant et Anton étaient chargés de traduire les paroles de leurs hôtes. Ils ne s'en privèrent pas.

— Vous visiterez le pays dès demain, afin de connaître correctement la contrée où vous allez vivre. En attendant, je vous invite à venir rencontrer les Sages bleus pour vous trouver un emploi, compléta un Sage blanc.

Pour un grand nombre cette méthode ne leur posa aucun problème. Pour les quelques autres, ce fut un véritable casse-tête. En particulier, pour les individus fortunés, qui n'avaient pas forcément les capacités à occuper efficacement les fonctions proposées. Les sages bleus se virent obligés de leur proposer des emplois subalternes.

— Vous n'y pensez pas ? Je ne m'abaisserai jamais à exécuter un emploi aussi peu valorisant ! s'exclama un pionnier, son amour-propre étant mis à mal.

— Désolé, c'est la seule proposition que je puisse vous faire.

— Comment ? Vous n'y pensez pas ! Vous me proposez un emploi d'exécutant !

— Désolé, monsieur, mais vos capacités intellectuelles et vos connaissances sont trop succinctes pour espérer un meilleur poste.

— Comment osez-vous ? Vous ne savez pas qui je suis !

— À un émigré, ici, monsieur, répliqua posément le Sage bleu.

Un autre personnage du même acabit rouspétait plus loin.

— C'est un scandale ! Vous osez me mettre sous les ordres de ma propre secrétaire !

— Je regrette, monsieur, mais je pense que votre réussite sur Terre était le fait de votre secrétaire et non la vôtre, sans compter la chance d'avoir été fortuné dès votre naissance.

Le Sage blanc excédé finit par intervenir :

— Mesdames, messieurs, la richesse n'a jamais été une preuve d'intelligence, ce sont vos ancêtres seuls qui vous ont mis à l'abri du besoin et pas toujours d'une manière honnête. Votre fortune vous la conserverez puisque vous êtes venus ici avec votre or, vos bijoux et pierres précieuses. Libre à vous de travailler ou de vivre sur vos acquis, mais tôt ou tard, vos descendants, eux, y seront obligés. Nous vous donnons un mois pour nous donner ou non votre accord.

Il fit une pause, puis reprit :

— Si rien ne vous convient ici, je vous engage à demander asile dans un autre pays. Nous ne nous en offusquerons pas.

Il s'arrêta encore quelques secondes avant de lancer :

— Et si rien ne vous convient sur cette planète, vous pouvez toujours remonter dans vos vaisseaux et aller chercher une autre terre d'accueil. Nous ne vous retenons pas. Je vous salue.

Il fit demi-tour et les planta sans un regard de compassion.

Le commandant et Anton avaient tout traduit avec un plaisir certain.

Chapitre 9

Pendant ce temps, les autres astronefs patientaient encore, en orbite autour d'Éryl. Ce fut bientôt le tour du vaisseau numéro trois.

Yann manœuvra habilement son Chlols, secondé par Louis, il posa l'appareil dans le pays Tallem, sans aucun problème.

Quand il descendit, après plusieurs heures d'attente. Il donna son nom, son prénom et sa fonction au sein du vaisseau.

C'était un Anglais qui prenait les renseignements et traduisait. Aussitôt, grâce au matériel fourni par les Tallems. Un document officiel sortait, il le prit et ne le consulta pas immédiatement. Il était encore sous le choc du décès de Cécile. Il agissait comme un automate, heureusement, Roncet ne le lâchait pas.

Dans les autres pays, l'accueil fut semblable à celui des Simas. Les mêmes propositions furent faites et acceptées, avec à peu près, les mêmes problèmes.

Quatre appareils de la confédération furent autorisés à atterrir respectivement dans les pays des Nivosis, Monzains, Nefrids, et Tallems.

Un des vaisseaux privés et équipé par les milliardaires se posa chez les Monzains et deux chez les Nivosis.

Les autres allèrent sur Thawener, le continent qui existait de l'autre côté de l'océan. Deux ratèrent leur objectif. Ils s'abîmèrent dans les flots. Les pêcheurs et les armées de toutes les nationalités se précipitèrent pour porter secours aux survivants, il n'y en eut malheureusement fort peu.

Yann prit la file qu'on lui indiquait. Un Anglais muni d'un collier traduisait la conversation le plus précisément possible.

— Bien que ça ne corresponde absolument pas à vos compétences, ils vous proposent un travail de maçon pour construire les résidences des émigrés pionniers, ils manquent de volontaires.

— D'accord.

— Vous devriez refuser, ça ne correspond pas à vos compétences, réagit le traducteur.

— Non, je n'ai aucun commentaire à faire.

— Vous êtes sûr ?

— Oui. J'accepte.

La Tallem regardait les expressions du visage des immigrés. Cet homme ne semblait pas contrarié par les propos de l'interprète. Elle sentit une énorme tristesse et un désintérêt total sur ce qui pouvait lui arriver.

— Vous pourriez me passer le collier ? demanda-t-elle à l'anglais.

— Oui, bien entendu, tenez.

Elle le tendit à Yann. Il le passa. Il savait à quoi il servait, le commandant leur avait expliqué pour prouver que les habitants de cette planète étaient bien plus avancés que les Terriens. La jeune femme s'adressa à lui.

— Vous savez monsieur, si un poste se libère dans le cadre de votre emploi, nous vous contacterons, dit-elle.

— Merci mademoiselle, répondit-il avec un pâle sourire.

— Ça peut aller très vite, croyez-moi, pour le moment vous allez être logé près du chantier, mais il est possible que vous deviez déménager dans peu de temps, insista-t-elle.

— D'accord, je vous remercie.

C'est à ce moment-là qu'il découvrit qu'une erreur avait été faite dans la transcription de son nom de Khewenchk, il se trouvait maintenant affublé d'un nom imprononçable : Khwenchk. Il le signala à la jeune femme.

— Il faut que vous remplissiez un document pour le faire modifier, mais étant donné le nombre de personnes nouvelles qui viennent d'arriver, je crains que ce ne soit très long, peut-être trois à six semaines pour obtenir la modification.

— Oh... je comprends, oui...

— Vous voulez que je vous prépare les documents ?

— Non, laissez tomber, ça n'a aucune importance, répondit-il.

La mort de sa sœur l'avait profondément affecté, il se moquait pas mal de ces petits détails qui n'étaient absolument pas cruciaux. Il rendit le collier à l'interprète.

Par la suite, il prit l'habitude d'épeler son nom. Il devait, à chaque fois, donner la façon de le prononcer : « Khewenchek ».

La jeune Tallem répéta à Louis ce qu'elle avait déjà précisé à Yann, pour son emploi. Satisfait de rester auprès de son camarade, il ne fit pas non plus de réflexions désobligeantes comme certains.

*

* *

Les frères Chamouilleaux passèrent une demi-heure plus tard. Ils avaient eu à traiter des problèmes de vols, de tentatives de viols, de bagarres pour raisons diverses, dans la forteresse.

Ils se retrouvèrent près de monsieur et madame Taylor et de leurs enfants. Un petit, de trois mois environ, était né dans le vaisseau.

— Comment allez-vous, monsieur Taylor ? demanda Roby.

— Très bien, je suis comme vous, j'attends pour savoir ce qu'on va me proposer.

— Vous vous débrouillez bien en mécanique, je crois ?

— Je vois que vous êtes très informé, en effet, j'ai suivi des cours, j'espère juste qu'ils en tiendront compte.

— Pourquoi ne le feraient-ils pas ?

— C'est surtout que je ne voudrais pas me retrouver à jouer au fermier ! Ça ne me branche pas du tout.

— Il n'y a pas de raison ! Allez, bonne chance.

Il avança vers la personne qui proposait les emplois.

— Je vois que vous êtes policier.

— C'est exact.

— Êtes-vous d'accord pour l'être dans ce pays aussi ?

— Évidemment.

— Ça nous arrangerait.

— D'accord.

Son frère lui succéda. La même proposition lui fut faite. Il accepta aussi. À leur grande joie, ils se trouvèrent nommés dans le même commissariat.

— Tu as remarqué, Roby, la planète sur laquelle nous venons d'atterrir s'appelle Éryl.

— Oui, comme celle où nos parents sont peut-être partis.

— Tu crois qu'ils l'ont fait ? Comme on leur avait conseillé ?

— Je ne sais pas, je l'espère.

— S'ils sont venus, tu crois qu'ils vivent ici ? Ce serait drôle de les retrouver à un coin de rue.

— C'est vrai.

— Dans ce cas, ils vont peut-être tenter d'entrer en contact avec nous...

— Oui, si c'est la même planète.

— Tu penses qu'il peut y avoir une autre terre qui porte le même nom ?

— C'est possible... l'univers est grand après tout !

Dès qu'ils mirent le pied à l'extérieur de la bâtisse où ils avaient été maintenus jusqu'alors, ils furent dirigés vers l'hôtel de police.

Le commissaire les accueillit. Il fit les présentations avec leurs nouveaux collègues, puis les invita à entrer dans son bureau. Grâce au petit lexique, ils purent converser.

— Nous pensons qu'il est préférable d'avoir des policiers pionniers pour traiter les problèmes des émigrés, c'est pourquoi nous sommes ravis de vous avoir parmi nous.

— Merci, monsieur le commissaire.

— Connaissant vos compatriotes Terriens, je crains que vous n'ayez beaucoup de travail, dans un premier temps. Ça ne vous pose pas de problème ?

— Pas du tout.

— Dans ce cas, venez, je vais vous montrer vos bureaux. Nous avons dû les aménager un peu rapidement, mais j'espère qu'ils vous conviendront.

— Oh ! Mais c'est parfait, dirent-ils en voyant la pièce qu'on venait de leur attribuer.

— Si ça vous convient, je vous invite à prendre votre poste dès maintenant, deux lieutenants vous sont attribués pour vous permettre de bien vous incorporer. N'hésitez pas à leur demander de répéter, si vous ne comprenez pas bien quelque chose.

— Merci monsieur le commissaire.

— À plus tard, messieurs, je repasserai vous voir, au cas où vous auriez des questions supplémentaires.

Il regagna son bureau.

— Ben dis donc, c'est autre chose que ce qu'on avait !

— T'as raison, c'est le grand luxe, répondit Geoff.

Ils furent parmi les réfugiés qui s'adaptèrent particulièrement bien à la vie des Autochtones. Ils se fondirent rapidement dans la société.

De son côté, Yann et Louis construisirent dans l'urgence des habitations pour les pionniers. C'est ainsi qu'étaient nommés les Terriens, qui s'étaient réfugiés sur Éryl. Ils avaient longtemps espéré qu'il y ait eu des survivants du crash du pionnier deux. Mais nul n'en avait réchappé.

« Khwenchk » s'était résolu à se faire appeler : Yann.

Le jour de repos, ils allaient se promener au bord d'une petite rivière. Lors d'une de ces sorties, ils découvrirent une jolie clairière. Ils décidèrent de venir y pique-niquer la semaine suivante.

Ils s'étaient confortablement installés sur l'herbe grasse. Il faisait beau, ils étaient seuls dans ce petit coin tranquille. Ils avaient dîné. Maintenant, ils étaient allongés tous les deux sur le dos, les doigts entrelacés sous la nuque, les jambes croisées.

Ils regardaient le ciel.

— Tu as remarqué que le ciel est parfois bien plus bleu que sur terre ? demanda Louis.

— Oui, la teinte est légèrement différente.

— Tu as vu ces nuages ?

— On dirait un éléphant !

— Oui, celui-là ressemble à un cheval au galop !

— Je dirai plutôt un chien, répliqua Yann.

— Tu trouves ?

— Oui.

— J'avais oublié l'odeur de l'herbe, de la terre, des fleurs sauvages, tout ça.

— Moi aussi, quoique là où j'habitais, je ne risquais pas de les sentir beaucoup, mais je me souviens de week-ends où nous étions allés pique-niquer, dans la campagne...

Ils se turent un instant. Un insecte bourdonnait près d'eux, heureux de pouvoir butiner à sa guise. Différents piaillements d'oiseaux se répondaient d'arbre en arbre. Au loin, un chien aboya. Le bêlement d'une chèvre, suivi d'un braiment d'âne les fit sourire.

— C'est drôle, tous ces sons, je ne me rendais pas compte combien ils m'avaient manqué, depuis qu'on était dans le vaisseau.

— Tu as raison, Louis, on a l'impression de calme, c'est un peu comme si on découvrait un nouveau paradis.

— On devient romantique ! Dis donc.

— Oui. C'est vrai.

— Pourtant ce n'est pas mon style, mais on se sent tellement bien ici...

Roncet regretta soudain ses paroles, Yann avait du mal à se remettre de la disparition de sa sœur. Il ne continua pas la conversation de crainte de le blesser.

Ils restèrent ainsi, sans rien dire, ils s'assoupirent un moment. Heureux de cet après-midi, ils rentrèrent tranquillement dans leur cabane de chantier.

Il y avait un peu plus d'un mois que Yann était affecté, avec Roncet, à la construction des habitations. Il travaillait avec une ardeur assez surprenante, noyant ainsi son chagrin. Quand il rentrait le soir, il était exténué et s'endormait rapidement. Le responsable les convoqua un jour.

— J'ai pour vous un courrier officiel.

Les deux jeunes gens échangèrent un regard interrogatif.

— Vous avez l'air surpris ! Tenez.

Ils prirent le document qu'il leur tendait. Ils regardèrent la page qu'ils avaient dans les mains. Ils levèrent les yeux vers le chef.

— Vous pouvez nous expliquer ? demanda Yann.

— Vous êtes convoqués à Nafent.

— Pourquoi ?

— Pour un emploi qui vous correspond mieux.

— Ah d'accord...

— On ne vous avait pas prévenus ?

— Euh... Si, mais on pensait que ça n'arriverait jamais.

— Eh bien, vous voyez que vous avez eu tort de ne pas y croire.

— Vous pouvez nous le traduire ? On ne maîtrise pas encore très bien votre langue écrite, on comprend mieux quand vous le lisez.

— Bien entendu, donnez.

Il leur lut lentement le document. Quand il eut fini, il leur confia :

— Je vais vous regretter les gars, vous étiez bosseurs. Il n'y en a pas beaucoup qui mettent autant de cœur à l'ouvrage.

— Merci.

— Il y a aussi ça, c'est pour le train. Vous présentez cette carte au contrôleur qui est à l'entrée, on vous prendra en charge pour vous aiguiller correctement.

— Merci, répétèrent-ils.

— Ça, c'est le document pour votre logement, il a été réservé.

— D'accord, merci...

— Oui, vous donnez ça au taxi en sortant de la gare. Il vous y mènera directement.

— Entendu.

— Ce soir, il y aura une fête, pour votre départ. Demain matin, vous prenez le train de bonne heure. Vous avez quartier libre cet après-midi. Vous commencez après-demain à cette adresse. J'espère que si vous passez par là un de ces jours, vous viendrez me rendre visite ?

— Ça va de soi, nous avons apprécié notre passage chez vous, même si ce n'était pas vraiment dans nos cordes.

— Si le travail en ville ne vous convient pas, vous pourrez toujours revenir, je vous emploierai avec plaisir.

— Merci.

— Allez préparer votre paquetage, à ce soir.

— À ce soir.

Ils firent demi-tour et sortirent, encore surpris par l'obtention d'un nouveau travail. Sur Terre, la même chose ne serait pas arrivée, du moins, pas aussi rapidement.

Le lendemain, en début d'après-midi, Yann et Louis emménagèrent dans le studio qu'on leur avait attribué, comme colocataires à Nafent.

— Si on allait faire un tour en ville pour se repérer un peu et prendre nos marques ? proposa Roncet.

À sa grande surprise, Yann accepta. Depuis une huitaine de jours, il semblait admettre le décès de sa sœur. Ils sortirent.

— Ça me fait penser aux villes nouvelles, remarqua Yann.

— Pourquoi ?

— C'est pareil, les piétons peuvent aller presque partout, où ils veulent, sans jamais croiser une voiture. Ce qui diffère, ce sont toutes ces arcades, c'est nettement plus élégant, pour passer au-dessus des routes.

— C'est vrai que c'est une très jolie ville.

— Oui. Certaines habitations me font penser un peu aux pyramides d'Évry.

— Hum... Pourtant, ça fait plutôt ville futuriste...

— Oui, mais ce bâtiment et celui-là y ressemblent. Pas les autres, j'en conviens.

— C'est vrai, mais ces longues flèches élancées plus ou moins inclinées, on se croirait dans un monde virtuel...

— Tu as raison. Pourtant, en campagne, les habitations ressemblent assez à celles de la terre.

— Enfin, pour la plupart, parce qu'il y en a d'autres...

— Oui, leurs formes sont assez bizarres.

— Tu as vu les filles ? On se croirait sur la planète des « miss monde » ! Elles sont toutes plus jolies les unes que les autres ! murmura Roncet à son camarade.

— C'est vrai qu'elles sont canons.

— Tu crois qu'ils enferment les moches ou qu'ils les tuent pour les sélectionner ?

— Ne dis pas n'importe quoi ! Ce serait dégueulasse... Mais je poserai quand même la question si j'en ai l'occasion.

— Remarque les mecs sont beaux aussi, non ?

— C'est vrai qu'on va avoir du mal à rivaliser ! admit Yann.

— Si on doit se marier avec elles, on va enlaidir la population ! rit Louis.

— Encore faut-il qu'elles portent leur regard sur nous, sourit Yann.

Chapitre 10

Ils se présentèrent le lendemain matin à l'adresse indiquée sur leur convocation.

Ils avaient été contactés pour mettre au point un moyen d'enseigner la langue Tallem aux adultes et aux enfants. Ce n'était pas vraiment en relation avec leur travail dans la forteresse, mais c'était en attendant un emploi qui serait plus en rapport avec leurs capacités.

Un jeune homme et une jeune fille, indigènes, étaient chargés de les aider dans cette opération. Elle s'appelait Léna Vernet et lui Felko Lholm.

Elle était jolie, ses longs cheveux châtains, légèrement ondulés s'étalaient sur ses épaules et descendaient jusqu'à la moitié du dos. Ses jolis yeux en amande étaient verts, une bouche bien dessinée et un sourire spontané, la rendaient encore plus agréable.

Dès qu'elle aperçut Yann, elle s'éprit de lui. Elle ignorait si ce pionnier tomberait amoureux d'elle, elle le souhaitait ardemment, mais ne laissa rien paraître.

Felko avait les cheveux plus foncés qu'elle, ses yeux avaient la même forme, ils étaient d'un vert bleuté. Il avait un visage très sympathique, un corps d'athlète et dégageait un charme naturel.

Profitant d'un moment où il était seul avec Felko, Yann se renseigna sur la beauté de toutes les jeunes filles qu'il croisait.

— Il y en a aussi de moins jolies, mais c'est rare, on peut dire que quatre-vingt-dix pour cent des jeunes filles sont très belles en Tallemnie, répondit-il avec fierté. Ce n'est pas le cas dans tous les pays, reconnut-il.

— Alors on a eu de la chance d'atterrir chez vous, dit Yann en riant.

— Oui, tu remarqueras que je suis à peine chauvin.

Yann dut consulter le petit dictionnaire pour comprendre le mot. Il apprécia l'humour du jeune homme.

— Grâce à nous, elles seront bientôt moins jolies, si nous les épousons !

— Je ne crois pas, tu sais, votre venue nous arrange, il y a trois siècles, nous avons pris conscience que nous étions en train de détruire Éryl, comme vous l'avez fait avec la Terre, depuis, nous avons diminué considérablement sa population. Nous venions de décider de relancer la natalité. Avec votre arrivée, ce sera plus facile.

— On ne demande que ça, rit Yann.

— Ceux qui ont le plus besoin des pionniers, ce sont les Nivosis.

— Pourquoi ?

— Parce qu'ils ont un taux très faible de population au kilomètre carré. Ils ont de vastes étendues de terres avec pratiquement personne dessus.

— Pourquoi ? Elles ne sont pas fertiles ?

— Si, mais ils ont une religion tellement spéciale, qu'ils n'ont pas beaucoup d'enfants.

— Ils leur interdisent d'en avoir ?

— Non. Mais ils sont plus occupés à prier et à travailler qu'à penser à s'unir.

L'arrivée de Léna, puis de Louis interrompit leur dialogue. La jeune femme prit la direction des opérations et les renseigna sur leur futur emploi.

— Voilà, vous êtes ici pour nous aider à élaborer des logiciels d'enseignement pour les pionniers et leurs enfants, annonça Léna.

— Oui et particulièrement pour la prononciation, nous avons besoin de vous, compléta Felko.

— Vous voulez qu'on inscrive la phonétique à côté des mots pour qu'ils sachent les prononcer ?

— Oui Yann, c'est exactement ça.

— Le problème, c'est que vos lettres diffèrent des nôtres pour un certain nombre, cependant, il y en a qui sont assez semblables, je trouve d'ailleurs ça plutôt bizarre.

— C'est-à-dire ?

— Eh bien, ça ressemble pour la plupart au français, pas dans l'écriture, dans la prononciation. Je veux dire, se reprit-il.

— En effet, c'est étrange.

— Beaucoup de mots semblent même avoir une racine française... à moins que ça ne soit une racine latine, puisque le français est issu du latin.... s'embrouilla Yann en rougissant légèrement.

Léna sourit, indulgente, elle perdit son regard un instant dans les yeux de Yann, puis détourna la tête comme si de rien. Le jeune homme reprit un peu d'aplomb et expliqua :

— Oui, on ne peut pas dire qu'on ait beaucoup de difficultés à parler le Tallem, je ne sais pas si c'est la même chose dans les autres pays, mais ici, on y arrive assez vite.

— Je dois dire que je partage l'avis de Yann, dit Roncet, on dirait du français déformé !

— Oui, beaucoup de mots s'approchent même de notre argot.

— Argot ? C'est quoi ?

— Ce sont des mots qui étaient employés par des groupes de personnes, en dehors de leur véritable signification, pour que les autres ne comprennent pas ce qu'ils disent, les renseigna Louis.

— Je ne comprends pas vraiment, dit Léna.

— Par exemple, on dit « une lourde » pour le mot porte, « une plombe », pour une heure. Voyez, ça n'a aucun rapport.

— D'accord, je vois ce que vous voulez dire, et ça sert à quoi ?

— Juste à ce que personne ne comprenne ce qu'on se dit. En fait, chaque nouvelle génération se crée ses propres expressions, elles évoluent, changent et reviennent à la mode parfois.... C'est histoire surtout de se différencier des « adultes », je pense.

— C'est étrange....

— Autre chose, tenez, votre temple, ressemble assez à notre temple, dit Yann.

— C'est vrai, reconnut-elle.

— Oui, quand on voit les lettres qui la composent, on pourrait croire que c'est juste l'accent qui a déformé la prononciation au cours des siècles.

— Tu crois ?

— J'en suis presque certain, expliqua-t-il en montrant la similitude, la distorsion progressive des lettres.

— Très bonne démonstration, je reconnais.

— Donc, nous arrivons à la conclusion que le Tallem parlé sera plus facile pour les pionniers d'origine française, remarqua Felko.

— Sauf que nous sommes relativement peu de français, la majorité parle plutôt anglais.

— Dans ce cas, on compte sur vous pour faire au mieux, déclara le Tallem en donnant une tape amicale sur le dos de Yann. Surtout que ce que nous faisons exceptionnellement sur papier, sera bientôt reproduit sur support électronique.

— Mais ça ne fonctionne pas partout ! Comment ?

— Nous avons un alliage qui permet de pallier ces inconvénients, répondit-il.

— Je comprends mieux.

Très vite, les pionniers et les deux jeunes Autochtones s'entendirent bien. Yann retrouva progressivement sa joie de vivre. Il avait bien encore quelques soubresauts de tristesse, mais elle s'atténuait doucement.

Il leur arrivait de piquer des fous rires, ils blaguaient souvent. Parfois l'un d'entre eux faisait un jeu de mots dans une langue ou dans l'autre, la difficulté résidait ensuite à l'expliquer, ce qui n'était pas toujours très évident.

Leur travail avançait bien. Les jeunes Terriens prenaient plaisir à découvrir la façon de vivre des Tallems.

Pendant les pauses, ils soulevaient fréquemment des questions, telles qu'elles leur venaient, sautant du coq à l'âne. Les deux jeunes indigènes répondaient aimablement à leurs interrogations.

— Vous êtes encore arrivés en avance ce matin.

— Oui. Je suis toujours en train de remettre ma montre à l'heure, ronchonna Yann. Je ne sais pas, mais elle se détraque de vingt minutes, tous les jours.

— C'est vrai, pour moi, c'est pareil, on a l'impression que vos heures sont plus longues que sur Terre, confirma Roncet en souriant.

— Mais elles le sont, rit Felko.

— Ah bon ? Tu plaisantes !

— Non, il y a une différence notoire entre votre planète et la nôtre. Nos années sont composées de douze mois de trente jours.

— Oui, nous avons appris ça. Ça n'en fait que trois cent soixante ! réagit Yann.

— Exact.

— Nous, on avait une année bissextile tous les quatre ans pour se remettre en phase avec le temps de rotation autour du soleil, commenta Louis.

— Chez nous, c'est une tous les dix ans.

— Ah bon ?

— Oui, nos heures, nos minutes et nos secondes sont légèrement plus longues que sur Terre.

— Je comprends pourquoi nous sommes tous les jours en avance !

Rit Yann.

— Oui, on croyait qu'elles débloquaient ! À cause du sol et des problèmes électroniques...

— On ne vous avait pas prévenus, là où vous travailliez ?

— Non, le patron était content, on était toujours en avance...

— Tu m'étonnes ! On l'avait pourtant signalé le jour où vous avez atterri, c'était dans le discours du sage blanc.

— Nous n'avons pas dû y prêter attention, nous avions trop de choses en tête, ou ça n'a pas été traduit correctement pour qu'on comprenne, répondit Roncet.

Comme s'il avait deviné que les deux jeunes pionniers avaient mal vécu ce jour, Felko en arriva rapidement à la conclusion.

— Il faudra que vous rachetiez une montre, sinon, vous allez être obligés de toujours faire des calculs astronomiques.

— D'accord. Il y a combien d'écart ?

— Cinquante secondes terrestres par heure.

— Soit vingt minutes par jour, ça colle !

— Évidemment ! Il y a d'autres choses qui vous choquent ? demanda Léna.

— Oui. C'est bizarre chez vous, il y a des téléphones, mais vous ne vous en servez pratiquement pas, vous auriez vu sur terre, on ne pouvait pas faire un pas sans son portable ou sa tablette, déclara Yann.

— Nous n'en avons pas besoin, sauf exception, mais la plupart d'entre nous se servent de la télépathie, c'est plus rapide, répliqua Léna.

— De la télépathie ? Tu te moques ?

— Non... très peu d'entre nous n'ont pas encore cette capacité, alors on maintient les téléphones, mais ils sont de plus en plus inutiles... Bien que, avec votre arrivée, il va falloir les conserver plus longtemps.

— Sans compter que ce n'est pas aussi sûr que la télépathie, n'importe qui peut savoir d'où et quand vous appelez quelqu'un, renchérit Felko.

— Putain ! réagit Roncet. C'est incroyable ! De la télépathie !

— Oui... Vous êtes surprenants... fit pensivement Khwenchk.

— Pourquoi Yann ? demanda Felko.

— Vous êtes certains que vous ne vous fichez pas de nous ?

— Certains.

— Putain, euh… si je pense à quelque chose de spécifique, vous pouvez deviner ?

— Oui, Louis.

— J'y crois pas. On peut faire un essai ?

— Si tu veux.

Roncet réfléchit, il fallait qu'il trouve un objet ou quelque chose qu'ils n'avaient jamais vu sur cette planète et qui existait sur terre. Soudain, il eut une idée.

— D'accord, à quoi je pense, là, maintenant.

Les deux Tallems éclatèrent de rire.

— À quelque chose qui se mange, je ne sais pas comment ça s'appelle, mais c'est fait avec du pain, de la salade dedans…

— De la viande hachée, une sauce rouge et des oignons, compléta Léna.

— Putain ! C'est incroyable !

— Comment ça s'appelle ? Ça a l'air bon.

— Euh… Un hamburger.

— Ça doit être génial, de pouvoir faire ça, raisonna Yann.

— On ne le fait pas. En tout cas, pas sans y avoir été invité, se reprit Felko.

— Pourquoi ?

— Ce serait incorrect, on ne fait qu'effleurer l'esprit, pour savoir si notre interlocuteur ment, ou dit la vérité. S'il ment, on peut parfois le faire, mais en général, on fait simplement remarquer, que nous savons qu'il ment.

— Heureusement qu'on n'avait pas ça sur terre, ils auraient trouvé le moyen de s'en servir comme d'une arme, réfléchit Yann.

Ils se turent quelques secondes en pensant aux conséquences d'un tel pouvoir.

— Il y a un problème ? demanda Léna.

— Je ne sais pas, nous on avait des armes vachement destructrices. Vous, on a l'impression que vous n'en avez pas, on n'en entend jamais parler.

— On en a eu, on a fait un pacte au niveau planétaire pour ne plus jamais les utiliser.

— Comme la bombe atomique ?

— Exactement. On a vu les dégâts, on a décidé que poursuivre la construction de ce genre d'arme était stupide.

— Et aucun gouvernement n'a essayé d'enfreindre cet accord ?

— Aucun... Les Sages ne l'auraient pas permis.

— Les Sages ?

— Ce sont les personnes les plus fortes en télépathie, qu'on appelle ainsi.

— Ce sont eux qui gouvernent ?

— Non, il y a des gouvernements... Je vais vous expliquer : pendant dix-sept siècles les Sages se sont presque fait oublier, ils faisaient plus partie du folklore qu'autre chose. Leur assemblée était consultative, ils n'intervenaient que très épisodiquement, lors des conflits en particulier, mais sans vouloir réellement influencer la politique des gouvernements... Ils servaient essentiellement de conciliateur en cas de différend. Ils accompagnaient les chefs d'État, afin de prévenir et ainsi déjouer les mauvaises intentions des uns ou des autres.

— Oui et alors ?

— Alors là... ils se sont consultés au niveau international. Ils ont décidé que si un seul des pays voulait recommencer, ils n'hésiteraient pas à intervenir.

— Et qu'est-ce qu'ils peuvent faire ?

— Se servir de leurs pouvoirs.

— De la télépathie ? C'est ça ? Contre des armes à feu ou des canons... douta un instant Roncet.

— Ils peuvent te détruire le cerveau par la pensée.

— C'est possible ça ? s'étonna-t-il.

— Oui et je préfère ne pas avoir à le vérifier, répliqua Felko.

— C'est vrai ce qu'il dit Léna ? s'enquit Yann, s'attendant à un désaveu de la jeune fille.

— C'est vrai, je confirme.

— Putain ! Heureusement qu'on n'avait pas ça sur terre, ils auraient grillé tout le monde ! s'exclama Roncet.

Il y eut un court silence.

— Attendez, vous avez l'air de prendre les Sages pour des monstres ! Mais c'est tout le contraire ! Ils sont pour la paix, la justice, l'honnêteté ! Ils sont les garants de la sécurité, sans rien avoir à faire. Rien que la crainte qu'ils inspirent suffit à empêcher toute nouvelle guerre, expliqua Léna.

— Mais s'ils sont malhonnêtes ?

— Impossible ! Les Sages sondent l'esprit des individus qui prétendent entrer dans leur confrérie.

— D'accord... Et il ne peut pas y avoir de raté ?

— Non. Il n'y en a jamais eu.

— Il y a une hiérarchie, le blanc est le plus gradé, non ? supposa Yann.

— Exact ! Ensuite ce sont les mauves, puis les verts et enfin les bleus.

— Ha ! Ha ! Ha ! Les bleus comme sur terre ! rit Roncet.

— Quoi comme sur terre ?

— Oui, Léna, c'est le nom qu'on donne aux nouvelles recrues, on les appelle les bleus et vous, vous faites la même chose ! C'est drôle non ?

— C'est vrai, il faut croire que c'est peut-être une règle universelle, sourit Felko.

— Et donc ils ne peuvent pas être malhonnêtes ? Je ne comprends pas, raisonna Yann.

— Quand quelqu'un ment, un Sage le sait, rien qu'en effleurant son esprit, je te l'ai dit tout à l'heure.

— Oui, mais, c'est difficile à réaliser.

— Nous comprenons.

— C'est incroyable ! murmura Louis.

Les deux Tallems souriaient en voyant la surprise des pionniers. Louis et Yann tentaient d'imaginer les conséquences d'un tel pouvoir dans la vie des gens. Louis, qui était du genre dragueur eut enfin une réaction.

— Tu te rends compte si tu te maries avec une nana qui est une Sage ? T'as pas intérêt à la tromper ! Au fait, les femmes aussi peuvent être des Sages ? s'enquit-il.

— Évidemment !

— Et elles sont aussi militaires, il me semble en avoir vu... dit Yann.

— Oui. Elles font leur service comme les hommes.

— Et en cas de conflit, elles vont se battre ?

— Oui, sauf si elles sont mères d'au moins deux enfants, ou un enfant si elles n'ont pas d'autre famille.

— Ça dure combien de temps le service ici ?

— Neuf mois.

— Le temps d'une grossesse, quoi ! rit Yann.

— Oui, on le fait systématiquement à la fin de la scolarité.

— Mais puisqu'il n'y a plus de guerre depuis je ne sais pas combien de temps, pourquoi maintenir le service militaire ?

— Ça fait trois siècles qu'il n'y a pas eu de guerre, mais ça permet de préparer certains à devenir astronautes et puis l'armée intervient en cas de catastrophe...

— Oui, je vois, c'est surtout pour porter aide et secours.

— Oui. Ils servent essentiellement à la sécurité.

— D'accord. Je comprends, répondit Roncet.

Tout en discutant, Yann regardait distraitement un panneau sur lequel des informations s'affichaient.

— Il y a quand même quelque chose de bizarre, dit-il soudain.

— Quoi ?

— Nos chiffres et les vôtres sont semblables.

— Ça remonte à la construction de Muyne, le renseigna Léna. Nos ancêtres écrivaient les chiffres comme ça, nous avons continué, expliqua-t-elle.

— Mais je reconnais que c'est étrange, confirma Felko.

— Ce serait peut-être intéressant d'en connaître la raison, non ? demanda Roncet

— Je tâcherai de questionner mon père, il pourra peut-être me l'expliquer, décida la jeune femme.

— Bon, on y retourne ?

— Oui, oui, au boulot.

Chapitre 11

Yann ne disait rien, mais depuis le premier jour, il se sentait attiré par la jeune femme. Plus le temps passait et plus son amour pour Léna Vernet grandissait.

De son côté, la jeune fille ne semblait pas insensible à son charme. Il la courtisa timidement. Elle répondit à ses avances, heureuse qu'il éprouvât les mêmes sentiments qu'elle.

Le père de Léna était un Sage, il sonda le jeune homme. Il comprit très vite qu'il était sincère. Il accepta donc que Yann devienne son gendre et en fut très heureux.

Un an plus tard, ils s'épousaient. Yann fut un des premiers à s'unir avec une Tallem.

C'est après leur nuit de noces, qu'elle lui apprit qu'elle était elle-même une Sage.

— Tu es sérieuse ?

— Mais oui, je suis une Sage mauve.

— Mais...

— Quoi ? Tu as l'air contrarié ?

— Ce n'est pas ça, mais tu sais tout ce que je pense ?

Elle se mit à rire.

— Bien sûr que non, voyons ! Je ne me permettrais pas de faire une chose pareille.

— Vraiment ?

— Enfin, mon chéri, comment peux-tu croire ça ?

— Je ne sais pas, c'est effrayant votre truc de lire dans le cerveau des gens... On a tellement connu la corruption et les magouilles sur Terre, que je crois qu'on a toujours cette crainte...

Il se sentait troublé par cette nouvelle. Elle le rassura, le comprenant parfaitement :

— Ça ne change rien, voyons ! Je t'aime, je ne ferai jamais ça sans ton accord, nous te l'avons expliqué, avec Felko, tu ne t'en souviens pas ?

— Si. C'est pas ça, toi, non, tu ne le feras pas, mais nos enfants ?

— Ils risquent de ne pas avoir ce don s'ils tiennent de toi.

— Mais si ce n'est pas le cas ? Comment pourrai-je gérer ça ?

— Je suis là, mon père également et ils sauront très rapidement que ce n'est pas bien, ne t'en fais pas, ils craindront qu'on en fasse autant avec eux, ça les freinera.

— Tu crois ?

— J'en suis certaine, mon père a agi comme ça avec moi. Pour la majorité, ils ne le tentent vraiment que vers l'âge de dix ans, avant, ils n'en sont pas vraiment conscients. Ce ne sont que des « éveillés ».

— Des « éveillés » ?

— Oui, ça veut dire qu'ils ont la potentialité, mais pas encore la capacité ou plutôt le savoir-faire.

— D'accord, mais comment se fait-il que vous ayez cette capacité ? Ça, vous ne nous l'avez jamais expliqué.

Elle se mit à rire.

— Écoute, je vais te raconter l'histoire de ma famille depuis plus de deux mille ans, si ça peut t'éclairer. Tu as le droit de connaître mes ancêtres, comme j'ai le droit de connaître les tiens.

— Pour moi, ce sera vite fait, je ne remonte pas très loin, confia-t-il.

– Pour moi, ce sera plus long, il faudra remonter sur vingt et un siècles.

— Tu connais l'histoire de ta famille depuis vingt et un siècles ?

— Oui, pour certaines branches, pas toutes, tout le monde ne peut pas connaître la sienne, mais moi, si, parce que je descends d'une lignée de Sages et Felko aussi. D'après la légende, le premier Sage de ma famille était le fils d'un héros.

— Rien que ça !

— Oui, les archives sont à Muyne, la capitale de la Tallemnie.

— Vas-y, raconte.

— Son père, a été un des héros qui ont tué le dernier dragon de la planète.

— Un dragon ? Tu te moques de moi là ?

— Non, je t'assure... voilà... on ne sait pas très bien comment il est arrivé ici, apparemment, c'est grâce à une pierre « magique » et il prétendait que sa planète s'appelait la Terre, comme la tienne.

— Tu plaisantes ? C'est une blague ? Quoiqu'une autre planète peut avoir eu le même nom...

— C'est possible.

Il la regardait, incrédule. Elle poursuivit :

— Une tribu Sima l'avait accueilli. Avant de partir pour tuer l'animal, lui et ses compagnons dont l'ancêtre de Felko, ont chacun épousé une jeune fille. Ils sont retournés sur leur planète grâce à une autre pierre qu'ils ont découverte dans la montagne.

— Il y en a beaucoup des pierres magiques ici ? ironisa-t-il.

— D'après ce qu'on nous enseigne chez les Sages, la planète a subi une pluie de météorites il y a un peu plus de deux mille ans, des particules infimes se sont réparties sur Éryl, c'est leur composition qui nous a transformés progressivement en télépathes, parce que nous en absorbons, sans nous en rendre compte, depuis tout ce temps.

— Et ton ancêtre ?

— Lui ? Il a touché plusieurs fois la pierre, c'est ainsi que ses enfants se sont très vite révélés télépathes. Un de ses petits-enfants a épousé la petite-fille d'un autre héros, Tan Wong qui avait aussi tué un dragon.

— Tu as donc deux héros dans tes ancêtres ?

— Oui et même plus. Ils étaient beaucoup plus nombreux au départ, leurs enfants ont tous eu des dons. Seuls les derniers héros ont survécu : quatre hommes. Mais, il y a eu aussi trois femmes et un homme au pays Sima, qui n'étaient pas des héros, ils avaient juste touché la pierre. Ils ont fait évoluer la planète plus rapidement.

— Pourquoi sont-ils venus en Tallemnie ?

— Les hommes sont partis du pays Sima pour venir enterrer la météorite à Muyne.

— D'accord, tu te moques de moi, ce sont des histoires, des contes... sourit-il.

— Je t'assure que non et si tu veux nous irons visiter Muyne, tu pourras peut-être consulter les archives. Je demanderai l'autorisation.

— D'accord, mais cette histoire de dragon, c'est une légende, tout le monde sait que ce sont des animaux mythologiques, non ?

— Tu ne veux pas me croire, mais si nous en avons l'occasion, nous irons chez les Simas et tu verras qu'eux aussi, ils ont des textes de cette époque qui racontent la même chose.

— Après tout, vous êtes télépathe.... Pourquoi pas, il y a peut-être eu des dragons sur cette planète... Donc, tu es une descendante du type qui a tué cet animal.

— Exactement.

— C'était peut-être un des derniers descendants des animaux préhistoriques qui était plus grand que les autres, non ?

— C'est possible.

Il réfléchit un instant. Elle continua :

— Tu sais, je ne tolérerai pas que tu doutes de ma sincérité, n'oublie pas que je suis une Sage et qu'à ce titre, je ne mens pas. Je raconte simplement ce que disent les écritures.

— Je te crois, mais j'aimerais bien voir ces archives à Muyne.

— D'accord, nous irons en voyage là-bas, il faut que tu connaisses la capitale.

Il resta à la regarder et soudain demanda :

— D'où viennent vos yeux en amande ?

— Je n'en sais rien. Ici, en Tallemnie, il paraît que les premiers habitants avaient aussi les yeux en amande. Pourquoi me demandes-tu ça ?

— Parce qu'ils me font penser à la forme des yeux des Italiens du nord, sur Terre.

— Et comment l'expliquaient-ils ?

— Le copain que j'avais de cette origine disait en riant : « C'est soit les Étrusques, soit Marco Polo qui nous a ramené de petites Asiatiques ».

— C'était quoi les Étrusques ?

— C'était les premiers habitants de l'Italie, un pays frontalier de la France.

— Et les Asiatiques ?

— C'était une race qui vivait dans l'Est de notre continent. Je t'expliquerai la Terre et son histoire, si tu veux.

— D'accord.

— Il y a aussi autre chose que je ne comprends pas.

— Quoi ?

— Vous vivez comme à la moitié du vingtième siècle chez nous, alors que vous avez par ailleurs une technologie plus avancée que la nôtre.

— Je sais, ça peut paraître étrange, mais pourquoi se servir d'un sèche-linge dans un pays où le linge sèche en quelques heures ? On économise et on évite la pollution.

— C'est vrai...

— On répare, on ne jette plus, c'est plus économique, ça permet

de donner du travail à tout le monde et on ne pourrit pas la planète...
On a amélioré les voitures.

— Justement, nous on essayait de créer des voitures volantes,
vous, vous n'en avez pas.

— Non. Trop de gens se télescopaient en voulant couper un peu
n'importe comment, au-dessus des champs ou des bois. Du coup,
nous avons conservé des voitures classiques, hybrides, pour les habitants. Malheureusement on n'a pas encore réussi complètement
pour les avions, les voitures de l'armée et les camions, ils consom-
ment encore trop...

— Mais vous avez la technologie avec vos vaisseaux spatiaux ?

— Oui, mais c'est très onéreux. Et puis, on ne peut pas laisser
n'importe quel garagiste réparer ce genre d'engin. On a surtout dé-
veloppé les transports en commun. On pollue encore, mais c'est
sous contrôle.

— Nous, nous l'avons toujours dit, mais pas vraiment mis en pratique.

— Pour le verre, nous l'avons très vite fait. Tout ce que vous aviez
que vous jetiez, comme les gobelets en plastique, les assiettes, les
emballages, les rasoirs, les stylos, tout ça, nous y avons très vite mis
un terme. Nous sommes revenus à des objets qui avaient une durée
de vie bien plus longue.

Il l'embrassa tendrement pour l'interrompre, et il déclara :

— Vous êtes plus sages que nous ne l'étions, en tout cas j'adore
quand tu me racontes l'histoire de ta planète, parce que maintenant,
c'est aussi la mienne.

Chapitre 12

Dans le mois qui suivit leur mariage, Yann et Léna décidèrent d'aller visiter Muyne. Léna fit une demande spéciale pour que son époux puisse découvrir la bibliothèque du grand palais gouvernemental.

— Je sais Maître que c'est une demande qui peut vous paraître déplacée, mais mon mari veut réellement s'intégrer à la vie Tallem. Pour ça, il veut connaître l'histoire d'Éryl.

— Vous l'avez effleuré ?

— Oui, c'est vraiment une passion chez lui de s'instruire sur notre passé, en particulier celui qui me touche de près, je le reconnais.

— Il pourrait devenir un exemple de pionnier bien intégré, réfléchit le Sage blanc.

— Tout à fait Maître.

— À titre tout à fait exceptionnel, je vous donne le droit d'accéder à la bibliothèque avec un profane.

Les époux Khwenchk se présentèrent à l'entrée du palais. Les gardes examinèrent leur autorisation, puis les laissèrent passer. Ils se dirigèrent jusqu'à une grande bibliothèque et s'installèrent à une table. La jeune femme expliqua :

— Voilà, la météorite est enterrée sous cet édifice, dans une crypte, au deuxième niveau. C'est une pièce relativement petite. Des cellules sont réparties sous la totalité du bâtiment. C'est un vrai labyrinthe.

— À quoi servent-elles ?

— Elles ont d'abord servi de refuge lors des invasions, puis de prison pendant dix siècles. Au-dessus, au premier, il y a des pièces aux accès impossibles si on ne connaît pas les passages.

— Elles servent à quoi ?

— Ce sont essentiellement des salles de réunion, uniquement réservées aux Sages, mais aussi des bibliothèques contenant de très anciens écrits.

— Et au-dessus ?

— Au-dessus, il y a les salles du gouvernement. Là où ils décident des lois.

— Ce que nous appelons l'hémicycle sur Terre ?

— Oui, d'après ce que tu m'as dit, elles ont la même fonction.

— Il y a aussi cette bibliothèque, des salles de réunions plus petites.

— Il est vraiment très grand ce palais.

— Oui. Enfin, aux étages supérieurs, ce sont des bureaux.

Il réfléchit un instant.

— Putain ! Pour l'époque, ça fait deux étages sous terre !

— Oui... Il faut savoir qu'il n'y a jamais eu de rébellion de prisonniers, même les innocents enfermés à tort restaient patiemment à attendre.

— Ils ne criaient pas leur innocence ?

— Oui et non, ils le disaient, mais sans agressivité, sans se battre, comme s'ils avaient perdu toute capacité à hurler l'injustice dont ils étaient victimes.

— C'est incroyable.

— Ils se bornaient à ronchonner.

— J'ai du mal à y croire, je ne mets pas ta parole en doute, mais on a du mal à réaliser que c'est possible.

Elle sourit et poursuivit :

— La pierre a un pouvoir apaisant, c'était bien pour les coupables et les individus dangereux.

— Mais pour les innocents ?

— Ça a posé des problèmes pour eux, c'est peut-être pour ça qu'on a cessé de s'en servir.

— Tu m'étonnes ! Elle a beaucoup de pouvoirs comme ça ?

— On ne sait pas tout... Il y a deux mille cents ans nous avions deux satellites.

— Deux lunes ?

— Oui, quand mon ancêtre et ses compagnons ont trouvé la météorite, ils l'ont laissée à l'air libre pendant plusieurs heures, une terrible tempête s'est levée et la pierre a repoussé la deuxième lune en dehors de notre système.

— C'est vrai ? C'est possible ça ?

— Nous avons les comptes rendus de la façon dont elle se déplaçait et comment elle a disparu à la suite de cette journée.

— Ça paraît impossible... En quelques heures !

— Non, elle a mis environ deux ans avant de ne plus être visible, elle s'est éloignée lentement, elle n'était plus sur son orbite, c'est pour ça.

— Pourquoi ils l'ont enterrée ici ? On pourrait l'exposer, non ?

— Non. C'est pour l'équilibre de la planète, qu'ils ont fait ça.

— Comment le savaient-ils ?

— C'est une longue histoire, ce sont des hommes venus des étoiles qui leur ont dit.

— Des extraterrestres ?

— Des extraérylois ! Serait plus juste, sourit-elle.

— J'ai du mal à te croire, ça semble tellement énorme...

Il la regarda, espérant une explication supplémentaire. Elle ne disait rien, elle souriait, attendant qu'il digère l'information.

— Deux lunes, dit-il.

— C'est vrai. Sur tous les continents, les deux lunes sont représentées jusqu'à cette super-tempête où elle a commencé à s'éloigner et à disparaître.

— Il y a des manuscrits qui datent de cette époque ?

— Oui, notamment un livre qui est attribué à mon ancêtre, mais nous ne pouvons pas le lire, il n'est pas écrit dans notre langue, quoiqu'il y ait des mots semblables aux nôtres et quelques lettres aussi, essentiellement les voyelles.

— C'est drôle ce que tu dis. Parce que moi je trouve que certains de vos mots ressemblent au français.

— Je sais, tu me l'as déjà dit.

— Donc, personne ne peut le lire ?

— Non. Il y avait un genre de dictionnaire pour le décrypter, mais il ne reste que deux pages très abîmées et peu lisibles. Je vais te le montrer. Patiente un peu.

Il ne sut pas comment, mais il se retrouva seul dans la pièce, il n'avait pas vu par où son épouse avait disparu. Il sortit, elle n'était pas dans le couloir. Quand il rentra de nouveau dans la bibliothèque, elle était là, debout et l'attendait en souriant.

— Tous les sages ont cette capacité de disparaître et d'apparaître ?

— Non. Nous n'avons pas ce pouvoir.

— Mais là... Je ne te voyais plus...

— Parce que j'étais sorti.

— Mais par où ?

— Ça c'est mon secret.

— Tu en as encore beaucoup comme ça ? Ça fait un mois qu'on est marié et j'ai toujours l'impression que je ne sais rien de toi...

— Tu es justement ici pour que je t'explique.

— C'est vrai, excuse-moi, ma chérie, dit-il en l'embrassant.

Elle tenait une tablette. Elle entra plusieurs codes et deux lambeaux de pages apparurent à l'écran.

— Ce n'est pas accessible à tout le monde, expliqua-t-elle en plaçant l'appareil face à lui. Tiens, regardes.

Yann visionna la première page. Il se pencha sur le document.

— C'est le morceau du dictionnaire qu'il avait établi, mais c'est en vieux Tallem.

Elle le laissa consulter le document. Il releva la tête. Bien qu'il n'ait pas pu décrypter grand-chose, il donna les noms en français, puis la traduction en Tallem des rares mots visibles.

— C'est du français ! La langue que je parle normalement.

— C'est du français ?

— Oui, pendant toutes ces années, j'ai été obligé de m'exprimer en anglais dans le vaisseau, puis en Tallem, mais je suis français.

— Je sais. Tu dis que tu peux lire ces mots ?

Il donna les quelques noms en français, puis la traduction en Tallem des mots qu'il avait pu reconnaître.

— Tu veux bien patienter encore un peu ? demanda-t-elle.

— Oui, si tu veux.

Il examina attentivement la page la moins endommagée, comme s'il avait eu le livre entre les mains. Quand il releva la tête, elle avait encore disparu. Il se replongea dans son déchiffrage.

Il sursauta. Il ne l'avait pas entendue revenir.

— Ça c'est le récit qu'il a écrit, ajouta-t-elle en lui tendant un vieux livre.

— Il est rudement bien conservé, on croirait qu'il n'a été écrit que depuis une centaine d'années maximum.

— C'est un des bienfaits de la météorite, il est rangé près d'elle, du coup, il ne s'abîme pas aussi vite que les autres.

— Incroyable ! répéta-t-il.

Il le saisit avec délicatesse et l'ouvrit avec beaucoup de soins à la première page.

Quelle ne fut pas sa surprise ! Il pouvait lire ce qui était écrit, contrairement à Léna.

— Je peux le lire ! s'exclama-t-il.

— Tu veux rire ? fit-elle avec humour.

Puis, plus sérieusement elle s'enquit :

— Tu dis que tu peux le lire ?

— Vous en avez fait des copies ?

— Oui, c'en est une.

Il se pencha, examina la page.

— Putain ! Je comprends ce qui est écrit ! s'exclama-t-il.

— Tu es sérieux ?

— Oui, c'est du français contemporain ! Pas du vieux français !

— C'est-à-dire ?

— C'est-à-dire que je peux te le lire, sourit-il avec plaisir.

— Je t'écoute, fit-elle intéressée.

Il commença :

— « *Je m'appelle Robin Vernet, j'étais policier en France, un pays de la planète Terre...* »

— Tu te moques de moi ou tu lis réellement ?

— Je te jure que c'est ce qui est écrit.

Elle ferma les yeux une seconde.

— Je sais que tu me dis la vérité, je te demande de bien vouloir patienter un instant avant de poursuivre. Quelques personnes arrivent...

— Si tu veux...

Chapitre 13

Des pans d'étagères qui servaient de portes s'ouvrirent, il ne les avait pas remarquées en entrant dans la pièce.

Voilà où elle avait disparu !

Un Sage blanc et quatre mauves s'approchèrent de lui. Yann se leva pour les saluer. Ils lui répondirent poliment, puis se turent.

Le jeune homme s'interrogeait sur ce qu'il avait fait d'interdit, il s'attendait à ce qu'ils leur reprochent leur entrée dans la bibliothèque... mais pourtant Léna avait eu les autorisations... Peut-être n'avait-elle pas le droit de lui montrer cet ouvrage en particulier... Et comment savait-elle qu'ils allaient arriver ?

Le silence perdurait, il était de plus en plus mal à l'aise. Léna ne parlait pas non plus, elle n'essayait nullement de le rassurer. Il avait envie de l'attraper par les épaules, de la secouer et de lui demander ce qui lui arrivait, mais il craignait une réaction des cinq Sages.

Ses yeux coururent de l'un à l'autre des hommes et des femmes.

Il était prêt à défendre son épouse s'il le fallait. Un sourire se dessina sur les lèvres du Sage blanc :

— Asseyez-vous monsieur Khwenchk, je vous en prie.

Il obéit sans quitter Léna des yeux, elle s'installa à côté de lui, posant une main, rassurante sur la sienne.

— Ne vous inquiétez pas, vous n'avez violé aucune de nos lois.

— Ah bon, j'ai cru que nous avions fait quelque chose d'interdit... soupira-t-il.

— Je viens d'effleurer votre esprit, pour vous rassurer, j'avais constaté votre inquiétude.

— C'est votre don télépathique, c'est ça ?

— En effet.

— Donc je n'ai rien fait de mal.

— Non... Léna nous a dit que vous étiez capable de traduire cet ouvrage...

— Elle vous a... Ah ! Je comprends ! Vous avez communiqué par télépathie !

— Oui, évidemment.

— Excusez-moi, mais c'est assez nouveau pour moi.

— Nous comprenons. Nous l'avons autorisée à vous apporter l'original du manuscrit, à titre tout à fait exceptionnel... alors ? Vous en êtes capable ?

— Oui, c'est ce que je disais à Léna... c'est écrit en français, je comprends, je ne sais pas encore si je serai capable de tout traduire, parce que je ne maîtrise pas encore assez bien le Tallem, mais pour ce qui est du début, il n'y a aucun problème. Ce n'est même pas du vieux français...

— Mettez ce collier, ça vous permettra de tout traduire, sans avoir à chercher vos mots...

Yann obéit.

— Nous vous écoutons.

Il n'avait jamais si bien compris la langue, sauf le jour de son arrivée, quand la sage bleue lui avait prêté celui de l'anglais pour le choix du travail.

Il était stupéfait, mais il tenta de ne pas se laisser impressionner plus longtemps. Tout le dépassait sur cette drôle de planète.

Les cinq Sages prirent un siège et attendirent. Yann commença :

« Je m'appelle Robin Vernet, j'étais policier en France, un pays de la planète Terre, sur cette planète nous étions en l'an deux mille treize... » C'est impossible ! s'interrompit-il.

Il y eut un long silence. Puis le sage blanc ordonna :

— Poursuivez.

— Mais ça fait à peine plus de quarante ans !... Euh... quarante-cinq environ...

— Continuez.

Ils sont drôles eux ! Rien ne les surprend !

Contrairement à ce qu'il pensait, les Sages avaient eux aussi été interloqués. Ils connaissaient les voyages intergalactiques et les variations espace-temps, mais pas aussi considérables que celui-ci.

Il reprit sa lecture :

« J'espère que cet écrit évitera aux habitants de cette planète de faire les mêmes erreurs que la mienne.

Grâce à mon collègue et ami Ludovic Chamouilleaux, je peux donner des informations sur les événements qui se sont déroulés sur Terre, après mon départ ».

Yann leva vers eux des yeux interrogatifs.

— Continuez, nous connaissons un peu l'histoire, mais nous avons besoin de comparer avec ce qui a été rapporté dans les siècles qui ont suivi.

— Oui, parce que les légendes ont souvent une petite part de vérité, expliqua Léna à son époux.

— Je sais, mais ça me paraît tellement incroyable...

— Il est possible que nous ayons fait des erreurs de traduction. Là, on sera certains que tout est rigoureusement exact, expliqua le Sage blanc.

— Poursuis, mon chéri.

« Nous foncions droit dans le mur, nous avons pollué tout ce que nous avons touché, nous fabriquions des armes bactériologiques, nous avons fait des tas d'expériences de bombes nucléaires, sans aucune protection pour les populations.

Notre planète est devenue une gigantesque poubelle ! »

Yann les regarda :

— Jusque-là c'est vrai, confirma-t-il.

« Je suis né trois ans après un accident dans une centrale nucléaire nommée Tchernobyl, cette catastrophe a créé une zone inhabitable pour des siècles ».

Il s'interrompit de nouveau.

— Ça aussi c'est vrai.

« Plus tard, la calotte glaciaire a fondu, on l'a reproché aux peuples, alors qu'ils n'étaient pas les principaux responsables.

Les grands monopoles n'en ont eu cure, la seule chose qui les intéressait c'était toujours plus de fric, tant pis pour ceux qu'ils laissaient sur le bord de la route.

Des pays entiers ont vu leur population mourir de faim... »

Il leva la tête vers les sages et son épouse, le regard hébété, abasourdi par ce qu'il venait de lire. Ce n'était tout simplement pas possible, il ne pouvait pas accepter une telle révélation et pourtant, ce livre était très vieux, ça se voyait, il y avait quelque chose d'impossible dans ce qu'il découvrait.

Il se demanda s'il était vraiment éveillé.

C'est impossible il vivait il y a plus de deux mille ans ici et presque cinquante ans sur la Terre !

Les Sages souriaient, l'encourageant à poursuivre.

— Continuez.

— C'est impossible ! Im-pos-sible ! Il devrait avoir l'âge de mes parents, presque, enfin, à peine plus vieux qu'eux, vous comprenez ce que ça veut dire ?

— Qu'il a voyagé dans le temps et dans l'espace.

— Mais... mais... ce n'est pas possible !

— Continuez, vous aurez peut-être l'explication... et nous aussi.

Il reprit sa lecture. Quand il eut fini la première partie, le Sage blanc intervint :

— Il dresse un tableau bien sombre de votre planète.

— Je ne comprends pas, comment a-t-il pu écrire ça il y a plus de deux mille ans ? C'est impossible !

— Ce qu'il écrit est faux ?

— Non, c'est vrai, mais en vivant il y a quarante-cinq ans sur terre, comment a-t-il pu vivre ici il y a vingt et un siècles ?

— Ça je n'en sais rien, il est dit dans les légendes qu'il se servait d'une pierre magique et qu'il maîtrisait le tonnerre, il l'explique peut-être un peu plus loin... c'est peut-être pour ça, suggéra une Sage mauve.

— D'accord, je continue. « *À la suite d'une affaire criminelle et d'un cambriolage chez un témoin, j'ai été chargé de la protection rapprochée de celui-ci...* ».

Il poursuivit sa lecture jusqu'au moment de son arrivée chez Chêne dans le pays Sima...

— C'est incroyable ! s'exclama-t-il.

— Je reconnais que c'est surprenant, mais nous aimerions connaître la suite.

Il continua, aussitôt interrompu :

— Qui c'est Panoramix ?

— C'est un druide, euh... un genre de mage imaginaire créé depuis une centaine d'années, un dessin... pour raconter d'une façon amusante la vie plus ou moins réelle de nos ancêtres Gaulois, qui vivaient il y a deux mille ans. Enfin, c'était des dessins humoristiques, rien de réel, sourit-il.

Il avait l'impression de mal s'exprimer, de ne pas être clair dans ses explications, mais il se sentait trop perturbé pour être compréhensible.

— Si j'avais accès aux ordinateurs qui étaient dans notre vaisseau, je pourrais vous montrer.

— Ce n'est pas un problème. Je m'en occuperai, dit une Sage mauve.

— Et Merlin ? Qui c'est ? demanda le Sage blanc.

— Il fait partie d'une légende, c'était un sorcier, il y a environ mille cinq cents ans, ou plus. Il défendait un roi appelé Arthur, désigné par les Dieux, parce qu'il était le seul au cœur assez pur, pour pouvoir extraire une épée magique, qui était plantée dans un rocher... enfin, c'est une légende. Je pourrai aussi vous montrer ça.

— En effet, il faudra que vous nous racontiez toutes ces légendes de votre planète, il est normal que les descendants des pionniers connaissent aussi leur origine.

— Ce sera avec plaisir, nous avons gardé ça en mémoire dans nos ordinateurs.

— Je m'en occuperai également, confirma la Sage mauve.

— Très bien, vous pouvez continuer.

« Nous sommes partis avec le mage Lholm et Geoffrey pour combattre le dernier dragon qui sévissait dans le pays... »

Il marqua une nouvelle pause en examinant les personnes qui l'entouraient.

— Lholm ? Comme Felko ?

— Eh oui, Vernet comme Léna et Lholm, comme Felko, le conforta le Sage blanc avec un large sourire.

— Je t'avais dit que je descendais de ce Robin Vernet, dit en souriant Léna.

— Oui, c'est vrai, mais, excusez-moi, j'ai un peu de mal à tout réaliser, ça dépasse un peu mon entendement.

— C'est normal, beaucoup de choses sont nouvelles pour vous, mais poursuivez, je vous en prie.

Quand il eut terminé la première partie de son récit, il était fort tard, la nuit était tombée. Ils étaient tous troublés, un silence s'ensuivit. Après un moment passé dans un mutisme total, Yann se décida :

— Excusez-moi, je ne voudrais pas vous paraître mal élevé, mais vous êtes en train de vous concerter télépathiquement, ou vous réfléchissez ?

Un sourire naquit sur toutes les lèvres en même temps.

— Nous réfléchissons... cette histoire est pratiquement identique à la légende, à quelques détails près.

— Comme ?

— Comme la taille des animaux, la dame du lac qui marchait sur les eaux... c'est un peu moins enjolivé que dans la légende, mais l'ensemble y est quand même.

Léna était émue, on parlait de son ancêtre :

— Ça veut dire que s'il était retourné sur terre, il aurait pu être parmi les pionniers... j'aurais pu connaître mon ancêtre comme lui a connu le mage Lholm...

— C'est vrai, ce que tu dis... Moi, j'aurais pu le connaître sur Terre...

— Et s'il t'avait raconté son histoire ?

— Je ne l'aurais pas cru...

— Et là, tu le crois ?

— C'est inimaginable, mais, oui, c'est un flic et il a raconté ça, comme les flics font un rapport et puis c'est écrit en français et ce qu'il dit sur la Terre est vrai, il parle d'hommes politiques qui ont vraiment existé et qui ont fait ce qu'il explique, je ne vois pas pourquoi il aurait menti pour la suite...

— En tout cas on a l'explication sur le nom de la capitale...

— Oui, ça veut dire météorite chez les Martiens, rit Yann.

— Martiens, E.T., petits-gris, ils ont pas mal de surnoms, mais on ne sait toujours pas d'où ils viennent et s'ils sont humains ou pas... constata Léna.

— C'est vrai, admit le Sage blanc, on a eu des contacts avec des habitants d'autres planètes, mais eux, ils restent un mystère.

— Il parle aussi de notre ancêtre commun à Felko et à moi : Geoffrey.

— Ah ? fit Yann qui avait compris pour Lholm, mais qui l'ignorait pour Beaufort.

Il était perturbé par ce qu'il venait de lire. Il se sentait troublé, comme incapable de réfléchir sereinement. Tout était étrange, comme dans un rêve, il se sentait soudain très proche de Vernet, il lui semblait ressentir les mêmes sentiments d'irréalité que le policier dans son aventure.

— Au fil des siècles, des descendants de héros se sont mariés entre eux. Mais ils ont toujours pris garde de ne pas faire de mariage consanguin. D'ailleurs, c'est étrange, il n'y a jamais eu de fusion entre eux, quand il pouvait y avoir un risque, constata Léna.

— C'est exact, comme si la pierre les avait guidés dans leur choix, répondit la Sage mauve.

— Si vous permettez, intervint un autre Sage mauve, il parle d'un de ses camarades qui était au courant et qui devait cacher la météorite s'il ne revenait pas...

— Oui, c'est tout au début, à la première page, attendez, je vais retrouver le passage... Là... il s'appelait Chamouilleaux, Ludovic Chamouilleaux.

— Je crois qu'il y a des pionniers qui portent un nom semblable...

— C'est vrai ?

— Oui, il faut que je vérifie, mais ils sont affectés, je crois, dans un de nos commissariats à Nasimo...

— Ce sont des flics ? intervint Yann.

— Oui, ils avaient été réquisitionnés pour la sécurité dans votre vaisseau.

— Ah ? Je n'ai jamais vraiment eu de contact avec la police à bord. Je les connais peut-être de vue...

— Tu étais où ? interrogea Léna.

Elle n'avait jamais osé le faire auparavant, elle avait effleuré son esprit et deviné que c'était quelque chose de douloureux. Mais aujourd'hui, elle voulait savoir.

— J'étais au poste de commandement, j'étais chargé de l'informatique et du pilotage avec mon ami Roncet.

Un des Sages l'interrompit en sentant qu'une douleur non cicatrisée venait de se réveiller dans l'esprit du jeune homme.

— Bien, ce n'est pas tout ça, mais si nous allions manger ? Vous logez où ? demanda-t-il.

— Nous avons pris une chambre à l'hôtel de la pierre noire, c'est drôle, non ? rit Léna.

— Oui, c'est vrai que c'est amusant, convint le Sage, nous allons aller dîner là-bas dans ce cas...

— Vous êtes marquée par le destin ma chère, rit un autre.

— Ça va ! Ne te fous pas de moi cousin !

— Cousin ? réagit Yann.

— Oui, c'est mon petit-cousin, nous avons les mêmes origines sa grand-mère et mon grand-père étaient frère et sœur. Il n'a pas pu assister à notre mariage parce qu'il était dans l'espace à ce moment-là.

— Dans l'espace ?

— Oui, j'étais en mission.

— Vous pouvez retirer votre collier, vous le remettrez demain, nous aurons à travailler avec vous et ces messieurs Cham... Je sais pas quoi, dit le Sage blanc.

— Chamouilleaux, répondit Yann.

— C’est ça, Chamouilleaux. C’est peut-être le personnage, si vénéré dans l’histoire du Sima, qu’on connaît sous le nom de seigneur Ludovic, ajouta-t-il à l’attention des autres Sages.

— C’est possible, en effet, répondit une autre.

Ils s’éclipsèrent quelques instants et revinrent habillés en civil pour accompagner les jeunes gens à leur hôtel.

— Tu crois que je réussirai à visiter Muyne ? glissa Yann.

— Je ne sais pas, mais je pense que notre séjour dans la capitale va se prolonger plus que prévu, sourit-elle.

— C’est aussi mon impression...

Elle alla ranger le livre dans un coffre discret, au milieu des rayonnages, il l’attendit. Quand elle revint, il la prit par la taille pour sortir. Les cinq Sages les suivirent, ravis de cette nouvelle découverte.

Chapitre 14

Le lendemain, Léna et Yann retournèrent au palais gouvernemental.

Les gardes avaient été avertis.

Yann en profita pour poser une question à son épouse :

— Tu pourrais m'expliquer l'histoire de la religion chez vous ?

— Pourquoi ?

— Parce que sur terre c'était une des raisons de nombreuses guerres...

— Tu crains que les pionniers n'aient apporté leurs querelles avec eux ?

— Oui, je ne voudrais pas que la paix soit compromise à cause d'une histoire de Dieu, dont le nom diffère d'un peuple à l'autre...

— C'est simple, chez nous le Dieu d'Éryl est représenté par sa forme, c'est-à-dire celui de la planète, c'est un cercle surmonté d'un soleil, sans qui la vie serait impossible.

— Comme les Égyptiens dans l'Antiquité, chez nous, euh... je veux dire sur Terre.

Elle sourit :

— Ce n'est rien, c'est normal que tu aies encore ce réflexe.

— Excuse-moi, tu disais ?

— Ah oui. En son centre, nous avons accepté de placer pour les pionniers : une croix avec sur ses branches, un croissant de lune et une étoile. Au milieu, nous avons mis la colombe, symbole de la paix chez vous.

— Vous n'en avez pas, vous ?

— C'est un oiseau mythique chez nous, ça fait plus de trois siècles qu'il a disparu. Une maladie, à cause des radiations, quand nous n'étions pas encore conscients des risques...

— D'accord, ça c'est ce qu'on voit dans tous les édifices religieux, mais pour prier, ça ne posera pas de problème aux croyants ?

— Normalement, ça ne devrait pas. Nous conseillons quand il y a une fête religieuse qui tombe en même temps pour les uns et les autres de faire des offices conjoints...

— Et ça va marcher, tu crois ?

— Ils prônent tous la tolérance, l'amour du prochain, l'honnêteté, etc... il ne serait pas logique qu'ils s'agressent, ce serait aller à l'opposé de leurs préceptes.

— Oui, ça paraît logique, mais sur terre, ça ne se passait pas comme ça...

— Il y en a plusieurs, ils peuvent aller chacun dans un lieu différent si ça les dérange d'être ensemble.

— Oui, mais c'est mal les connaître, ils voudront tous la même.

— Dans ce cas, ils peuvent opter pour un temple chacun leur année.

— Je suis désolé, mais j'ai des doutes, quant à leur capacité à négocier.

— Tant pis pour eux. Sinon, il y a des groupements qui existent, même là, ils peuvent vivre conjointement, si bon leur semble, la seule chose, c'est qu'on leur a donné un seul nom, quelles que soient les religions représentées dans leur sein, uniquement pour une raison de facilité on les appelle monastères et couvents.

— Ce sont des noms français, sourit-il.

— Vraiment ?

— Oui, je pense que c'est ton ancêtre et celui de Felko qui les ont nommés ainsi.

— Pour les lieux de culte, c'est pareil, ce sont des temples ou des chapelles.

— Là aussi ce sont des noms français.

— Il arrive qu'on dise aussi église, mosquée, synagogue, depuis votre arrivée, mais c'est rare, on évite pour ne pas créer de zizanie, expliqua-t-elle.

— J'espère que tu as raison... en fait... je n'ai pas vraiment confiance dans mes concitoyens, je crois que Vernet avait raison, je ne suis pas loin de penser comme lui...

— On dirait qu'il t'a impressionné, je me trompe ?

— Non, tu as raison, il a trouvé dans ton peuple une réflexion plus civilisée que dans la nôtre, et ce, deux mille ans plus tôt, c'est surprenant...

— Pas tant que ça, ils n'étaient pas encore pollués par la société et toutes les techniques modernes.

— Il avait pu en constater les inconvénients...

— Il ne faut pas croire, nous avons aussi eu nos guerres à une période, ce qui explique les châteaux-forts qu'on a un peu partout dans le pays.

— Vous avez eu votre Moyen Âge, quoi ?

— C'est comme ça que vous appelez cette époque ?

— Oui.

— Alors c'est ça, nous avons eu notre Moyen Âge.

— Ce serait bien qu'on fasse un livre d'histoire d'Éryl et un de la Terre, on trouverait peut-être des points communs, des évolutions parallèles, des moments de divergences qui expliqueraient pourquoi nous n'avons pas progressé de la même manière...

— La pierre semble être aussi responsable de cette modification de comportement, vous n'êtes peut-être pas entièrement coupables, essaya de temporiser Léna.

— C'est possible, mais dans ce cas-là, on ne méprise pas les autres. L'humilité aurait été la bienvenue sur Terre, on aurait continué d'y vivre, on ne vous aurait pas envahis comme nous l'avons fait, j'en ai honte...

— Tu penses ce que tu dis ?

— Pas tout à fait, parce qu'en réalité, je suis ravi de t'avoir rencontrée et de t'avoir épousée. Maintenant que je sais que tu existes, j'aurais été désolé de ne pas t'avoir connue, se reprit-il.

Il ponctua sa phrase d'un long baiser.

— Je comprends ce que tu ressens, le réconforta-t-elle.

*
* *

Les frères Chamouilleaux s'étaient eux aussi mariés, à quelques mois d'intervalle. La beauté des jeunes femmes ne leur avait pas échappé, mais plus que cela, il y avait chez elle une grande intelligence, une capacité d'empathie et d'honnêteté qu'on trouvait rarement sur Terre.

Ils les avaient rencontrées dans le cadre de leur travail et très vite ils s'étaient épris d'elles. Ça faisait maintenant quelques mois que Roby avait épousé Lonia qui exerçait le métier de secrétaire et Geoff, Estia, une institutrice spécialisée pour les enfants de pionniers.

Le lendemain, Yann et Léna étaient installés dans la bibliothèque quand on frappa.

— Entrez ! fit Léna.

La porte s'ouvrit, deux jeunes hommes, d'une grande ressemblance, sûrement des frères se présentèrent.

— Bonjour, Roby Chamouilleaux, commandant de police, voici mon frère Geoff, commandant lui aussi. On nous a convoqués ici.

— Enchanté répondirent les époux.

Ils se levèrent pour leur serrer la main.

— Je m'appelle Yann Khwenchk et voici mon épouse Léna.

— Enchanté, répondirent les deux jeunes gens.

Ils fixèrent un instant Yann.

— Mais on se connaît, non ?

— Oui, j'étais le pilote du Chlols numéro quatre au départ, qui est devenu le trois à l'arrivée.

— C'est ça ! On s'est croisé assez souvent dans l'espace, sourit Geoff.

— Oui, oui, dès que je vous ai vus entrer, je me suis rappelé de vous.

— Vous pouvez nous donner la raison de notre présence ici ? interrogea Roby.

— Non, nous devons attendre avant de le faire. Asseyons-nous, si vous voulez bien, intervint Léna.

— Alors ? Que devenez-vous ?

— Nous nous sommes tous deux mariés à de ravissantes jeunes femmes Tallem.

— Comme moi, sourit Yann.

L'huis s'ouvrit et les cinq Sages en civil pénétrèrent à leur tour dans la pièce. Tous les jeunes gens se levèrent pour saluer les nouveaux arrivants. Les Tallems se présentèrent aux deux policiers, puis chacun s'assit.

— Je vous ai convoqué messieurs, pour savoir si vous avez connu un homme nommé Ludovic Chamouilleaux ?

Les deux jeunes gens se regardèrent, décontenancés.

— Évidemment, c'est notre père répondit Roby.

— Excusez-moi, intervint Yann, si je vous dis Robin Vernet et

Geoffrey Beaufort ?

— Geoffrey Beaufort est notre oncle et Robin Vernet était le coéquipier de notre père.

Les cinq sages, Léna et Yann se regardèrent, abasourdis bien qu'ayant déjà envisagé cette éventualité. Le silence ne dura que quelques secondes. Pendant ce temps, les deux frères imaginèrent, l'espace d'un instant, que leurs parents étaient en vie et avaient demandé à les rencontrer.

— Vous savez ce qui est arrivé à Beaufort et Vernet ?

— Nous regrettons de ne pas pouvoir en parler, c'est trop incroyable, répondit Geoff.

Ils craignaient de dire quelque chose qui porterait préjudice à leur famille ou à leurs parents. Parler d'une pierre magique détruirait leur crédibilité.

— Si nous vous posons la question, c'est parce que nous avons la réponse, insista Yann.

Les jeunes Chamouilleaux se consultèrent du regard, c'est hésitant que Roby prit la parole :

— Je crains que vous ne fassiez erreur, personne ne peut savoir.

— Essayez tout de même de nous éclairer, s'il vous plaît.

— Écoutez, je ne veux pas vous paraître insolent, mais nous sommes policiers, à ce titre, nous souhaitons rester crédibles. Ne pas passer pour des farfelus.

— Il n'est pas question de vous faire passer pour des farfelus, messieurs, nous voulons juste savoir ce que vous savez de ces deux personnes ! dit un des Sages en haussant le ton.

— D'accord... ce n'est pas pour rien que nous nous prénommons Geoff et Roby, c'est en souvenir d'eux.

— Vous savez ce qu'ils sont devenus ?

— Peut-être, mais ce n'est pas plausible.

— Pourquoi ?

Les deux policiers faisaient visiblement tout pour éviter de raconter ce qu'ils savaient.

— Ce qu'on nous a raconté est pour le moins inconcevable...

— Ce n'est pas à vous de juger si c'est crédible ou non. Si vous ne le faites pas de votre plein gré, nous irons chercher les réponses directement dans votre cerveau.

Les deux jeunes gens échangèrent un regard anxieux. Ils avaient appris ce dont étaient capables les Sages Tallems.

— C'est lié à une histoire de pierre magique et de dragon, c'est pour ça que nous hésitons, répondit Roby.

— Vous connaissez l'histoire ? demanda gentiment Léna.

— Oui.

— Nous avons là un récit écrit par Robin Vernet, si vous voulez bien le consulter, vous pouvez y aller, conseilla le Sage en plaçant le livre devant eux.

Il avait effleuré l'esprit des jeunes gens et avait compris qu'il pouvait les aider à accepter de se confier.

— Comment pouvez-vous avoir un livre de ce policier ? Il a disparu de...

— Lisez la première page de ce livre, conseilla-t-il en souriant.

Ils se regardèrent et ouvrirent le bouquin qu'on leur proposait.

— Alors ? Vous pensez être en mesure de nous en parler ? C'est bien d'eux qu'il s'agit ?

— Oui, monsieur.

— Tout compte fait, se reprit le Sage, nous vous laissons le consulter, nous reviendrons dans deux heures, vous nous direz ce que vous en pensez, vous ne l'aurez probablement pas terminé, mais on pourra commencer à échanger nos idées.

Tous se levèrent et quittèrent la pièce, tandis que les deux Chamouilleaux se penchaient sur les écrits proposés. Restés seuls, les frères discutèrent avant de se décider à entamer leur lecture.

— Apparemment, C'est bien sur cette planète qu'ils sont arrivés...

— Oui, ça m'en a tout l'air...

— Tu crois que c'est ce que papa voulait nous faire lire avant de partir ?

— Je ne sais pas, Geoff, mais j'en ai bien l'impression.

— Comment peuvent-ils avoir les écrits de Vernet, autrement ?

— Je me le demande.

— Mais on ne sait, que ce que papa nous a brièvement raconté de leur histoire...

— On verra bien. Voyons ce que ça dit.

Deux heures plus tard, les cinq Sages et les époux Khwenchk entrèrent dans la bibliothèque.

— Vous avez terminé ? demanda le Sage blanc.

— Nous avons presque fini la première partie.

— Alors ?

Les jeunes gens hésitèrent, enfin Geoff prit la parole :

— Nous avons connu Robin et Geoffrey.

— Comment est-ce possible ?

— C'est fantastique ! s'exclama Yann.

Les autres ne dirent rien, mais ils n'en pensaient pas moins.

— Nous ne pouvons pas croire que notre sœur et nos parents soient morts il y a deux mille ans, c'est inconcevable ! reprit Geoff.

— Il n'y a qu'une dizaine d'années que nous les avons quittés, renchérit Roby.

— D'accord, sinon, l'histoire en elle-même ?

— C'est assez conforme à ce que nous a raconté notre père. Nous nous disions quel dommage qu'ils soient tous restés sur terre, ils auraient tellement été heureux de lire ça ! Et en fait ils font partie de l'histoire ! J'avoue que j'ai du mal à réaliser admit Roby.

— Cependant, nous leur avions conseillé de toucher la pierre avant notre départ, intervint Geoff.

— Oui et visiblement, ils nous ont écoutés, releva Roby.

— Donc, vous confirmez que votre père connaissait ce fameux Robin Vernet ? Et que c'est bien de lui qu'il s'agit ?

— Oui, nous confirmons.

— C'était mon ancêtre, dit Léna.

Ils la regardèrent avec stupeur.

— Vous voulez dire...

— Qu'il y a vingt et un siècles, il a épousé une jeune fille nommée Césia qui lui a donné cinq enfants dont je suis une des descendantes, oui.

— Ce n'est pas possible, murmurèrent les deux jeunes gens, abasourdis par cette révélation.

— C'est pourtant ainsi, confirma le Sage blanc.

— Mais nous l'avons vue, elle aussi, d'ailleurs, je me souviens qu'on s'était fait la réflexion : « On dirait Falbala ».

Yann sourit en voyant les Sages échanger un regard surpris.

— Nous avions même hésité sur le nom du mage Lholm entre : « Panoramix » ou « Merlin ».

— Donc ce qui est écrit vous semble correspondre à ce que vous savez ?

— Oui.

— Racontez-nous un peu votre histoire et celle de vos parents.

Ils leur racontèrent leur aventure, quand ils étaient enfants et qu'ils avaient découvert la pierre noire.

— Vous avez donc vous aussi, touché la météorite !

— Oui. Je dois vous dire qu'on a eu l'impression de tomber dans la quatrième dimension.

— Surtout quand Robin Vernet nous a regardés en fronçant les sourcils et en nous sermonnant, compléta Geoff.

— Oui, il était habillé en Gaulois avec un pistolet à la ceinture...

— Ça faisait un peu décalé.

— Ensuite, il a souri et nous a ébouriffé les cheveux en riant, avant de nous renvoyer sur Terre.

— Ce qui veut dire que vos enfants auront probablement les mêmes pouvoirs que nous, conclut une des Sages.

— Vous croyez ?

— Oui, la plupart d'entre nous sont les descendants de ceux qui ont touché une fois la météorite, à part de rares exceptions qui l'ont touchée trois fois.

— Vous, vous l'avez touchée deux fois, donc je vous laisse imaginer le pouvoir de votre descendance, poursuivit un autre Sage.

— Surtout que nous sommes tous deux mariés à une Tallem, balbutia Geoff.

— Vous avez des enfants ?

— Oui, bientôt un chacun.

— Eh bien, ils siégeront probablement parmi nous dans quelques années, sourit un des Sages.

Les deux frères se regardèrent, légèrement paniqués.

— Putain ! On n'avait pas pensé à ça.

— Il n'y a pas de quoi avoir peur, si ce n'est que vous ne vous rendrez pas compte qu'ils vous sondent pour connaître votre pensée.

— Mais c'est effrayant au contraire, bondit Roby.

— Ah ! Tu vois qu'il n'y a pas que moi à qui ça fait peur, glissa Yann.

— Pourquoi ? Vous aussi vous avez touché la pierre ? demanda Geoff.

— Non, parce que j'ai épousé une Sage, sourit-il.

— Ça peut paraître effrayant, je le conçois, il faudra simplement éviter de leur mentir, les rassura-t-elle.

Roby ferma les yeux pendant quelques secondes, il avait besoin de digérer l'information.

— Vous pouvez continuer ? questionna le Sage.

— Euh, oui. Notre père a connu notre mère parce qu'elle est venue chez Vernet pour savoir où était son frère, il l'a invitée à loger dans l'appartement de Robin, par souci d'économie. Parce qu'en partant, Vernet avait exigé qu'il habite chez lui pour veiller sur la météorite.

— Logique, oui, acquiesça une Sage.

— Notre père avait expliqué à notre mère ce qui s'était passé, mais elle ne voulait pas le croire.

— Ce n'est guère étonnant, intervint Yann.

— Pourtant, mon oncle, accompagné de Vernet était préalablement allé voir nos grands-parents pour leur dire ce qu'il comptait faire, mais ça semblait tellement invraisemblable que personne ne voulait prêter foi à ses dires...

— C'est pour ça que Robin a inventé une histoire de mission secrète dans un pays retiré sur la Terre, les renseigna Geoff.

Les Sages ne semblaient pas comprendre pourquoi. Roby intervint pour leur expliquer :

— Sur Terre, nous avions des pays réputés dangereux, parfois pour leur politique, parfois pour les risques de cataclysmes naturels, parfois à cause de leur situation géographique.

— D'accord, pour éviter qu'on cherche à les retrouver en s'y rendant, c'est ça ?

— Oui. Ils ont tous pensé qu'ils étaient partis dans un pays dangereux et que c'était pour ça qu'ils ne donnaient pas de nouvelles... Personne n'avait cru Geoffrey quand il disait la vérité, mais tout le monde a accepté son mensonge qui était plus plausible.

— Ce que je regrette que nos parents n'aient pas su que nous venions sur la même planète qu'eux... deux mille ans plus tard... dit pensivement Geoff.

— J'ai appris que vos vaisseaux ont été attirés par un faisceau bleu-vert, dit le Sage blanc.

— C'est exact, répondit Yann.

— C'est peut-être parce que vous aviez vous-même touché la pierre.

— Vous croyez ?

— C'est une supposition, mais elle serait assez logique, non ?

— Non, parce que les autres vaisseaux n'auraient pas été happés, le contredit Yann.

— Exact.

— À moins que dans le champ de météorites que vous avez traversé, il y ait eu d'infimes particules de la pierre noire, qui se seraient collées sur vos vaisseaux, supposa une des Sages.

— Ça, ça me paraît plus concevable. Mais pour tout vous dire, je pensais que c'était un genre de corridor. Certains de nos savants avaient envisagé ce genre de passages.

— Vous avez raison, les corridors existent.

Un silence s'instaura. Le Sage blanc finit par le rompre :

— Nous nous servons souvent de couloirs comme ça, dans l'espace, mais ils ne sont pas bleu-vert.

— Et pour vous, ce serait à cause de la poussière de météorite qui compose le sol d'Éryl ? demanda Yann.

— C'est possible, on ne s'est jamais posé la question, puisque ça fonctionnait très bien. Ça avait l'air d'être des corridors qui existaient naturellement dans certaines régions de la galaxie, mais comme je vous le dis, ils n'ont pas cette couleur.

— Je comprends.

La Sage et Yann partirent dans une discussion. Ils envisagèrent que plusieurs corridors existaient probablement, grâce à l'explosion d'un astéroïde relativement semblable, qui avait propulsé de la poussière et des météorites à travers l'espace. Pendant ce temps, les autres participants s'étaient tu, du moins apparemment. Enfin, le Sage blanc déclara :

— Je propose que monsieur et madame Khwenchk aillent chez les Simas, pour poursuivre leurs investigations...souhaiteriez-vous les accompagner ?

Les deux jeunes Chamouilleaux échangèrent un regard brillant.

— Ce serait avec plaisir.

— Alors, vous allez partir en début de semaine prochaine, ça vous va ?

— Très bien, mais pour notre travail ?

— Ne vous inquiétez pas, nécessité d'état, il n'y aura aucun problème.

— Et pour le problème de la langue ? interrogea Roby.

— Les Simas et les Tallems parlent sensiblement la même, il n'y aura donc aucun souci.

— Alors, c'est d'accord.

— J'ai ici un ordinateur, vous pouvez nous montrer ceux que vous appelez « Panoramix, Merlin ou Falbala » ?

Yann s'installa confortablement devant la machine, il pianota quelques instants avant de leur dire :

— Voilà, vous voyez, ce sont des bandes dessinées dont les personnages sont tous fictifs, mais si je me réfère à ce que disait Vernet et vous aussi, ils ressemblaient à ça.

Tous les Tallems présents dans la salle examinèrent les images.

— Nous imaginons mieux ce qu'il voulait dire.

— Son épouse était certainement une sacrée beauté ! confirma une Sage.

— C'est effectivement ce qu'il avait dit à notre père et que nous avons pu constater, sourit Roby.

— Je dois vous dire que votre oncle a laissé un carnet de croquis qui les représentent, nous voulions juste avoir confirmation de la ressemblance avec ses dessins.

— Voici une affiche représentant Merlin l'enchanteur.

— C'est surtout la barbe longue et blanche qui vous avait influencés ainsi que Vernet, non ?

— Probablement.

— Et la magnifique chevelure de Césia ?

— Oui, elle avait une épaisse chevelure blonde, elle était splendide.

— Bien, nous allons vous laisser tous les quatre, je pense que vous avez beaucoup de choses à vous dire.

Les jeunes gens remercièrent les sages. Dès que les cinq personnes furent sorties, ils commencèrent à discuter avec ferveur. Un climat sympathique s'installa entre eux, si bien qu'ils décidèrent de passer les trois jours suivants ensemble, pour visiter la capitale, que seule Léna connaissait.

Chapitre 15

C'était une cité étrange. Ils démarrèrent de leur hôtel. Ils ne connaissaient jusque-là que le palais gouvernemental, au centre de la ville. C'était un édifice rectangulaire avec, à chaque angle, une tour carrée qui ressortait. Des colonnes formant des arcades constituaient un couloir le long des façades Sud, Est et Ouest. Il n'y en avait pas sur la face Nord, qui paraissait bien plus austère.

Le bâtiment était entouré d'un parc arboré. Des allées pavées de blanc le traversaient. Des fleurs de toutes couleurs décoraient les massifs et embaumaient l'espace.

Tout autour, un haut mur le protégeait des regards indiscrets. Le grand portail sculpté en fer forgé s'ouvrait sur l'avenue Sud. Des gardes empêchaient quiconque d'y entrer.

Les grilles de l'Ouest et de l'Est étaient d'une facture plus simple.

Celle du Nord, était pleine, aucune fioriture ne la décorait, elle était pratiquement toujours fermée. Une grande avenue partait vers chaque point cardinal.

— L'ancienne ville avait une forme rectangulaire. Un mur d'enceinte l'englobait avec un chemin de ronde, expliqua Léna.

— Sans doute pour se préserver des invasions et des attaques, supposa Roby.

— Oui et ça leur a bien servi, surtout que le fleuve traversait la cité. Ils ont dû fabriquer des herses en métal pour empêcher les intrusions par ce chemin.

— Ça n'a pas dû être facile.

— Ils y sont parvenus, grâce à l'aide des moines. Il y avait un mécanisme qui autorisait le passage, quand c'était nécessaire.

— Le fleuve s'appelle la Grécy, c'est ça ?

— Oui, c'est bien son nom.

— Tu dis que les moines les ont aidés, comment ?

— Grâce aux champignons de vérité qui leur permettaient de bouger les objets par la pensée.

— De la télékinésie ? Tu veux rire ?

— Non, je vous assure que c'est ce qui est rapporté dans les textes.

— Je voudrais savoir : ils utilisent toujours leur champignon de vérité ? Questionna Geoff, que plus rien ne pouvait surprendre.

— Franchement, je n'en sais rien, mais c'est possible. Personne n'a jamais réussi à connaître le secret de leur mixture. C'est un secret bien gardé, à moins qu'ils n'aient perdu la recette.

— Si vous voulez mon avis, il vaut mieux que ça ne tombe pas entre les mains de certains pionniers. On assisterait à une guerre de sorciers, sourit Yann.

— Tu as raison, ce serait pouvoirs contre-pouvoirs.

Les trois garçons admiraient tout, un rien les intéressait. Léna s'amusait de les voir s'émerveiller comme des enfants. Grâce à des passages piétonniers, il y avait la possibilité de se rendre d'un point à l'autre de la ville, sans traverser les rues et risquer sa vie. Ils en empruntèrent quelques-uns.

Ils arrivèrent sur une esplanade. Elle était agrémentée par des statues représentant les anciens Dieux. Des arches aéraient la vision de l'ensemble. Ils suivirent une allée.

À l'intersection avec une autre voie, une petite place fleurie était, elle aussi, enjolivée par des sculptures représentant des dragons.

— Celle-là, tu ne pouvais pas nous la faire manquer ! s'exclama Yann, en riant.

— Je savais que ça vous amuserait, elle ressemble assez au dessin que votre oncle en a fait sur un de ses cahiers.

— Pourquoi ne les avons-nous pas vus ?

— Parce que, sur le coup, ça ne nous est pas apparu comme indispensable. Geoffrey a essentiellement fait des croquis, comme le disait la Sage Logan. Si on rapproche les deux livres, on pourrait agrémenter sa narration des croquis effectués par lui.

— Ils se complétaient, quoi ?

— Oui. Totalement.

— Et toi, tu l'as vu ?

— Oui, évidemment. On avait le livre de Robin, même si les dessins de Geoffrey pouvaient s'y rapporter, beaucoup d'entre nous supposaient qu'ils relevaient plus de la légende que de la réalité. Pendant plusieurs siècles, on a reproché leurs spéculations, à ceux qui prétendaient qu'il fallait réunir les deux livres...

— Mais Robin le dit pourtant dans son livre ! insista Yann.

— Sauf que la traduction de ce passage, était partiellement erronée, avant que tu la fasses, toi.

— Enfin, vous connaissiez quand même leur histoire.

— Tu sais, certains étaient persuadés qu'ils mentaient en disant qu'ils venaient d'une autre planète. D'autres estimaient qu'ils étaient des Dieux ayant pris l'apparence humaine. Ou tout du moins des envoyés des Dieux.

— Hum... évidemment.

— Avec les années, d'aucuns ont émis l'hypothèse que l'histoire du dragon n'était qu'une légende. Encore maintenant, une catégorie de gens, qui ne sont que des éveillés, nie qu'ils aient jamais existé.

— C'est compréhensible.

— Mais ses enfants étaient des sages. À ce titre, ils ne mentaient pas.

— Reconnais que c'est quand même incroyable, sourit Yann en lui prenant la main.

— Tu as raison. Encore plus avec vous, répondit-elle en s'adressant aux frères Chamouilleaux.

Ils passèrent au-dessus du fleuve en utilisant un pont à double étage. Plus loin, ils en admirèrent un autre d'une structure différente. Le passage piétonnier était au niveau de la route, collé à elle, séparé par des massifs d'arbustes et de fleurs. La ville était agrémentée de nombreux espaces verts.

— Si on allait déjeuner ? Vous choisissez le restaurant qui vous plaît.

Après un petit quart d'heure, ils s'installèrent en terrasse.

— Tu peux m'expliquer pourquoi on ne voit que des hommes de plus d'une trentaine d'années aux cheveux longs ? demanda Yann.

— C'est une tradition. Quand les hommes arrivent à l'âge de trente-cinq ans, ils ne se les coupent pas pendant deux ans.

— Pourquoi ?

— Ça remonte à environ deux siècles. Les premiers astronautes partaient dans l'espace vers l'âge de trente-cinq ans, et revenaient souvent vers celui de trente-sept.

— Il y avait une raison ?

— Oui, on estimait qu'avant trente-cinq ans, ils étaient trop fougueux... euh... spontanés. À trente-sept ans ils étaient encore assez jeunes pour effectuer les voyages, mais aussi assez sages pour appréhender les problèmes en restant posés et réfléchis.

— Et alors ?

— Alors, pendant les deux années qu'ils effectuaient dans l'espace, ils ne pouvaient pas se couper les cheveux, enfin, ils auraient pu, mais au départ, c'était plutôt un genre de pari. Quand ils revenaient, ils avaient les cheveux longs.

— Chez nous, c'était plutôt avec la barbe qu'on faisait ça.

— Oui, mais ici, les hommes sont pratiquement imberbes, donc, ils ont fait ça avec les cheveux.

— C'est vrai, par contre, il n'y a pas de chauve, quand il y en a un, c'est un pionnier, c'est étrange.

— Non, nous savons comment combattre la calvitie depuis trois siècles, à peu près, c'est pour ça.

— Mais ils ne vont pas tous dans l'espace ? reprit Yann.

— Non, mais ça a lancé une mode à cette période-là, parce que dès qu'ils avaient trente-cinq ans, pour montrer qu'ils avaient atteint l'âge de la sagesse, les hommes se laissaient pousser les cheveux jusqu'au lendemain de leur trente-septième anniversaire.

— Et ils continuent de le faire ?

— Oui, c'est le symbole visible qu'ils ont atteint l'âge du jugement, de la clairvoyance et de la tempérance.

— D'accord, alors, tous ceux qu'on voit, ont entre trente-cinq et trente-sept ans ?

— Exactement.

— C'est marrant, sourit Geoff.

— C'est pas mieux que notre mode sur terre, de se faire tatouer, remarqua Yann.

— Ah oui, j'ai vu que beaucoup avaient ça ! Nous se sont les tribus primitives qui le faisaient.

— Sur terre c'était une mode depuis le début du vingt et unième siècle, expliqua-t-il.

— Ça avait son intérêt, grâce à ça, on a résolu plusieurs enquêtes, confia Roby.

— Je reconnais que lorsque nous avons vu les Terriens débarquer ici, on s'est demandé ce que signifiaient leurs dessins sur le corps et les membres. Comme les trucs qu'ils se clouent un peu partout...

— Ah oui, les piercings.

— Oui, on n'en voit pas l'intérêt...

— Ça n'a pas lancé de mode chez les Tallems, apparemment, remarqua Yann.

— Non, je suis désolée de vous dire que pour les Tallems, ça aurait été un signe de décadence... Comme de se peindre le visage avec des peintures de guerre...

— Il vaut mieux ne pas le dire aux pionniers, ils n'apprécieraient pas, sourit Geoff.

— C'est certain. Nous ne l'avons d'ailleurs pas fait, mais nous réprouvons ce genre de mode.

— Nous comprenons, répondit Roby, bien qu'il en eût un petit sur l'épaule gauche.

Ils avaient terminé leur repas. Ils reprirent leur visite.

Elle les entraîna vers l'édifice le plus élevé de la cité, pour mieux leur faire découvrir la ville. Ils examinèrent avec intérêt les vestiges des remparts et clôturèrent la journée par la visite du palais Nord-Est.

— C'est rudement vallonné à l'Est, remarqua Roby.

— C'est vrai, mais c'est beau, répondit Geoff.

Ils rentrèrent à l'hôtel pour dîner. La soirée fut très agréable, ils ne cessèrent de demander des explications sur tout ce qu'ils avaient vu dans la journée. Ils se séparèrent tard dans la soirée et gagnèrent leur chambre.

— C'est épuisant de marcher comme ça, dit Yann en se laissant tomber sur le lit.

— Oui, on ne se rend pas compte du nombre de kilomètres qu'on fait en ville, confirma Léna.

Le lendemain et le surlendemain, ils visitèrent plusieurs musées, ils s'y rendirent en se promenant le long du fleuve. C'était très agréable.

— Vous avez vu ? Il y a des euros d'exposés, qui datent de vingt siècles ! rit Roby.

— De quoi parlez-vous ?

— Des pièces de monnaie, elles n'existent que depuis une soixantaine d'années sur terre.

— Je pense que c'est Geoffrey et Robin qui les ont apportées ici, qu'en penses-tu Léna ?

— Je suppose que c'est ça, à moins que ce ne soient vos parents.

— Mais pourquoi les auraient-ils gardés ?

— Peut-être au cas où ils seraient un jour, retournés sur Terre ?... Ou un souvenir ?

— Ou avoir quelque chose à troquer contre des pièces d'aucune valeur ? supposa Yann.

— Dans ce cas, il doit y en avoir aussi, dans les musées Sima, supposa Roby.

Chapitre 16

Le jour du départ pour Combo, la capitale de Sima, arriva. Les épouses de Roby et Geoff n'étaient pas là. Elles étaient enceintes et avaient donc décliné l'invitation.

Felko Lholm les rejoignit. Il était seul, son épouse étant en mission dans l'espace, il avait confié sa fille à ses parents.

Les frères Chamouilleaux se regardèrent en entendant le nom de ce charmant jeune homme. Ils cherchaient à retrouver dans ses traits, le mage qu'ils avaient entraperçu étant enfant. Mais ils n'y parvinrent pas, Felko était pratiquement imberbe, contrairement à son ancêtre. Ils n'avaient pas trouvé de ressemblance non plus, entre Léna et Vernet. Ils saluèrent très poliment le descendant du mage.

— Je dois vous avouer que nous sommes parents, dit Felko.

— Ah ?

— Oui, un de mes ancêtres a épousé une descendante directe de Geoffrey Beaufort.

— C'est vrai ?

— Eh oui.

— Vous allez nous trouver idiots, mais nous avons beaucoup de difficultés pour réaliser tout ça, rit Roby.

— Je dois reconnaître que pour moi aussi, ça me fait quelque chose de bizarre de me dire que nous avons les mêmes origines, avec vos grands-parents.

— C'est un peu comme si nous étions des petits cousins, réfléchit Roby.

— Oui mais si c'est très proche pour vous, pour moi, il y a deux mille ans de générations successives.

— C'est vrai, c'est déstabilisant, admit-il.

— Pour nous aussi, croyez-le.

— Nous vous avons apporté des photos de vos ancêtres dirent en riant Roby et Geoff. Voici notre père avec Robin Vernet... Ici, ce sont mes grands-parents avec Élodie notre mère et Geoffrey son frère. Et ici, c'est nous avec notre petite sœur juste avant qu'on quitte la Terre. Désolés, mais nous n'en avons pas du mage Lholm.

— Ce n'est pas grave, j'en ai au moins une, d'un de mes ancêtres, sourit Lholm.

— Moi, j'ai la photographie du mage Lholm dans l'ordinateur, quand ils ont découvert sa dépouille, intervint Yann.

— Comme ça je saurais à quoi ressemblait mon héros d'ancêtre, sourit-il.

— Sauf qu'il devait avoir dans les quatre-vingt-cinq ou quatre-vingt-dix ans.

— Ce n'est pas grave, ça me donnera toujours un aperçu.

Les photographies passèrent de main en main, Léna et Felko étaient très émus.

— C'était un beau mec, mon ancêtre, remarqua-t-elle.

— Doucement hein, ou je vais être jaloux, réagit Yann en fronçant les sourcils avec humour.

— C'est vrai que si je l'avais connu, je l'aurais probablement regardé avec intérêt.

Ils rirent en entendant cette réflexion.

Ils montèrent pour la première fois dans un avion Érylois.

— On croirait le Concorde, remarqua Roby.

— Oui, c'est presque son jumeau, rit Yann, je n'aurais jamais cru qu'on pourrait un jour voyager dans ce genre d'appareil...

— C'est un vieil appareil qu'on va bientôt mettre au rebut, les renseigna Felko.

— Pourquoi ?

— Les nouveaux appareils n'ont pratiquement pas d'ailes, juste de petits ailerons stabilisateurs qui ne sortent qu'en cas de nécessité. Ils ont une forme de truc, comment vous appelez ça ? Vous fumez ce machin...

— Cigare ?

— Oui, c'est ça, cigare aplati. Une forme de cigare aplati.

— Oui, la forme d'un ovni, quoi ?

Lholm sourit :

— Mais sur le continent Thawener, ils sont plus comme des disques avec un renflement, au milieu. Il y a différentes formes, on ne sait pas lesquelles seront finalement adoptées, c'est en cours d'étude. Les Simas préfèrent le Delta.

Ils décollèrent, survolant la vieille montagne, puis les vallées. Yann et Léna essayèrent de repérer Nafent, où ils habitaient, mais entre la hauteur, la vitesse et les nuages qui passaient entre eux et la terre, ils n'y réussirent pas. Ils survolèrent la mer, puis ce fut le Sima, avec ses forêts, ses zones herbeuses, ses hautes montagnes qui se profilaient à l'est.

Pendant tout le voyage, ils avaient été traités avec beaucoup d'attention. Une hôtesse venait régulièrement leur demander s'ils avaient besoin de quelque chose, si tout allait bien, s'ils voulaient un rafraîchissement ou une légère collation.

— Non, merci, répondaient-ils.

— C'est toujours comme ça dans vos avions ? demanda Yann.

— Pas que je sache, répondit Felko. C'est bien la première fois que je suis aussi gâté.

— En tout cas, c'est agréable, on peut dire qu'on est chouchouté !

— Oui, c'est le moins qu'on puisse dire, répondit Geoff.

L'atterrissage se fit sans encombre.

Tous les passagers se levèrent, prenant leur bagage à main pour descendre. Les cinq jeunes gens s'apprêtaient à suivre le mouvement quand une hôtesse vint les voir :

— Je vous prie de bien vouloir patienter, madame. Vous aussi messieurs, restez assis, s'il vous plaît.

— Qu'est-ce qui se passe ? s'alarma Roby.

— Je n'en sais rien, répondit Léna.

— Nos papiers sont en règle ? s'inquiéta Yann.

— Oui, c'est peut-être parce que c'est le service diplomatique qui s'est occupé de notre voyage, les rassura Felko.

Les derniers passagers sortaient. L'hôtesse revint vers eux :

— Veuillez me suivre, s'il vous plaît ?

Ils approchèrent de l'ouverture d'accès. Au bout de la passerelle d'embarquement, il y avait un tapis rouge. Yann se bloqua net et dit gêné :

— Excusez-moi mademoiselle, mais il y a erreur. Ici, ce sont des huiles qu'on attend !

— Pardon ?

Roby et Geoff jetèrent un rapide coup d'œil et confirmèrent :

— Oui, il y a erreur, notre camarade a raison, ce sont des personnes importantes qu'on attend, pas nous, désolé, mais vous vous êtes trompée de personnes, répéta Geoff qui pensait que l'hôtesse n'avait peut-être pas compris le terme des « huiles ».

Ils voulurent faire demi-tour pour rejoindre les autres passagers, mais la deuxième hôtesse leur barrait le passage :

— Vous êtes bien messieurs Chamouilleaux, monsieur et madame Khwenchk et monsieur Felko Lholm ?

— Oui.

— Alors il n'y a pas d'erreur.

— Tu le savais Léna ? demanda Yann en se tournant vers sa jeune épouse.

— Non, je n'étais pas au courant.

— Et toi Felko ?

— Moi non plus, je t'assure.

— Qu'est-ce qu'on fait ?

— Ben, on avance, qu'est-ce que vous voulez faire d'autres ? On ne va pas rester ici !

— Allez-y, on vous suit, décréta Roby.

— Mais moi, je n'ai rien à y faire, se défendit Yann.

— Tu es mon mari et à ce titre, ta place est à mes côtés...

— Mais on ne sait pas comment on doit se comporter ! se défendit Geoff.

— Soyez naturels... Allez, courage les garçons, s'amusa Léna.

Elle saisit la main de Yann et ils avancèrent dans le corridor, suivis de Felko et des frères Chamouilleaux. Dès qu'ils posèrent le pied dans l'aéroport, on remit aux trois pionniers un collier, qu'ils s'empressèrent de passer.

Un orchestre entonna l'hymne national des Tallems, puis, celui des Simas. Ils serrèrent les mains du chef du gouvernement et de plusieurs ministres. Il y eut un discours de bienvenue aux descendants des hommes qui avaient tant fait pour le pays :

Nous rendons grâce et remercions sincèrement ; Robin et Geoffrey libérant la contrée du dernier et terrifiant, animal préhistorique, partis ensuite en Tallemnie pour protéger la planète du danger créé par la réapparition de la météorite.

Les époux Chamouilleaux, plus connus sous le nom de seigneur Ludovic et dame Élodie, qui avaient accéléré l'évolution du Sima, notamment pour la construction de ponts, de barrages, d'édifices, etc.

Et la princesse Ambre, qui avait créé des écoles, des bibliothèques, assurant

Roby et Geoff ne comprenaient pas ce que signifiaient ces remerciements, ils se demandaient pourquoi on appelait leur sœur, Princesse Ambre. Yann était tout aussi perplexe que les deux frères.

Léna et Felko avantagés par leurs facultés télépathiques saisissaient le sens de ce discours. C'est donc elle qui prit la parole pour remercier les Simas, puis Felko en fit autant, au grand soulagement des trois pionniers.

Ils furent ensuite conduits dans un salon où une collation leur fut offerte. Les garçons suivirent les gestes de Léna et Felko pour être certains de ne pas faire d'impair.

Ils allèrent alors, jusqu'au palais présidentiel avec une escorte digne d'un roi. Le chef du gouvernement les invita dans son bureau.

Un Sage blanc et deux mauves étaient présents, ils les saluèrent d'abord selon le protocole, puis les Sages mauves leur firent une accolade en leur révélant qu'ils étaient les descendants de la princesse Ambre. Ils leur signifièrent qu'ils avaient été délégués par d'autres Sages, eux-mêmes descendants de héros qui avaient donné leur vie pour débarrasser le territoire des dragons.

— Vous êtes les descendants de notre sœur ? demanda Roby.

— Oui et nous ne sommes pas les seuls, mais nous sommes les Sages les plus hauts gradés de sa lignée.

Les deux frères se regardèrent, le plafond aurait pu leur tomber sur la tête, ils n'auraient pas été autrement stupéfiés.

— C'est vraiment déstabilisant, remarqua Geoff.

— Asseyez-vous, proposa le Sage blanc.

Dès qu'ils furent tous installés, le chef de gouvernement changea de ton :

— Bien, nous allons laisser tomber le protocole si vous le voulez bien.

— Avec plaisir, répondit Léna.

— Alors ? Comme ça, vous êtes une des descendantes des fameux Robin, Geoffrey et Lholm ?

— Oui et de Tan aussi.

— Eh bien, de quatre héros ! Félicitations !

— Je n'y suis pas pour grand-chose, sourit-elle.

— Oui évidemment, excusez-moi, mais c'est vrai que ça impressionne.

— Et puis, ça s'est fait sur vingt siècles, compléta-t-elle. Avec

Felko, c'est plus récent, ça ne remonte qu'à nos grands-parents.

— Je vois. Et vous de Geoffrey et Lholm ? fit-il en se tournant vers le petit-cousin de Léna.

— Oui, répondit Felko.

— Alors, il paraît que vous avez pu décrypter le livre de Robin ?

— J'ai pu réaliser la traduction complète des exploits de Lholm, Tan, Beaufort et Vernet ici, contre le dragon. Je dois avouer que nous aimerions bien voir les lieux de cette prouesse, répondit Yann.

— Eh bien, vous allez pouvoir voir tout ce qui concerne vos ancêtres, mais dites-vous bien que les lieux ont quelque peu changé en deux mille ans.

— Nous nous en doutons, sourit la jeune femme.

— La montagne, elle n'a pas dû changer, répliqua Geoff en regardant vers le mont Banu.

— Que voulez-vous dire ?

— Que je me souviens de cette montagne, très clairement.

— Vous vous en souvenez ? Comment est-ce possible ?

— Nous sommes venus ici, il y a deux mille ans, soupira Roby qui regrettait la spontanéité de son frère.

— Vous pouvez nous expliquer ? demanda le Sage blanc, surpris.

— Je crois que nous n'avons pas le choix, répondit Roby, en jetant un regard en biais à son frère. Léna et Felko sont déjà informés, je vais vous raconter ça.

Quand il eut terminé, il y eut un grand silence, que le Sage blanc finit par rompre :

— C'est déstabilisant, comme l'a dit quelqu'un tout à l'heure. Ces voyages à travers l'espace et le temps sont déroutants. Je crois que je comprends mieux votre expression « tomber dans la quatrième dimension ».

— Oui, c'est ce qu'on ressent, je le reconnais, sourit Roby.

— Donc vous vous souvenez de la forêt, de la grande prairie, tout ça ?

— Oui, l'image est bien présente dans notre mémoire, mais je doute qu'on reconnaisse quoi que ce soit, maintenant.

— Oui, à part la montagne, je le conçois, aisément. C'est incroyable, ne put-il s'empêcher de convenir.

La discussion se poursuivit encore quelques instants. Enfin, une Sage déclara :

— Vos chambres ont été réservées dans l'hôtel du dragon d'or, non loin d'ici. Nous vous avons détaché des agents pour votre sécurité et pour vous accompagner dans le pays.

— D'habitude c'est nous qui sommes la protection rapprochée des gens importants, murmura Geoff.

Les Simas sourirent :

— Eh bien pour une fois vous allez le vivre différemment, mais si ce qu'on m'a dit est vrai, c'était aussi le travail de Robin Vernet et du seigneur Ludovic, non ?

— C'est exact, confirma Léna. C'est ce qui a entraîné mes ancêtres sur Éryl.

— Oui, Robin était chargé de la protection rapprochée de notre ancêtre Geoffrey Beaufort, compléta Felko.

La discussion se poursuivit sur le livre de Vernet. Après deux bonnes heures, les cinq jeunes gens furent raccompagnés jusqu'à leur hôtel.

Une nuée de journalistes les attendait. Ils durent répondre à de nombreuses questions auxquelles ils ne s'étaient pas préparés. Leurs réponses étaient spontanées, ce qui plut énormément aux personnes présentes. On sentait le trouble et la véracité des propos des jeunes gens

Ils gagnèrent ensuite leurs chambres, elles étaient toutes au même étage. Ils furent heureux de pouvoir se reposer tranquillement, loin du tumulte de leur arrivée.

Yann interpella son épouse :

— Décidément, à Muyne l'hôtel s'appelait la pierre noire, ici c'est le dragon, je crois que vous êtes tous marqués par le destin.

— C'est pourtant vrai, nous sommes les descendants des héros d'une légende et nous nous retrouvons dans le pays où tout a commencé !

— Et en même temps ! Vous logez dans des hôtels qui rappellent leurs exploits.

Chapitre 17

Le lendemain, les cinq jeunes gens se levèrent de bonne heure. Leurs gardes du corps les attendaient dans le hall.

— Alors ? Quel est le programme pour aujourd'hui ? demanda Felko.

— Vous avez rendez-vous avec le conseil des Sages. La majorité de leurs représentants sont des descendants des héros qui, d'après la légende, ont libéré notre pays des dragons, répondit le plus gradé des policiers Simas.

— Très bien, nous vous suivons.

Un véhicule s'avança devant le hall d'entrée de l'hôtel. Deux policiers sortirent en premier, ils jetèrent un regard circulaire pour s'assurer qu'aucun danger ne menaçait les jeunes gens, même si c'était plus une formalité qu'un risque réel.

D'un geste, ils invitèrent les cinq Tallems à les rejoindre. Les trois autres policiers étaient positionnés autour d'eux.

Par habitude, les frères Chamouilleaux eurent la même façon de regarder les environs. Une fois dans la voiture, les conversations allèrent bon train entre les policiers, Roby et Geoff. Très vite, on eut l'impression qu'ils se connaissaient depuis des années et qu'ils partaient ensemble en voyage, même si les cinq policiers restaient attentifs dans leur travail de protection rapprochée.

Ils traversèrent la ville, admirant les différentes constructions, tout en commentant les divers éléments des styles architecturaux.

— Les plans de ces monuments ont été effectués par la Princesse Ambre.

De l'entendre mettait une sorte de baume au cœur des frères Chamouilleaux. Voir les réalisations de leur sœur ! Elle avait donc vécu.... C'était étrange comme sentiment, ils étaient heureux et tristes à la fois.

Ils arrivèrent au palais des Sages qui était totalement différent de celui de Muyne.

— L'édification de ce palais a été réalisée grâce au seigneur Ludovic et son épouse Dame Élodie.

— C'est papa et maman qui ont fait ça ? murmura Geoff admiratif.

— J'ai vraiment l'impression que c'est juste un rêve, répondit Roby.

Tous sortirent quand ils furent devant l'entrée principale. Leur escorte les accompagna jusqu'à la salle du conseil et patienta devant les portes pour monter la garde.

Les Sages blancs et mauves étaient déjà, installés autour d'une grande table ovale. Ils se levèrent et saluèrent. Léna et Felko répondirent à leur salut de la même manière. Les trois pionniers les imitèrent aussitôt.

— Asseyez-vous madame, messieurs.

Ils s'installèrent aussi silencieusement que possible. Yann n'avait pas l'habitude d'être ainsi le centre d'attention.

— Bien, nous sommes ravis de vous accueillir ici aujourd'hui. Si vous le permettez, nous allons nous présenter et vous en ferez autant.

Chacun leur tour, ils donnèrent leur nom et celui du ou des héros dont ils descendaient. Ce fut d'abord le tour de Léna, de Yann qui n'avait pas d'ancêtre héroïque, puis Felko et enfin Roby et Geoff qui n'étaient pas des descendants de héros, mais les enfants du couple Chamouilleaux.

— Personnages honorés et célébrés pour avoir créé une évolution rapide et intelligente du peuple Sima, compléta le doyen des Sages.

— Merci monsieur, répondit Roby.

— Oh, ce n'est pas si innocent, comme je vous l'ai dit, je suis un descendant de la Princesse Ambre.

— Notre sœur ? ne put s'empêcher de dire Geoff.

— Votre sœur, comme vous dites, nous souhaiterions que vous nous racontiez tout ce que vous savez, parce qu'on s'y perd un peu entre la légende et l'arrivée des pionniers qui sont les enfants de Ludovic et Élodie.

— Si vous permettez maître, je propose que mon époux, Yann, sera celui qui vous lira le texte écrit par Robin Vernet. Il est le seul à ne pas avoir de lien avec Éryl, si ce n'est par notre mariage, mais il est celui qui nous a traduit l'histoire de nos ancêtres à tous.

— Nous sommes d'accord pour procéder ainsi.

— Roby et Geoff vous raconteront leur histoire, qui j'en suis certaine vous intéressera beaucoup également, compléta-t-elle.

— D'accord. Nous vous retracerons ensuite toutes les réalisations des époux Chamouilleaux et de la Princesse Ambre, reprit le premier.

— Les bâtiments ont été rénovés plusieurs fois depuis leur édification, mais ce sont eux qui les ont fait construire. Depuis, nous nous sommes contentés de les améliorer, pour certains. Mais pour les autres, ce ne fut pas nécessaire, ils étaient déjà parfaitement fonctionnels, compléta un autre.

Les deux frères admiraient la construction. Comment leur petite sœur avait-elle réussit cet exploit, de faire bâtir des édifices si imposants et fonctionnels. Ils auraient aimé pouvoir lui faire savoir combien ils l'admiraient. Si seulement, ils avaient pu communiquer...s

Yann avait recopié le texte de Vernet, sur une pastille d'environ un centimètre de diamètre. Un ordinateur lui fut apporté. Il posa la pastille sur l'appareil. Aussitôt, sur les quatre murs, le texte apparut. Il commença la lecture.

Quand Yann arriva au moment où il parlait d'une carte pour expliquer le périple qu'ils avaient dû faire, un Sage mauve demanda la parole.

— Vous avez le dessin ?

— Oui, le voici, c'est Geoffrey qui l'a reproduite.

Ils restèrent un moment à le contempler et à le commenter.

— Robin est donc venu par hasard sur Éryl, parce qu'il était chargé de la protection rapprochée de Beaufort !

— Exactement.

Ils firent une pause pour aller déjeuner. L'ambiance était très agréable. Ils prirent leur temps et retournèrent au palais des Sages pour continuer l'étude du texte.

Yann relata le périple du groupe pour se rendre au mont dragon. Quand il arriva à leur rencontre avec les différents animaux, Yann s'interrompit et demanda :

— Vous avez encore des araignées de cette taille ?

— Oui, au cœur de nos forêts, ça peut arriver, mais c'est de plus en plus rare de les voir, elles ont appris à se cacher, ajouta-t-il en riant.

— Et des deursis ?

— Non, ils ont disparu depuis cinq ou six siècles. C'était des ours de pays chauds.

— Remarquez, nous avions les mammouths, c'étaient des éléphants qui vivaient dans le froid, non ? remarqua Geoff.

— Oui, c'est vrai... Et le genre de sanglier qu'ils ont tué ?

— Il existe toujours, je crois que c'est entre le sanglier et le phacochère, pour vous.

— Vous avez déjà retrouvé des ossements de dragon ? questionna Roby.

— Non, pas pour le moment, hélas ! Mais nous ne désespérons pas d'en découvrir. Par contre, nous avons quelques os, qui ont été conservés de l'animal tué par Robin et Geoffrey.

— Comment ?

— Votre père a fait récupérer les os et les ailes déposer dans un sarcophage, afin de prouver leur existence aux générations futures, compléta un autre sage.

— Le seul problème, c'est qu'il y a quatre siècles, nos ancêtres ont voulu les sortir, pour les étudier et surtout les exposer dans le musée.

— Et ? demanda Yann, sentant dans la voix du Sage, qu'il y avait probablement eu une complication.

— Et si les ossements sont restés intacts, ou presque, ils sont exposés dans le musée, les ailes s'étaient totalement désagrégées et étaient tombées en poussière. Bien que des savants aient assuré que c'était ses ailes, certains de nos concitoyens ont refusé de les croire.

— Ce qui fait qu'aucune preuve n'a pu être apportée sur la véracité de l'existence de ces animaux, tels que décrits dans les récits, résuma le premier Sage.

— Cependant, même si on accepte de mettre en doute le fait qu'il volait, rien qu'à voir la dimension de la tête, mais surtout de sa mâchoire, je peux vous assurer que je n'aurai pas aimé me trouver face à ce monstre.

— C'est dommage, en effet, soupira Yann.

— Mais continuez, je vous en prie, nous vous avons interrompu, excusez-nous.

Yann reprit sa lecture. Comme chez les Tallems, il s'arrêta à la fin de la première partie.

— C'est réellement incroyable ! conclut un Sage.

— Oui, l'arrivée de vos parents et de votre sœur a été un miracle pour l'avancée de notre peuple. Ils refusaient qu'on les nomme

Dieux, mais c'est un peu comme ça que d'aucuns les voyaient. On s'en aperçoit en lisant des textes de cette époque. Ils avaient apporté avec eux des traités mathématiques, scientifiques. Ils avaient des explications sur la manière d'utiliser les métaux, comment les extraire et comment les transformer. En quelques années, nous avions pris plusieurs siècles d'avance sur les autres peuples, même les Tallems étaient derrière nous.

— De beaucoup ? s'inquiéta Léna qui était un peu chauvine.

— Non, de très peu. Et puis ils avaient continué de correspondre. Ils ont toujours eu des rapports privilégiés, un peu comme des frères et sœurs.

— Il explique ça dans la deuxième partie, intervint Léna.

— Grâce aux Sages des deux pays, le progrès a été énorme. De plus, ils ont toujours œuvré pour interdire toute agressivité entre les Simas et les Tallems.

— C'est vrai qu'il n'y a jamais eu de guerre entre les deux peuples confirma Felko.

— Oui, ils ont toujours été alliés.

— C'est possible ça ? interrogea Yann. Même pas une petite escarmouche ? insista-t-il.

— Rien qui ait coûté la vie à des Tallems ou à des Simas, confirma le Sage.

Yann et les Chamouilleaux écoutaient, surpris. Y avait-il eu des pays comme ça sur Terre ? Ils ne le pensaient pas. Peut-être un peu, avec la Pologne, la Suisse ou la Belgique et encore, ils n'en étaient pas sûrs.

— Si vous en êtes d'accord, nous poursuivrons cet entretien dans quelques jours. Nous en profiterons pour étudier la deuxième partie du récit de Robin Vernet. Elle nous est pratiquement étrangère.

— Il est vrai que même chez nous, cette deuxième partie de son histoire était floue jusqu'à ce que mon époux ne nous la traduise.

— Je sais, on dit simplement qu'ils sont partis jusqu'au lieu où ils devaient enfouir la pierre pour l'équilibre d'Éryl. Mais leur voyage et ses péripéties, nous sont presque totalement inconnus. Ils ont bien été rapportés par le mage, mais c'est très succinct et comme ils ne sont jamais revenus...

— Dans ce cas, nous nous ferons un plaisir de vous la lire.

— Nous vous en remercions, j'espère que ça ne vous ennuie pas trop de le faire.

— Pas du tout, c'est un plaisir, j'ai l'impression de servir à quelque chose, répondit Yann avec sincérité.

— Quant à nous, ça nous apprend ce que sont devenus les membres de notre famille, compléta Roby.

Le Sage se tourna vers Léna et son cousin.

— Et vous ?

— Nous, c'est de nos ancêtres dont on parle, c'est captivant d'imaginer ce qu'ils ont vécu, termina Felko.

Ils se séparèrent avec des images, des questions et des rêves plein la tête.

Chapitre 18

La nuit avait été réparatrice. Comme la veille, ils retrouvèrent leurs gardes du corps dans le hall de l'hôtel. On les conduisit à l'extérieur de la ville, ils montèrent dans un appareil ressemblant à un gros œuf.

Ils décollèrent et partirent vers le mont du dragon, ils le survolèrent avant de s'y poser. Une statue représentant l'animal avait été sculptée. Ils essayèrent d'imaginer comment c'était deux mille ans plus tôt.

— C'est là-bas qu'ils sont apparus pour la première fois, expliqua un des policiers, le cercle que vous voyez représente cet emplacement, quoique d'ici, ça fait plutôt un point orange.

— Ce sont les fleurs qui sont plantées à cet endroit qui donnent cette couleur. Tenez des jumelles si vous voulez, parce que d'ici ce n'est pas très visible, déclara son collègue.

— C'était loin du nid ! remarqua Yann.

— C'est là-bas que nous sommes apparus il y a deux mille ans... marmonna Roby.

— Pardon ? fit un des policiers.

— Oui, nous sommes venus ici, il y a environ vingt ans, nous étions gamins, mais ici pour vous, c'était il y a deux mille ans... Ça a changé. Nous pourrons y retourner ?

— Ah ?... Euh... Oui, bien sûr.

— Vous avez l'air surpris ?

— Oui, comment pouvez-vous être venu ici il y a deux mille ans ?

— En touchant une météorite que mon oncle avait découverte. Il s'appelait Geoffrey Beaufort.

— Celui de la légende ?

— Oui.

Le policier examinait Roby et Geoff d'un œil suspicieux. D'accord, on l'avait prévenu qu'ils étaient les enfants du seigneur Ludovic et de Dame Élodie, qui avaient débarqué sur Éryl il y avait deux mille ans, c'était déjà assez incroyable. Mais que les deux types à côté de lui aient pu venir et repartir aussi à cette époque-là !

Ça donne le tournis ! pensa-t-il.

— Je vous expliquerai, sourit Léna.

— Ce qui est étrange c'est que personne n'ait construit à cet endroit, remarqua Roby.

— Non, les Simas ont toujours gardé cet endroit intact, au cas où un étranger débarquerait, répondit un policier.

— Pendant vingt siècles ?

— Oui, apparemment, ça a réussi à résister au passage du temps. Enfin, c'est ce qu'on dit, mais c'était peut-être à quelques dizaines de mètres du lieu réel...

— D'accord, c'était approximativement là ? Quoi ?

— C'est ça.

— Logique.

Le policier changea de conversation :

— Le nid, était ici, on n'a pas le droit d'y pénétrer normalement, trop de visites le rendraient particulièrement fragile, mais pour vous, nous avons fait une exception.

— Merci, répondit Léna.

Des barrières empêchaient l'accès à l'entrée. Ils pénétrèrent dans le repaire de la dragonne, c'était immense, les phrases du récit de Vernet leur revinrent en mémoire.

— Voyez, progressivement, le nid se détériore dans le fond, bientôt, on verra le jour par-là, c'est l'érosion qui fait ça, expliqua leur guide.

— Il ne manquait pas de courage ton ancêtre pour venir ici faire une omelette, déclara Yann. Surtout avec la bestiole qui risquait de revenir à chaque instant.

— Et dans la pénombre, en plus, compléta Felko.

— Oui, je reconnais que c'est impressionnant... admit Léna.

Ils ressortirent, la lumière les frappa violemment, ils clignèrent plusieurs fois les yeux pour se réadapter.

— Peut-on aller d'ici à la grotte dans laquelle ils vivaient ? demanda Roby.

— Le chemin n'est pas très praticable, enfin il est mieux que ce qui existait à l'époque, je suppose, sourit le policier.

— Si mon ancêtre l'a fait, je ne vois pas pourquoi je ne serais pas capable de le faire, décréta Léna.

— D'accord, suivez-nous.

À chaque pas, Felko et Léna pensaient qu'ils mettaient peut-être leurs pas dans les pas de Beaufort ou de Vernet. Ils étaient très émus.

Ils arrivèrent sur une plate-forme, un petit chalet était dressé vers le fond Est. On pouvait lire sur le fronton : « *Souvenirs, Cadeaux, Boissons, Sandwichs* ».

— C'est pour les touristes, certains viennent de la vallée par le sentier qui longe la montagne, il a été élargi et sécurisé, parce qu'à certains endroits, il était vraiment très étroit.

— Vous imaginez la taille que devait avoir l'animal pour ne pas pouvoir se poser sur cette plate-forme ? interrogea Yann.

— Oui, ça laisse songeur, répondit Felko.

— En fait, il y avait des rochers qui encombraient la partie où le chalet est construit, fit remarquer Geoff.

— C'est vrai, mais quand même...

Ils avancèrent jusqu'à l'entrée de la grotte.

— C'est cinq Sims pour visiter, dit un homme à l'entrée.

— Désolé monsieur, pour eux c'est gratuit, le rabroua le policier en montrant sa carte, ce ne sont pas des touristes comme les autres, ce sont les descendants des héros qui ont vécu ici.

L'homme se confondit en excuses.

— Dans ce cas, venez, entrez, suivez-moi.

Le gardien voulut commencer à débiter son speech, mais Léna ne lui en laissa pas le temps.

— C'est ici que Tan a tué son dragon, si je me fie aux écrits de Robin, son âne était à peu près à ce niveau-ci quand il l'a embroché.

— Comment vous savez ça ? demanda l'homme éberlué.

— Nous avons lu le livre de mon ancêtre, répondit Léna.

L'homme ouvrit des yeux encore plus grands.

— En suivant ce passage, nous arrivons dans une grande salle aux draperies magnifiques, admirez les stalactites et les stalagmites qui depuis des milliers d'années se sont formées... Une retenue d'eau apparaît ici, filtrée naturellement, elle est d'une pureté exceptionnelle. Par ici, une deuxième retenue d'eau, qui en fait n'est que la suite de la première, mais qui a une forme de grande baignoire... C'est là que la fée du lac l'a guérie de sa blessure. En continuant par là...

Le gardien se retourna, personne ne l'avait suivi, ils s'étaient tous arrêtés devant la « grande baignoire ». La jeune femme s'était avancée et la caressait.

— C'est ici que Robin s'est lavé du sang de la dragonne, il s'y est plongé entièrement, il y a aussi lavé ses vêtements et c'est là que sa blessure s'est infectée.

— Mais la fée...

— Non, elle n'était pas là, ils l'avaient rencontrée en venant ici, dans un lac où l'eau était chaude, elle leur avait juste donné des médicaments, des baumes, pour se soigner, c'est ce qui l'a d'ailleurs sauvé.

— Mais...

— Ce que vous racontez, c'est bon pour les touristes, mais pas pour ceux qui connaissent l'histoire réelle, je suis désolée. Continuez, nous vous suivons.

— Ici, cette salle est une salle où ils faisaient du feu pour se réchauffer, dit l'homme en hésitant et en jetant un regard en biais à la jeune femme qui ne cessait de le contredire.

— C'est exact.

L'homme poussa un soupir de soulagement. Pour une fois elle était d'accord avec ce qu'il venait de réciter.

— Le foyer était précisément ici. Ils s'asseyaient là et Robin s'isolait à peu près là.

— Comment savez-vous ça ?

— Il a fait un plan pour l'expliquer dans son récit.

— Et vous savez où chacun se mettait ?

— Oui, Tan était là... Lholm ici... et Geoffrey était là où Geoff vient de s'asseoir, dit-elle.

— Ça doit être le prénom qui attire les Geoffrey à cet endroit, remarqua Yann en riant.

L'atmosphère se détendit un peu.

— Par ici, ils ont dessiné leur main gauche et ils ont gravé leur nom à côté, ainsi que tous les autres héros qui ont tué, ou tenté de tuer les dragons avant eux.

Lholm et Léna posèrent leur main gauche sur les empreintes de leurs ancêtres. C'était un peu comme s'ils pouvaient se recueillir sur leur tombe. Le gardien hésitait à reprendre son discours. Felko sentit sa gêne.

— On peut voir où était le verger de Tan ? demanda-t-il.

— Oui, oui, bien sûr, venez.

Il les entraîna vers une sortie, tout en débitant l'histoire, telle qu'on lui avait demandé de le faire.

Des contre-vérités, des anecdotes plus fausses les unes que les autres. Léna bouillait. Yann lui tenait la main et la pressait de temps à autre, pour l'inciter à ne pas exploser et disputer le pauvre homme, en lui faisant remarquer que c'était un discours mensonger et absurde qu'il débitait.

Ils sortirent et furent surpris de constater que de ce côté de la grotte, c'était toujours un verger.

— Vous l'entretenez ? interrogea Yann.

— Non, c'est comme ça, il est protégé, c'est presque un microclimat. Les fruits y sont succulents. Je ne fais que tondre l'herbe.

— Vous savez ce qu'il y avait ici en plus ? s'enquit Léna qui s'en voulait d'avoir rabroué plusieurs fois le gardien.

— Non madame.

— Eh bien, ici il y avait un pigeonnier, fabriqué avec les os du dragon tué par Tan. Il y avait aussi des lapins, des chèvres et les ânes en liberté. Il n'y avait pratiquement pas de prédateurs, à part les sangliers et les rapaces. Un des héros qui les a précédés et qui était noir est enterré dans ce jardin. Je ne saurais vous dire exactement où, mais il repose ici.

— Vous êtes sûre ?

— Oui. Écoutez, je sais que vous ne faites que répéter ce qu'on vous a dit de dire, mais si vous le voulez, je vous donnerai quelques anecdotes qui ne sont probablement pas dans les papiers que vous avez, ça vous plairait ?

Le gardien retrouva soudain son sourire :

— Ce serait fort aimable à vous, madame.

— Alors venez, allons jusqu'à votre chalet, vous prendrez des notes de ce que je vais vous raconter.

Ils retraversèrent la grotte.

— Ici, ils appelaient ce lieu la cathédrale, lui glissa-t-elle en passant dans la grande salle aux magnifiques draperies.

Léna resta un bon quart d'heure avec l'homme qui écrivait et écoutait avec plaisir ce qu'elle lui confiait. Il semblait boire ses paroles. Ils s'apprêtaient tous à repartir quand il les interpella :

— Attendez ! Attendez ! C'est pour vous ! C'est moi qui les fabrique.

Il leur tendit à chacun un petit dragon sculpté en bois. Ils le remercièrent et reprirent le chemin du retour.

— Tu as été dure tout à l'heure avec le type, lui reprocha Yann.

— Je sais, c'est pour ça que je me suis excusée, quand nous étions tous les deux. Je lui ai dicté quelques petits trucs supplémentaires, pour sa visite. Notamment sur qui étaient Lholm, Tan, Robin et Geoffrey. Mais je lui ai demandé de supprimer certaines contre-vérités qu'il énonçait.

— Il va raconter aussi leur vie ?

— Pas tout, mais les grandes lignes. Les gens qui viennent ici doivent apprendre quelque chose, sinon ils ne font que visiter une grotte comme les autres.

— Ça t'a blessée quand tu as compris qu'on racontait des idioties sur ton ancêtre, c'est ça ?

— Oui. C'est peut-être bête, mais c'est le héros de notre famille...

— Je te comprends, ce n'est pas grave, il a eu l'air très heureux après votre discussion.

— J'ai tout fait pour...

Il la prit par la taille et l'embrassa. Ils arrivaient sur le mont.

— Qu'est-ce qu'on voit là-bas ? demanda Geoff.

— C'est une stèle que nous avons construite en souvenir du vaisseau pionnier qui s'est écrasé à cet endroit.

Le visage de Yann se ferma soudain.

— Ça vous dérangerait que nous nous y rendions, s'il vous plaît ?

— Ce n'est pas dans notre programme...

— Mais c'est dans le mien, répondit-il d'une voix blanche.

Le regard du policier passa de l'un à l'autre des cinq jeunes gens.

— Sa sœur faisait partie des scientifiques qui ont péri ce jour-là, expliqua Léna.

— Excusez-moi, je ne savais pas, c'est tout à fait possible. Nous allons nous y rendre immédiatement.

Quelques minutes plus tard, ils se posaient à une cinquantaine de mètres de la stèle. Yann descendit, suivi des frères Chamouilleaux, de Léna, Felko et des policiers. Il alla se recueillir devant la dalle où les noms des disparus avaient été gravés par ordre alphabétique.

Il lut des noms qui ne lui disaient rien et des noms qu'il connaissait. Il revoyait le visage de Bob, Sera, Karl, Jack, Franck, Julie, Barbara.

Il ne put s'empêcher de caresser pendant plusieurs secondes, le nom de sa sœur. Il eut l'impression étrange de communiquer à nouveau enfin, avec elle. C'était un peu comme s'il pouvait réellement lui dire adieu.

Quand il se tourna vers ses compagnons, restés en retrait derrière lui, il avait les yeux baignés de larmes. Léna s'approcha en ouvrant les bras pour l'accueillir. Il posa sa tête dans le creux de l'épaule de son épouse et se laissa enfin aller, à pleurer.

Les frères Chamouilleaux aussi avaient les yeux humides, des visages s'étaient imposés à eux avec les noms et prénoms qu'ils lisaient : Jane, René, Charles, Coralie...

Sans une parole, ils firent demi-tour et regagnèrent l'appareil qui les attendait. Yann se reprenait doucement.

— Excusez-moi, c'était la seule famille qui me restait. Mes parents sont... Enfin, c'était ma petite sœur, quoi !

— On te comprend, le rassura Geoff.

— Allez, on va admirer le paysage maintenant, d'accord ?

— Oui. Ça va mieux maintenant.

Il y eut un moment de silence, mais Geoff le rompit tandis que la machine décollait :

— C'est drôle, ce coin attire les gros œufs non ? sourit-il. On a l'impression de monter dans celui du dragon.

— C'est pourtant vrai, constata Yann qui avait recouvré sa sérénité.

Le pilote leur proposa de survoler le chemin qu'ils venaient d'emprunter jusqu'à la grotte, puis de redescendre le long de la paroi, pour voir le sentier qui montait depuis la vallée.

Ils passèrent ensuite au-dessus de villes et de villages. Soudain Yann s'exclama :

— Là ! Le lac de Betty ! Regardez !

Tous se penchèrent pour admirer la magnifique étendue d'eau, la petite île existait toujours.

— Vous savez qu'il existe un passage sous l'eau pour entrer dans l'île ? demanda Léna aux policiers.

— Non, mais nous avons des archéologues qui fouillent, il paraît qu'ils y trouvent des trucs bizarres, qui ne semblent pas correspondre aux datations supposées.

— C'est peut-être normal... murmura-t-elle.

— Il y avait aussi un sentier sous l'eau qui donnait l'illusion qu'elle marchait sur l'onde merveilleuse, ajouta Roby avec une pointe d'humour.

— Vous êtes sûrs ?

— Oui. C'est de là que ça vient, l'histoire de la fée du lac qui marchait sur l'eau.

— C'est moins romantique avec vous, vous cassez toute la légende, s'attrista un policier.

— Ben oui, mais c'est plus humain, sourit Felko.

— Et plus logique, appuya Léna.

En rentrant à l'hôtel, ils croisèrent le Sage Dagor.

— Alors ? Vous avez vu l'antre du dragon, sourit-il.

— Oui, nous sommes même allés à pied, jusqu'à la grotte où ont vécu nos ancêtres, répondit Felko.

— À ceci près que ma charmante épouse a trouvé le moyen de corriger le guide, sourit Yann.

— C'est normal ! J'ai juste rétabli la vérité. Je ne comprends pas ce besoin qu'on a de toujours mentir aux gens. Maintenant, il connaît la vérité et il va pouvoir la divulguer.

— Mais c'est tellement moins romantique, la vérité, sourit Felko.

— Ça va ! Ne te moque pas de moi ! Reconnais que tu n'as pas aimé non plus les idioties débitées pour les touristes !

— J'admets, concéda-t-il.

Les trois Terriens souriaient, il y avait des comportements qui restaient totalement humains, quelle que soit la planète d'origine.

— Je suis ici pour vous proposer un tour en avion, afin de suivre le parcours effectué par vos ancêtres.

— Excusez-nous Sage Dagor, mais nous préférerions le faire par la route.

— Pas à pied quand même ? s'inquiéta-t-il.

— Je crains que nous n'ayons pas assez de temps pour ça, sourit Felko.

— En véhicule terrestre ?

— Oui.

— Je vais m'occuper de ça.

— Merci beaucoup, dit Léna avec un charmant sourire.

Ils montèrent à l'étage et se séparèrent devant leur porte.

Quand ils furent entrés dans leur chambre, Léna se tourna vers son époux :

— Comment vas-tu, mon chéri ?

— Très bien.

— Tu es sûr ?

— Oui.

— Je suis tellement désolée, je n'imaginais pas que ce voyage te ferait autant souffrir.

— Au contraire, il m'a fait beaucoup de bien.

— Comment ?

— J'ai enfin pu dire adieu à Cécile, je me sens plus en paix avec moi-même, c'est un peu comme si elle m'autorisait à être heureux.

Il s'était rapproché de sa femme, il l'enlaça.

— Tu ne l'étais pas ?

— Si, mais je culpabilisais de vivre, d'être heureux alors qu'elle non.

— Et c'est différent maintenant ?

— Oui. Ça m'a permis de tourner la page. Je l'ai toujours en moi, je l'aime toujours, je la regretterai toujours. Mais j'ai le droit de vivre mon bonheur avec toi, sans arrière-pensées.

Il l'embrassa, comme pour attester ce nouvel état d'esprit.

— Je t'aime Yann.

— Moi aussi, je t'aime Léna.

Chapitre 19

Pendant les jours qui suivirent, ils visitèrent des musées, des édifices anciens. On leur montra des aqueducs, des ponts, des tunnels...

Les Chamouilleaux furent surpris d'apprendre que d'après les historiens, c'était leurs parents qui avaient fourni les indications pour toutes ces réalisations. Ils ne les avaient pas toutes vues terminées, mais ils en étaient à l'origine.

Ils finirent par la grande bibliothèque de la capitale. On les invita à descendre dans une crypte sous l'édifice. Plusieurs sarcophages y étaient entreposés, Léna et Felko commencèrent à lire, soudain, ils se bloquèrent, ils prononcèrent tout haut ce qui était inscrit :

Ici reposent Betty et Kal Dagor qui ont œuvré pour trouver des remèdes et soigner les peuples.

Ici reposent Jedi et le Sage Peter Dagor.

Ici reposent le Sage Nemal Athon et la Sage Kate.

Ici reposent le Seigneur Ludovic Chamouilleaux et Dame Élodie.

Un silence s'établit aussitôt. Roby et Geoff sentirent les larmes leur monter aux yeux. Leurs parents étaient là, morts depuis deux mille ans, ils touchèrent le tombeau et se recueillirent un moment.

— Au moins, on peut se recueillir sur la tombe de nos parents, nous sommes les seuls pionniers à pouvoir le faire, murmura Roby pour son frère.

— C'est vrai, nous avons ce privilège...

Ils allaient partir quand Yann les retint :

— Ici ? Ce n'est pas... ?

Ils lurent :

Ici reposent la Princesse Ambre et le Prince Lago Chêne.

Ils posèrent leurs mains sur le tombeau.

— Notre petite sœur, articulèrent-ils les larmes aux yeux.

— Je ne veux pas vous faire plus de peine, que vous n'en avez, mais si vous regardez, son âge est noté en dessous, intervint Yann avec douceur. Quatre-vingt-neuf ans...

— Quatre-vingt-neuf ans ?

— Oui, elle a vécu une vie bien remplie, non ?

— Notre petite sœur... c'est totalement aberrant !

— Oui, en même temps elle a vécu bien plus longtemps et dans de meilleures conditions que si elle était restée sur terre, vous ne croyez pas ?

— Tu as raison, excuse-nous.

— Non, votre réaction est normale, j'ai eu la même.

Sauf que lui, sa sœur n'a pas eu le temps de vivre ici, pensèrent les deux frères.

Ils firent le tour des tombeaux, puis ressortirent, laissant Roby et Geoff un moment encore dans la crypte.

En sortant Roby s'adressa à Yann.

— Tu relativises vachement, toi. Nous savons pour ta sœur, mais tes parents ? Tu ne nous en as jamais parlé.

— Mes parents étaient des gens bien, d'une honnêteté irréprochable, ils nous ont élevés avec leurs faibles moyens. Ils nous ont donné un bon degré d'instruction et de bons principes.

— C'étaient des ouvriers ?

— Oui.

— Tu habitais où ?

— En région parisienne.

— C'était chaud par-là, non ?

— Oui. Mais, ils ne nous ont pas laissés suivre les bandes. Nous nous aimions tous énormément. Ils sont restés sur Terre...

— Ce n'était certainement pas le meilleur coin où résider.

— Je sais, nous leur avons conseillé de descendre dans le sud dans notre dernier courrier.

— Donc, tu ne sais pas s'ils l'ont fait ou pas ?

— Non, je l'ignore.

— Ils sont peut-être encore en vie...

— C'est possible, mais dans quelles conditions ?

— Et ta sœur ? Elle était médecin ?

— Non, elle était biologiste, elle a été désignée pour venir, comme moi. Elle n'a rien décidé, elle a subi.

— Comme nous.

— Oui, comme vous.

— Excuse-nous, nous sommes désolés, dit Roby.

— Nous non plus, nous n'avons rien décidé. Mais nous aurions probablement fini sur Éryl, il y a deux mille ans ! Sourit Geoff.

— Oui, d'ailleurs, je ne sais pas si vous avez remarqué, mais il y a un signe du destin pour vous, Léna et Felko, répliqua Yann, je l'ai fait remarquer à Léna.

— Ah ? Lequel ?

— Quand on a pris un hôtel à Muyne, il s'appelait la pierre noire, ici, c'est le dragon. Et on voyage dans des œufs.

— C'est pourtant vrai ! rirent-ils.

Ils visitèrent ensuite la bibliothèque qui portait le nom de Princesse Ambre. Deux Sages leur apportèrent des documents en langue française, afin qu'ils puissent lire les récits d'Ambre et de ses parents, apportant ainsi les explications à des questions qui restaient en suspens depuis des siècles.

Ils retournèrent là où ils étaient apparus vingt ans plus tôt. Ils ne reconnurent pas les lieux. Ils décrivirent aux autres tout ce dont ils se souvenaient et où chacun était placé.

— Les constructions qui jouxtent cet endroit faussent sans doute nos repères.

— C'est normal. Depuis le temps, ça a bien changé.

— C'est drôle, parce qu'il me semble que c'était il y a un an ou deux... déclara Roby.

— Oui, le temps passe vite, soupira Geoff.

Les autres éclatèrent de rire.

— Vous étiez ici, il y a deux mille ans et vous trouvez que le temps passe vite ! Que devrions-nous dire ? se moqua Felko.

— Ah ! Ça va, hein ! Vous savez très bien ce qu'on a voulu dire !

— Oui, on le sait, mais c'est quand même étrange.

Ils commencèrent leur voyage la semaine suivante, en allant au bord de la rivière, où s'étaient baignés leurs ancêtres.

— Ça ne devait pas être comme ça, à l'époque, raisonna Yann.

— Non, on cherche la végétation, ici, dit Léna.

— Oui, c'est le cœur de la ville, les renseigna un de leurs accompagnateurs.

Ils ne restèrent pas longtemps, ils refirent ensuite le trajet de Vernet et Beaufort.

— Quand je pense qu'ils ont fait ce périple à pied ! dit Felko.

— Oui, pour des hommes du vingt et unième siècle, ça n'a pas dû être facile de se retrouver dans un milieu hostile, auquel ils n'étaient pas habitués.

Ils se baignèrent dans le lac, qui avait pour nom : lac Betty. Ils furent autorisés à se rendre sur son île en bateau.

Ils discutèrent avec les archéologues leur apportant quelques explications sur certaines de leurs découvertes.

Ils essayaient d'imaginer à quels endroits ils s'étaient arrêtés. Où ils avaient vu l'étrange sanglier, l'araignée ou le deursi.

Là, où Vernet et Beaufort avaient rencontré des tribus, s'étalaient maintenant des villes.

— S'ils avaient dû revenir avec nous, à l'époque actuelle, ils auraient été rudement surpris de l'évolution ! déclara Yann.

— C'est un peu ce qu'on ressent, sourit Roby.

— Oui, on a toujours en mémoire le jour où on est venu ici... on a du mal à se dire que c'est le même endroit, avec la piste d'atterrissage qui partage la plaine en deux. Et ne te fous pas de nous Felko !

— Je n'ai rien dit, se défendit-il.

— Oui, mais tu n'en penses pas moins !

— Fenta ! Vous êtes télépathes !

— Crétin ! Tu te moques de nous, tu sais très bien que nous n'avons pas ce don !

— D'accord, je retire ce que j'ai dit... ou pensé, déclara-t-il faussement sérieux.

Ils se rendirent jusqu'à la grotte en passant le long de la paroi.

— Il ne fallait pas avoir le vertige ! réagit Yann.

— Non, surtout que le sentier devait être moins bien entretenu, moins praticable, sans barrières de protection et qu'il fallait y dormir.

— Vu l'étroitesse de l'endroit, ça ne devait pas être rassurant.

— Oui, même avec les garde-fous, ça fait peur.

Quand ils arrivèrent à la grotte, le guide les reconnut.

— Alors ? Comment vous avez trouvé la montée ? demanda-t-il à Léna.

— Impressionnante. J'admire mes ancêtres qui ont fait cette ascension.

— Oui, il fallait y croire fort, hein ? Parce que le sentier était plus étroit, nous l'avons élargi et le sol n'était pas aussi lisse. De plus, ils étaient obligés de dormir à mi-chemin dans la mesure où ils ne se faisaient pas transporter au plus près du sentier.

— En effet.

— Pourquoi ? demanda un des policiers.

— Ils ne pouvaient pas, à cause du dragon. Ils devaient traverser une zone à découvert.

— Et alors ?

— Ils partaient de bonne heure du lieu où ils avaient passé la nuit, ils vérifiaient en bordure de forêt que le dragon n'était pas dans les parages et ils traversaient la zone la plus dangereuse. À cette époque, il y avait des marécages, de hautes herbes, ce n'était pas bitumé et des prédateurs erraient autour d'eux.

— Évidemment, je n'avais pas pensé à ça !

Elle sourit.

— *J'ai l'impression qu'il n'y a pas que pour nous que c'est difficile à imaginer !*

— *Tout à fait d'accord avec toi,* répondit Felko.

Ils cassèrent la croûte devant la grotte avec le gardien qui était avide de renseignements complémentaires. Ils le saluèrent et redescendirent juste après. Ils dormirent dans une petite auberge où se dressait le village d'Athon, deux mille ans plus tôt.

Ils regagnèrent le palais des Sages dans la capitale afin de poursuivre la traduction du deuxième volet de la rédaction écrite par Robin.

Ils avaient repris leur place et Yann avait continué la lecture des aventures de Vernet, Beaufort, Lholm et Tan.

D'après les descriptions faites des paysages, ils situèrent rapidement certains lieux.

Quand Yann eut terminé le récit, un des Sages déclara :

– Maintenant qu'on sait tout ça, je crois qu'on devrait en faire un film fidèle à sa narration.

— C'est une idée. J'en parlerai à un type que je connais. Faire un film historique, ça devrait lui plaire. Vous êtes d'accord ?

— Pourquoi nous demandez-vous ça ? s'enquit Léna.

— Parce qu'il s'agit de vos ancêtres.

— Dans la mesure où on reste fidèle à ce qui s'est passé, oui.

— Pas de problème pour nous, répondirent les deux frères.

— Pour moi non plus, ajouta Felko.

— Par contre, nous aurons besoin de vous, pour trouver les artistes les plus ressemblants possible.

— C'est d'accord, déclarèrent les quatre jeunes gens.

— Nous avons d'ailleurs leurs photos et des dessins représentant leurs épouses, compléta Geoff.

— Parfait.

Les deux frères durent donner de nombreux renseignements sur le lieu qu'ils avaient revu récemment et les différences notoires qu'ils avaient notées. Les Sages demandèrent l'autorisation d'effleurer les esprits aux deux frères, pour mieux voir ce dont ils se souvenaient. Ils acceptèrent sans sourciller.

— J'ai une question, intervint Roby. Depuis que nous sommes arrivés, nous avons entendu parler des moines... Mais je n'en ai encore jamais vu. Existent-ils toujours ?

— Oui. Ils sont peu nombreux. Je pense pouvoir dire sans me tromper que leur culte se perd. Cependant, ils descendent de temps à autres dans les villes pour prêcher leur façon de vivre.

— Nous avons eu un jour l'un d'eux qui est venu pour tenter de nous convertir, reprit un Sage.

— Et il a réussi ? interrogea Felko.

— Non. Pas vraiment, mais il nous a parlé de ce champignon de vérité.

— Et qu'a-t-il dit ?

— Que lorsqu'ils le prenaient, ils ne bougeaient pas, pour éviter des effets secondaires tels que, les maux de tête terribles et l'amnésie. Ils restaient aussi à jeun pour bien évacuer le produit.

— Ça faisait quoi ? Autrement ?

— Ils pouvaient devenir agressifs par moments, sans raison apparente.

— Et c'était irréversible ?

— Non, ça durait quelques semaines ou mois, tout dépendait de la quantité de nourriture qu'ils avaient absorbée.

— Ce n'était pas si anodin que ça, alors ?

— Non, ça pouvait être très dangereux.

— Mais pourquoi appelaient-ils ces champignons : champignons de vérité ? Alors qu'ils ne servaient qu'à faire de la télékinésie ?

— Parce qu'il y avait un effet secondaire, après l'avoir absorbé, ils répondaient à toutes les questions, même les plus intimes. Ils avouaient tout sans pouvoir cacher quoi que ce soit.

— C'était dangereux ce truc-là ! Un genre de sérum de vérité ! réagit Yann.

— Oui, on a tous son petit jardin secret et on n'a pas forcément envie de le dévoiler, compléta Roby.

— Bon, enfin, nous supposons que la composition de leur mixture a été définitivement perdue.

— C'est peut-être aussi bien comme ça, murmura Yann.

— C'est comme votre histoire, messieurs, il faut reconnaître que votre expérience a quelque chose de déstabilisant, reconnut un Sage.

— C'est ce que tout le monde dit et aussi ce qu'ont ressenti nos ancêtres, je crois, confirma Felko.

— Oui, fit-il pensivement.

Le lendemain, ils visitèrent le centre international de conception, d'élaboration et d'exécution des vaisseaux Érylois. Ils eurent la chance d'en voir un décoller sous leurs yeux.

Ils repartirent quelques jours plus tard, après avoir remercié chaleureusement le gouvernement, les Sages qui les avaient reçus et les policiers qui les avaient accompagnés partout.

Chapitre 20

Tous durent reprendre leur activité, et recommencer à vivre « dans le présent ». Cependant, il y eut quelques changements ; Yann fut rapidement affecté à la traduction des nombreux livres laissés par Vernet et Beaufort. Il eut l'autorisation de les copier pour ne pas risquer de les détériorer en les transportant jusqu'à Nafent.

Il put poursuivre ce travail avec son épouse, qui attendait un enfant, probablement conçu lors de leur voyage chez les Simas.

Felko et les frères Chamouilleaux venaient les rejoindre dès qu'ils le pouvaient, leurs épouses les accompagnaient parfois. S'ensuivaient des discussions interminables.

Certaines explications étant succinctes dans les textes de Vernet, mais beaucoup plus étayées dans les livres des Sages, Léna et Felko n'hésitaient pas à les éclairer de leurs connaissances.

— Vous savez pourquoi le premier jour de l'année c'est l'équinoxe de printemps ? demanda Geoff.

— À cause de la météorite, répondit l'épouse de Felko.

— Exactement, l'année a débuté le jour où la météorite a lancé sa lumière bleue vers le ciel. D'ailleurs, Robin Vernet a précisé qu'on avait eu l'impression qu'elle se dirigeait vers l'étoile du marin, mais que c'était peut-être vers un autre astre invisible à l'œil nu. Il aurait fallu avoir un super télescope pour en être sûr.

— C'est pour ça que nous sommes en deux mille cinquante et un, conclut Léna.

— Il paraît que sous la ville de Muyne il y a de nombreux souterrains... ajouta Yann.

— Oui, ils servaient à sauver les populations des invasions, répondit-elle. L'histoire raconte que lors d'une invasion des Monzains, qui s'appelaient Sivoms, à l'époque, les villageois des environs s'y sont précipités. Les ennemis les ont poursuivis, jusque dans le labyrinthe. Quand ils furent près des cellules qui entourent la pierre, ils cessèrent d'être agressifs, toute violence fut annihilée. Les Sages en profitèrent pour les enfermer. Leurs soldats furent défaits, dans les souterrains d'accès, par les Tallems. Privés de chefs, ils repartirent vers leur territoire.

— Ah bon ?

— Oui, ça s'est passé de la même manière avec les Nefrids, compléta Felko.

— Et jamais aucun conflit avec les Simas ? insista Roby.

— Non. Ils ont toujours été nos alliés, je pense que le fait que les Sages en étaient originaires... ça a dû favoriser leur entente.

— Sans doute...

— Moi, c'est la religion qu'ils avaient qui m'interpelle, dit Geoff, ça ressemble à la civilisation grecque... ou romaine... ou même égyptienne.

— C'est vrai, reprit son frère, le roi des dieux c'était Zeter à cette époque-là, hein ?

— Dites donc les gars, vous progressez drôlement en histoire Tallem, sourit Felko.

— Que veux-tu ? On parle de notre famille, indirectement.

— Atherve est la déesse de l'intelligence et de la sagesse, Potune, le dieu de la mer, Diamis, de la chasse, Pludès de l'enfer... compléta Léna. Les autres ne me reviennent pas pour le moment.

— Oui, toutes les civilisations antiques étaient polythéistes. C'est bizarre, non ? constata Roby.

— Je ne vois pas vraiment la différence avec les religions modernes, intervint Yann.

— Ben, si... elles n'ont qu'un seul Dieu !

— Oui, mais à la place des dieux du vent, de la chasse ou de la mer, on a les saints patrons de ceci ou de cela... C'est un peu pareil, non ? Il y a Dieu, le fils de Dieu et la mère de Jésus... On multiplie aussi, indirectement ! Hein ?

— C'est possible, vu comme ça, admit Geoff.

— Moi, je ne suis pas d'accord... Ce n'est pas la même chose, contra Roby.

— Oui, je suppose que pour ce genre de débat ou d'explication, il faudrait qu'on consulte un docteur en théologie, vous ne croyez pas ? suggéra Felko qui ne se sentait nullement concerné par cette discussion.

— C'est vrai, tu as raison, admit Léna.

— Vous savez que c'est grâce à vos ancêtres que nous avons deux siècles d'avance sur vous ? interrogea Felko qui avait envie de changer de sujet.

— Je ne trouve pas que vous ayez deux siècles d'avance sur nous, répliqua Roby.

— Non, mais nous, il y a trois siècles, quand nous nous sommes aperçus que nous faisions les mêmes erreurs, que celles que vous avez faites au vingtième et vingt et unième siècle, nous avons décidé de changer notre mode de vie.

— C'est pour ça que vous n'êtes pas si avancés que nous !

— En apparence, c'est vrai, nous avons régressé, mais en fait nous avons stoppé notre société de consommation, nous avons économisé notre énergie.

— Felko a raison, normalement, il ne nous restait plus que pour deux siècles, de pétrole. Or ça fait maintenant trois siècles et nous en avons encore pour un ou deux, si on continue comme ça. Entre-temps, nous espérons qu'un de nos descendants trouvera comment remplacer nos énergies actuelles, les renseigna Léna.

— Oui, évidemment, vu comme ça, vous avez évité le pire, ce qu'on n'a pas su faire sur Terre, soupira Yann.

— C'est vrai qu'on changeait tous les trois jours de portable, sourit Roby. Il fallait toujours avoir le dernier sorti. Mais vous c'est différent, puisque vous avez la télépathie.

— Pas tout le monde.

— Oui, mais presque. En fait, vous êtes presque tous des Sages...

— Non, la plupart d'entre nous sont des « éveillés », pour devenir Sage, il faut passer des examens.

— Ah bon ? Moi je croyais que dès que vous aviez la capacité d'être télépathe, vous deveniez Sage, s'étonna Roby.

— Comme la plupart des pionniers, sourit Léna. Je vous signale que vos enfants le seront probablement aussi.

— Surtout que nos épouses sont toutes les deux Tallems et enceintes, rit Roby en embrassant sa femme.

— Et que vous avez touché deux fois les météorites !

— Il n'empêche que ça fait deux siècles qu'on se balade sur différentes planètes, insista Felko.

— On le sait ! C'est aussi à cause de vous que bon nombre de nos concitoyens sont passés pour des hallucinés, des menteurs ou des fous !

— Désolé, tel n'était pas le but recherché, rit Felko.

— Je ne sais pas si c'est secret, mais j'ai une question qui peut vous paraître idiote...

— Vas-y Yann, quelle est-elle cette question ? sourit-il.

— Pourquoi y a-t-il sept Sages blancs ?

— Tout simplement parce qu'il y a sept régions qui forment la Tallemnie. C'est un peu comme vous, l'Europe, je crois.

— Et le chef alors ? Vous votez pour lui ?

— Non, c'est celui qui a les pouvoirs les plus importants, mais depuis quelques années, c'est souvent le doyen, par respect...

— Si vous êtes tous des Sages ou des « éveillés », pourquoi avez-vous encore des prisons ? Il ne devrait plus y avoir de meurtres ou de malfaiteurs, questionna Roby.

— Quand on devient Sage, on a une conscience différente, on ne tue plus que pour se défendre, jamais pour attaquer.

— Vous décidez ça, comme ça ?

— Non, c'est notre cerveau qu'on modifie, inconsciemment, à cause des exercices qu'on nous oblige à pratiquer.

— Alors les « éveillés » ne sont pas concernés ?

— Pas tous, mais pour certains, la modification a lieu, un peu à leur insu.

— Ce n'est donc pas possible d'avoir un Sage assassin ?

— Jusqu'à présent, ce n'est jamais arrivé.

— Mais comment avez-vous découvert les exercices nécessaires pour ça ?

— D'après les écrits, au début, ce sont les petits-gris qui nous ont informés des premiers travaux à faire pour ça.

— C'est E. T. qui vous a donné le truc ?

— Oui. Ensuite, les Sages ont découvert d'autres exercices à effectuer pour améliorer encore la progression.

— Vous avez toujours des contacts avec eux ?

— Non, ils ont tout simplement enseigné la façon de faire aux enfants des héros, dont Chêne, qui a lui-même transmis ce savoir aux autres, tel que Yang ou Gana. Ça remonte à cette époque-là et ça se transmet depuis de Sage en Sage.

— C'est ce qu'on vous enseigne ?

— Oui, c'est la première chose qu'on nous apprend. Nous avons juste un peu amélioré le système, nous l'avons adapté avec nos moyens modernes. Mais rassurez-vous, maintenant que nous avons des pionniers sur notre territoire, nous allons pouvoir envisager de rouvrir les prisons que nous étions en train de fermer.

— Que veux-tu dire, Felko ? réagit Roby en fronçant les sourcils.

— Je veux dire que nous connaissons les Terriens et leurs façons d'agir.

— Autrement dit, tu penses que nous sommes plus barbares que vous ?

— Pas tous, Roby, heureusement, mais reconnais qu'il y a de fortes chances pour que leurs vieux démons resurgissent, non ?

— Je ne sais pas.

— Ils sont souvent envieux, pour ne pas dire jaloux. Souvent corruptibles, aussi...

— Oui, tu n'as pas tout à fait tort, admit-il.

— Et il serait surprenant qu'il n'y en ait pas qui cherche soit à s'enrichir, soit à piquer la femme du copain.

— Oui, bien sûr, mais chez vous ce n'est pas possible ?

— Si, ça arrive encore mais en général quand deux « éveillés » se rencontrent, ils sentent immédiatement ce qu'on appelle « la fusion ». Ils savent si c'est la bonne personne ou pas pour faire leur vie.

— Donc, vous n'avez pas de divorces ?

— Pratiquement pas. Sauf si aucun des deux n'est un « éveillé », ce qui est de plus en plus rare.

— Vous êtes des « éveillés » ? demanda Geoff en se tournant vers son épouse et celle de son frère.

— Oui, nous sommes toutes deux des « éveillés ».

— Juste une chose, si je vous comprends bien, vous ne sortez pas entre vous ? Vous ne flirtez jamais avant de trouver la bonne personne ? dit Yann.

— Heureusement que si ! Simplement le jour où on la rencontre, on le sait ! répondit Felko.

— D'accord ! Vous vous amusez quand même un peu avant de vous marier ?

— Évidemment, il faut bien que jeunesse se passe ! C'est comme ça que vous dites, hein ?

— Oui, c'est ce qu'on dit.

— Par contre, pour les pionniers qui continuent à ne vouloir se marier qu'entre eux, il peut y avoir des risques d'adultères, donc des divorces, voire des homicides.

— Tu me rassures, nous ne sommes pas près d'être au chômage.

— Ça ! Ça ne risque pas d'arriver en Tallemnie !

— Pourquoi ?

— Parce que s'il ne devait plus y avoir besoin d'autant d'hommes de loi, il y aurait quand même du travail.

— C'est-à-dire ?

— Que nous partageons le travail.

— Comment ?

— En diminuant le temps de travail journalier, par contre, nous faisons varier le nombre d'années avant de prendre la retraite.

— Mais, on a essayé sur Terre, ça a été un échec.

— Oui, parce que vos lois n'étaient pas adaptées.

— Tu m'intéresses, là. Continue, dit Roby.

— Le coût deviendrait trop important pour une catégorie de gens et ce serait un désastre économique, reprit Yann. Enfin, c'est ce qu'on nous a toujours dit.

— Oui, parce que vous aviez des personnes qui se payaient bien trop largement sur le dos du peuple, rétorqua Felko.

— Et pas vous ?

— Non, jusqu'au dix-septième siècle, la loi stipulait qu'aucun patron ne devait gagner plus de dix fois le salaire du moins bien payé de ses employés.

— Hein ? réagirent les trois Terriens.

— Cette loi avait été édictée par Vernet et Beaufort, elle porte d'ailleurs toujours leurs noms. Ce qui fait que si un patron voulait s'augmenter, c'est tous ses employés, du plus petit au plus grand, qui devaient l'être également.

— Et s'il refusait ?

— C'est l'État qui lui prenait la différence.

— Waouh ! On aurait eu une révolution avec un truc comme ça ! s'exclama Geoff.

— C'est certain, le conforta Roby.

— Mais, tu dis que c'était jusqu'au dix-septième siècle, on est au vingt et unième, ça veut dire que ça a changé, non ? questionna Yann.

— Oui, maintenant, c'est quinze fois le salaire.

— Ah ! Ils grignotent, les riches grignotent petit à petit, rit-il.

— C'est certain. Ils essaient toujours d'en avoir plus.

— Avec l'arrivée des pionniers, je crains que vos bonnes résolutions ne tombent à l'eau, renchérit Geoff.

— C'est vrai, vous avez sans doute raison, ce sera à surveiller, admit Felko.

— Vous savez que la plupart des lois de base ont été créées par Vernet et Beaufort ? déclara Léna.

— Non, nous l'ignorions, reconnurent les trois pionniers.

— Eh bien sachez qu'elles sont toujours d'actualité, enfin pour la majeure partie.

— Ils ont fait pas mal de choses, non ?

— Oui, ils ont créé les différentes administrations, ils ont instruit les gens. Ce sont eux qui ont décrété que les chefs seraient élus démocratiquement. Ils ont établi la première constitution, fixé le nombre de représentants du peuple pour établir les lois.

— La chambre des députés, c'est ça ? demanda Yann.

— Oui, c'est ça. Toujours avec l'élection démocratique.

— Ils avaient compris les travers de notre société, mais ils s'en sont quand même inspirés, réfléchit Roby.

— Sans doute. Ils ont expliqué pourquoi il fallait un gouvernement, afin de ne pas laisser tous les pouvoirs en une seule main. Après, ils ont promulgué la loi obligeant le chef élu à avoir un nombre minimum de ministres, dit Felko.

— Ils ont également institué un conseil des Sages, compléta Léna. Bien qu'ils ne l'aient pas été eux-mêmes, ils avaient compris l'intérêt de la faculté de leurs enfants à deviner les mauvaises intentions de l'un ou de l'autre et leur capacité à déjouer les tentatives de coup d'État, ou d'assassinat.

— Ils avaient mis des garde-fous ! rit Yann.

— On peut dire ça.

— Ils n'ont pas chômé, je pense qu'ils ont eu une vie bien remplie.

— Je crois, oui.

— Et la déclaration des droits des êtres humains ? Ce sont eux aussi, je suppose.

— Oui, Roby, ce sont eux, en relation avec tes parents.

— Pardon ?

— Yang, puis Atlan, puis leurs autres enfants étaient en relation avec Chêne, Gana, etc.

— Et ils échangeaient par télépathie leurs idées pour rédiger cette déclaration, termina Yann qui avait saisi tout de suite pourquoi les déclarations étaient si proches les unes des autres.

— Exactement.

— C'est drôle, on ne voit jamais ses parents tels qu'ils sont vraiment, réfléchit Geoff à voix haute.

— C'est normal, le lien affectif modifie sans doute notre approche, le rassura Yann.

— Mais on voit souvent leurs défauts, plus que leurs qualités, non ? avança Roby.

— Que veux-tu dire par là ? demanda Felko.

— Je veux dire qu'on veut tellement qu'ils soient parfaits, qu'on est moins indulgents avec eux, lorsqu'on réalise qu'ils ne réagissent pas comme on le souhaiterait.

— Ce n'est pas clair ton truc, rit Léna.

— Bon, quand on est petits, nos parents sont des héros. Quand on grandit, ils n'ont plus vraiment les mêmes points de vue que nous... Ou c'est nous qui divergeons par rapport à eux, ils ne sont plus que des empêcheurs de tourner rond, non ?

— Oui, là, ils ne sont plus des héros, mais des êtres humains.

— Et ça nous vexe quand on les voit rire, blaguer, faire les idiots, parce que c'est notre orgueil qui est atteint. Comment mon père ou ma mère peuvent-ils faire les clowns ?

— Je crois que je comprends. À l'adolescence, on a facilement honte, c'est ça ?

— Oui, en fait, c'est quand ils ne sont plus là qu'on recommence à voir leurs qualités.

— C'est assez vrai, sourit Yann.

— Le pire, c'est que nos enfants auront la même perception de nous ! rit Felko.

— Oui, c'est là où ce n'est pas drôle ! répliqua Roby.

Chapitre 21

Lors de leurs rencontres, Yann traduisait fréquemment des passages plus personnels concernant leurs ancêtres, il avait découvert un petit livre dans les archives de Muyne, beaucoup plus intime :

— Vous savez que le premier garçon qui a eu le prénom d'Atlan était le fils aîné de Vernet ? demanda Yann. C'est à cause d'une légende que Beaufort avait racontée sur l'Atlantide. Ça a tellement plu à Césia qu'elle a décidé d'appeler son premier fils comme ça.

— Je sais, chez nous le prénom féminin le plus donné depuis deux mille ans pour une fille c'est Dana. Jaël ne vient qu'en deuxième position, déclara Felko. Parce que la première Sage issue de l'union de Geoffrey et Jaël a été nommée Dana.

— Ils ont eu pas mal d'enfants, non ? demanda Roby.

— Oh oui, j'ai lu un passage où Vernet disait que Césia avait eu des jumeaux, un garçon et une fille. Il avait même ajouté qu'elle était fatiguée et qu'il faisait ce qu'il pouvait pour la soulager.

— Comment les avait-il appelés ? Tu le sais ?

— Oui. Je l'ai noté quelque part, attends, euh... Voilà : *« nous les avons appelés Davin et Ozila »*.

— Tu as tous les noms des enfants qu'ils ont eus ?

— Oui, Geoffrey a eu un garçon : Athon. Il précise même qu'il en était très fier et qu'ils l'ont copieusement arrosé.

— Tiens, justement, à ce sujet, les collègues du commissariat nous ont dit que vous supportiez moins bien l'alcool que les pionniers, c'est vrai ? interrogea Roby.

— Oui, c'est vrai.

— Méfiez-vous, ils vont vous faire le coup qu'ils ont fait aux Indiens ! s'esclaffa Yann.

— Qu'ont-ils fait ?

— Ils les fournissaient en whisky pour mieux les mettre sur la touche et leur piquer leurs terres.

— Ça ne m'étonne pas d'eux, rit Felko.

— Oui, mais ça a marché.

— En fait, quand nous prenons de l'alcool, notre cerveau se met en... comment vous dites ? : « stand-by », c'est ça ?

— Oui.

— Plus on est élevé chez les Sages, plus c'est rapide.

— Pourquoi ?

— Par mesure de protection, apparemment. On ne se souvient de rien, mais on n'est pas malade ou incapable de se déplacer correctement, c'est un peu comme si on déconnectait un certain nombre de neurones, on passe en pilotage automatique, expliqua-t-il.

— Tu en parles en connaissance de cause ? demanda Yann.

— Oui, j'en ai fait l'expérience. On ne supporte vraiment pas bien l'alcool. Les « éveillés » le supportent mieux.

— C'est étrange, en effet. Mais justement, dans ce cas-là, ils peuvent vous faire faire n'importe quoi !

— Non, c'est là où on diffère des Terriens. Je sais que c'est surprenant : on agit comme si on était conscient et quand on approche du point où on devrait basculer et faire n'importe quoi, on s'endort.

— On sent le vécu ! rit Yann.

Felko sourit, mais n'ajouta rien.

— Ils ne pourront pas faire la même chose, alors ? s'inquiéta Léna.

— Non et c'est tant mieux.

— Où on en était ? demanda Geoff.

— Aux enfants des héros.

— Ah, oui ! Il parle de Tan et de son fils ? demanda Léna.

— Oui, il dit : *« Yang est devenu un beau jeune homme. Je le soupçonne de communiquer télépathiquement avec mon fils aîné qui vient d'avoir dix ans, il semble cependant avoir une bonne influence sur lui »*.

— Je ne veux pas dire, mais ils ont dû avoir du mal à se faire à certaines choses. Parce que c'était plutôt spartiate à côté du vingt et unième siècle.

— Je crois qu'ils ont essayé de refaire quelques constructions qui leur paraissaient essentielles. Robin dit à un moment qu'il vient de terminer une salle de bain digne de ce nom, juste à temps pour la naissance de son quatrième enfant.

— Et c'était ?

— C'était une fille : Alice.

— Dis donc, ils en ont eu un paquet de gosses ! s'exclama Roby.

— Remarque, il n'y avait pas de télévision, de cinéma, ou autres loisirs, il fallait bien qu'ils occupent leurs soirées, intervint Yann en souriant.

— Geoffrey en a eu trois, la dernière était une fille prénommée Beth.

— Quand on pense que tous ces gamins avaient des pouvoirs télépathiques ! murmura Roby, qui était inquiet pour sa progéniture.

— C'est vrai, il l'explique d'ailleurs.

— Que dit-il ?

— Il dit : « *mes enfants, les enfants de Lholm, de Geoffrey et ceux de Tan ont décidé de créer un ordre des Sages, pour éviter le plus possible les conflits, ils sont presque tous mariés et rêvent d'un pays sans violence. Quelle utopie !* »

— C'est ce que je viens de penser, sourit Roby.

— Oui, ça l'avait amusé, lui aussi, il le dit un peu plus loin.

— Il n'y croyait sans doute pas trop.

— En effet.

— Tu nous lis ce passage ? demanda Léna.

— Oui, si tu veux. « *Nous avons souri quand Yang nous a expliqué que le plus capable des Sages serait en blanc, puis viendraient les mauves, les verts et enfin les bleus, ça m'a rappelé les capes qu'on nous avait données lors du départ de la tribu de Chêne, il a gardé la même hiérarchie, ça avait dû le marquer le gamin !* »

— C'est donc de là que vient la hiérarchie, des tenues des Sages !? l'interrompit Felko.

— Oui, apparemment, répondit Léna, elle aussi surprise de cette révélation.

— Il y a un truc qui est important, je crois, c'est le fait que les enfants communiquaient en direct avec la tribu de Chêne.

— Toujours télépathiquement ? demanda Geoff.

— Oui. Chêne était lui-même un descendant du premier sorcier qui était venu sur Éryl. Il avait ces pouvoirs. Mais il ne leur a jamais dit. C'est Yang qui l'a révélé à Robin, Ça l'avait un peu contrarié, parce qu'il avait eu l'impression que Chêne s'était amusé de son comportement idiot, lors de son arrivée, confirma Yann.

— Ça se comprend ! le défendit Roby.

— Et Lholm ? Il a eu combien d'enfants ? interrogea Geoff.

— C'est vrai, je n'en connais qu'un seul, répondit Felko qui se découvrait un intérêt nouveau pour le passé.

— Parce qu'il n'en a eu qu'un, qui lui a donné sept petits-enfants, le renseigna Léna.

— Il a rattrapé le manque de son père, plaisanta Felko.

— Il s'appelait comment ? questionna Geoff.

— Felko, comme moi.

— Ah ! C'est pour ça que tu disais que tu n'en connaissais qu'un !

— Oui, mais il aurait pu en avoir d'autres, je ne m'étais jamais posé la question.

Yann reprit son compte-rendu :

— À la fin de son récit, il parle de la mort de Toline, il dit que Lholm était inconsolable. Son fils était installé à Nafent avec sa femme et ses sept enfants, le mage a refusé de les rejoindre.

— C'est pour ça qu'il est reparti sur terre ? demanda Roby.

— Oui, il souhaitait donner ses dernières instructions à son apprenti Lejeune, il voulait qu'il se conforme à ses directives.

— Je suppose que Vernet et Beaufort ont dû mal vivre cette situation, non ?

— Oui, justement, il y a un paragraphe où Robin confie ses sentiments, ce qui est assez rare dans sa narration.

— Que dit-il ?

— Il dit : « *je l'aimais bien, il était indulgent avec moi, depuis le début de notre aventure sur Éryl, je le considérais un peu comme mon grand-père. Il va me manquer, il me manque déjà... ».* Je vais vous mettre le moral à zéro si je continue, dit Yann.

— Saute la partie la plus triste. Lis juste la fin du paragraphe dans ce cas, conseilla l'épouse de Roby.

— C'est comme ça que tu fais quand tu lis un livre, sourit son époux, pour détendre un peu l'atmosphère.

— Oui, sinon, je pleure.

Yann avait parcouru rapidement le passage. Il reprit :

— *« Geoffrey et moi, nous l'avons accompagné jusqu'à la météorite. Je reconnais que nous avions les larmes aux yeux en le voyant disparaître, nous savons qu'il sera mort dans trois jours. Nous avons remis la pierre à sa place ».*

— C'est son dernier livre, hein ? questionna Felko.

— Oui, si je ne craignais de faire pleurer Ozia, je vous lirais la fin de son récit.

— Vas-y, fit-elle, je ferai un effort, et si je pleure, Roby me consolera.

Tous les autres l'encouragèrent à poursuivre.

— Vous l'aurez voulu ! *« Je crois que je ne vivrai plus longtemps maintenant, je sens que mes forces m'abandonnent, je suis fatigué, je ne regrette rien de la vie que j'ai menée »*.

Ozia se moucha. Yann la regarda avec compréhension. Elle lui adressa un faible sourire l'encourageant à continuer.

— *« Mes enfants sont mariés et j'ai de nombreux petits enfants. Césia est auprès de moi, il n'y a eu entre nous qu'un seul motif de désaccord : la religion. Elle honore plusieurs dieux. Je respecte ses croyances »*.

— Ça ne date pas d'aujourd'hui cet anticléricalisme chez les Vernet ! s'exclama Felko en riant.

— Ça va ! répliqua Léna. C'est un peu pareil chez les Lholm, non ?

— C'est vrai, je plaisante.

Yann reprit :

« — Je crois maintenant en un dieu ».

— Ah ! s'exclama-t-elle en narguant Felko.

« — Je ne peux pas imaginer que ce soit un hasard si nous nous sommes retrouvés sur Éryl. Mais je n'ai aucune confiance dans les religions quelles qu'elles soient. Elles sont toutes polluées par des intérêts bassement humains. C'est peut-être mon côté gauchiste, comme aurait dit Ludovic, à moins que ce ne soit à cause de mon métier... ».

Un reniflement de Tine, l'épouse de Geoff arrêta la lecture de Yann.

— Continue ! L'encouragèrent Felko, Roby et Geoff.

Il leva les yeux vers Léna qui ne disait rien, mais dont le regard humide traduisait l'émotion qu'elle ressentait.

— L'écriture est plus grosse : *« j'aime à me rappeler ma venue sur Éryl. La pierre noire et la vision magique de l'apparition de Césia, mon amour, ma Falbala »*.

— Il était plus romantique qu'il ne le laissait voir, non ? dit Geoff.

— Sans doute, mais il n'a pas l'air d'avoir vraiment regretté la Terre.

— Non, mais il m'a émue, soupira Ozia.

— Et tu n'es pas la seule la réconforta Roby. Je crois que nous sommes tous un peu troublés.

— C'est exact, dit Yann, c'est parce que ça m'a touché que je voulais vous le lire, mais j'ai hésité quand j'ai compris combien Ozia était sensible.

— Tu as eu raison de le faire. Il n'y avait pas de raison qu'on ignore une partie de son récit. Même si c'est celui qu'on aime le moins. La mort d'un héros, personne n'aime ça ! déclara Léna.

— Oui, mais si on regarde le côté positif de son histoire, on constate qu'ils ont fait progresser l'évolution des Tallems d'une façon remarquable, répondit Felko.

— Comme les Simas ! ajouta Geoff.

— Oui, dit Yann, d'ailleurs c'est le fils aîné de Robin qui l'a averti de la mort de votre père, précisa-t-il aux frères Chamouilleaux.

Ils le regardèrent, interrogatifs.

— Par télépathie, il l'avait appris par télépathie.

— Ah ? Et pour maman ? interrogea Geoff.

— Pareil, c'est Dana qui a averti son père, enfin votre oncle.

— On ne pourrait pas parler de choses plus drôles ? demanda Tine.

— Tu as raison, en fait de bonne journée on va finir par pleurer, sourit Felko.

Léna réfléchissait, quelque chose la turlupinait, elle finit par s'en ouvrir aux autres. :

— Ce qui est étrange, c'est que plus aucun étranger n'ait débarqué par la suite, remarqua-t-elle.

— J'ai peut-être une explication, indiqua Lholm.

— Nous t'écoutons.

— Le départ de la deuxième lune.

— ... ? Explique !

— Ben, ce n'est qu'une supposition, mais le fait qu'elle ait été éjectée de son orbite, la pierre n'avait peut-être plus la même force pour faire jouer son attraction...

— Ça aurait plutôt dû être l'inverse, non ?

Ils écoutaient tous la discussion entre Léna et son cousin, évitant de se mêler de la conversation. C'était déjà assez compliqué d'appréhender la situation avec l'espace-temps, pour qu'ils tentent d'avoir une opinion.

— Bon, je m'explique, la deuxième lune servait de barrage, elle bloquait la trajectoire de ceux qui étaient attirés sur Éryl.

— Oui ? Je ne vois pas où tu veux en venir.

— Rien ne prouve qu'Éryl ait été la seule à recevoir des météorites, dans notre secteur. Vous êtes bien d'accord ? Donc, depuis que la lune s'est éloignée, je dirais, environ deux ans après que la pierre ait été découverte, il n'y avait plus rien pour faire obstacle.

— Je crois que je comprends, si d'autres ont touché la météorite terrestre, ils ont été envoyés plus loin qu'Éryl. Sur une autre planète.

— Exactement. Ils l'ont dépassée.

Voyant le regard de leurs amis et époux, Felko prit un crayon et un papier et leur fit un dessin illustrant ses propos.

— Nous avions compris, mais ton dessin est très clair, se moqua Yann.

— Excusez-moi, je craignais de ne pas avoir été très explicite, sourit Felko.

— C'était parfait. Je t'assure, insista-t-il.

— Bon ce n'est pas tout ça, on ne va pas passer tout l'après-midi ici ?

— Oui, parce qu'après nous avoir fait pleurer et nous avoir fait un cours d'astronomie, nous avons besoin de passer à quelque chose de plus distrayant, convint l'épouse de Geoff.

— Si on allait se balader ? proposa Yann.

— Bonne idée, ça nous remontera le moral.

— Je pense un truc, vous savez d'où venait le rituel du mariage chez les Simas ? demanda-t-il.

— Ma foi, non, répondit Felko.

— Et vous ?

— Non, nous ne savons pas.

— Alors c'est moi qui vais apprendre ça aux Tallems, rit-il.

— Oui, ben vas-y, explique.

— Les petits-gris.

— On aurait dû s'en douter ! s'exclama Felko.

— En fait, c'était censé représenter la fusion entre les deux êtres. Donc, comme à l'époque, très peu étaient télépathes, mais leurs enfants risquaient de le devenir, ils pourraient ainsi trouver plus facilement la personne qui leur était destinée. Vous avez compris ?

— Oui, même si ce n'était pas très clair, on a compris l'idée générale : la représentation de la fusion.

— Tu sais, je l'ai éprouvée dès que je t'ai vu, sourit Léna, mais je craignais qu'en tant que pionnier, tu ne sois pas conscient que nous devions nous unir.

— Et vous ? questionnèrent Roby et Geoff en s'adressant à leurs épouses.

— C'est pareil.

— Ah ? répondirent les deux frères.

— Je dois ajouter quelque chose, il semblerait que tous ceux qui ont touché la météorite, ont éprouvé la fusion, sans en être conscient, compléta Yann.

— Donc, il était évident que nous ne pouvions que vous épouser ! Ajouta Roby en faisant une bise sur la joue de sa femme.

En chemin, la conversation dévia sur les conséquences de l'arrivée des pionniers.

Tour à tour, ils s'amusèrent à envisager les différentes éventualités et les conséquences induites, parfois possibles, parfois absurdes ou loufoques :

— Tu sais ce que je te disais l'autre jour sur l'évolution d'Éryl... commença Yann.

— Oui ?

— En fait, l'arrivée des étrangers a tout modifié. Certes, vous auriez été télépathes, mais sans doute moins performants. Il n'y aurait pas eu d'ordre des Sages... enfin pas si tôt... ce sont les enfants des étrangers qui le sont devenus et presque tous ont un héros dans leurs ancêtres. Involontairement, ils ont modifié l'avenir de cette planète. C'est d'ailleurs ce que dit Robin. Si on va encore plus loin, vous n'auriez guère été en avance sur la Terre. Du coup, les pionniers n'auraient pas reçu votre aide pour construire leurs vaisseaux et nous ne serions pas venus ici.

— Oui, et ?

— Vous auriez eu des conflits, l'histoire d'Éryl aurait été modifiée, mais l'histoire de la Terre également. Nous serions encore sur notre planète, ou au mieux sur la Lune ou Mars...

— Je vois... les derniers dragons ont été tués par des étrangers, qui ont tous apporté des transformations au peuple Sima d'abord, mais ensuite Tallem et autres. Ils ont progressé plus vite, ils ont sauvé des vies grâce à ça et certains conflits ont été évités. Là aussi des gens qui seraient morts ont vécu... imagina Roby.

— C'est possible, en effet...

— Des mariages qui auraient dû avoir lieu, n'ont pas existé. La météorite serait sans doute restée enterrée pour toujours, il y aurait encore deux lunes... Ou, elle aurait été découverte lors d'une tempête et la physionomie d'Éryl en aurait été considérablement modifiée, et l'évolution en aurait été freinée, la population aurait pu disparaître... réfléchit Felko.

— Bon, on arrête la science-fiction ? Je crois que je vois ce que vous voulez dire... Un petit truc apparemment insignifiant peut entraîner des conséquences incroyables, déclara Léna.

— C'est ça. C'est l'effet papillon.

Ils furent distraits par des enfants en train de jouer et la conversation dévia. Felko devait partir peu de temps après dans l'espace, pour une durée de deux ans. Ses amis le rassurèrent, après son départ, ils veilleraient sur son épouse qui était enceinte.

Chapitre 22

Tandis que Felko Lholm enchaînait les missions dans l'espace, l'évolution dans les pays voisins ne promettait rien de bon.

Lors de l'arrivée des pionniers, les Nivosis et les Monzains avaient procédé différemment des Simas, des Tallems ou des Nefrids.

Pour les Nivosis, ce n'était pas par hasard. Leur religion et leur culture n'étaient pas étrangères à ce comportement.

Depuis deux mille ans, ils suivaient les préceptes énoncés par leurs moines qui demandaient le respect de la vie quelle qu'elle soit : depuis le moindre végétal, en passant par les insectes, les animaux, l'eau, la terre dans son ensemble jusqu'à l'être humain.

Leur théorie était celle-ci :

« Lorsque les peuples sont heureux, le temps et le climat sont agréables, les pluies arrivent au bon moment pour les récoltes, la chaleur également et l'hiver est froid mais supportable. Les catastrophes sont exceptionnelles et assez peu meurtrières.

Quand un conflit éclate quelque part, le froid est plus intense, les pluies provoquent des inondations, la chaleur peut devenir insoutenable. Les éléments se fâchent, les calamités, les maladies frappent plus cruellement les populations.

Si tous les peuples sont en colère, malheureux et violents, les cataclysmes, tremblements de terre, inondations, raz de marée, tornades, éruptions volcaniques se multiplient et sont, eux aussi, plus violents que jamais. Les morts atroces se multiplient (...) »

Les Nivosis avaient donc accepté beaucoup plus de pionniers que les autres pays. Ils leur avaient exposé les choix d'emplois qui s'offraient dans leur contrée. Chacun avait fait une liste dans l'ordre de préférence de ses souhaits.

Ils s'étaient refusé à effleurer l'esprit des Terriens pour savoir ce qui leur convenait le mieux. Respectant ainsi les nouveaux arrivants.

Les conséquences dramatiques qui suivirent tenaient ainsi au fait, que contrairement à leurs voisins, les Nivosis ne cherchaient jamais à se défendre, leur religion prônant la tolérance extrême.

Les pionniers réfugiés se réunissaient fréquemment et pas toujours pour une cohabitation pacifique.

Le vaisseau, dans lequel Daluce, l'ancien mafieux, avait voyagé, s'était posé chez les Nivosis.

La plupart de ses hommes de main étant restés sur Terre, dans l'abri qu'il avait fait construire, il avait chargé ses quatre acolytes, de recruter des complices, pendant la durée du voyage.

Il obtint une ferme, ce n'était pas vraiment ce qu'il aurait voulu, mais il avait choisi cet emplacement en accord avec les habitants du pays d'accueil. Tous les hommes, enrôlés dans le vaisseau, furent immédiatement embauchés par lui, en qualité d'employés, pour le bon fonctionnement de son ranch.

Il avait conservé, pendant toutes ces années, quelques graines de cannabis, pour relancer la culture. Le climat n'était pas des plus favorables, il dut investir dans des serres. Les Autochtones ne succombèrent pas à cette mode, comme il l'aurait souhaité. Seuls, les Terriens furent ses clients.

Le premier désir que les émigrés émirent fut celui de participer à la vie politique, notamment Daluce, qui voulait trouver un moyen d'écouler sa drogue, tout en préservant son image d'homme honnête et responsable.

Les immigrés auraient voulu être plus présents dans la direction et les orientations du pays, quelques-uns se firent élire. Leur parti prit le nom de Chlols.

Regrettant leur vie terrestre, ils souhaitaient reproduire leurs passe-droits, leurs privilèges perdus. Au cours de réunions secrètes, ils planifièrent d'abord plusieurs assassinats. En premier lieu pour étendre leurs propriétés, ensuite pour prendre la direction des différentes régions.

C'est ainsi que Daluce agrandit son patrimoine en faisant tuer son plus proche voisin Autochtone.

Les Nivosis tentèrent de régler ces problèmes par le dialogue. Ils jugèrent et condamnèrent des boucs émissaires fournis par les instigateurs, pensant que ce serait suffisant. Malheureusement, les Chlols s'organisèrent en véritables milices et multiplièrent leurs actions criminelles.

La situation s'aggrava rapidement, trois ans plus tard, le doyen des Sages blancs fut assassiné, le chef du gouvernement également. Les Nivosis refusèrent l'aide proposée par leurs voisins Nefrids ou Tallems.

Une nouvelle élection devait se dérouler. Une réunion des principaux meneurs Chlols eut lieu :

— Il faut absolument trouver le moyen de prendre le pouvoir, déclara Daluce.

— Vous avez une idée. Vous voulez la place ?

— Non, pas pour moi, ça ne m'intéresse pas, mais je sais que vous, vous êtes intéressé mon cher ami, si vous voulez, j'ai la solution pour réussir.

— Nous vous écoutons.

— Le vote se fait par informatique. C'est simple, il suffit de fabriquer un logiciel qui enregistre un vote pour les Chlols, dès que deux ont été faits pour les Nivosis.

— Rien que ça ?

— Oui, le vote Chlols est systématiquement enregistré. Par contre si les votes sont pour les Nivosis, le premier va bien pour eux, le deuxième aussi, mais dès qu'il s'agit du troisième, il enregistre un vote de la liste opposée, soit un vote Chlols.

— Mais, est-ce que ce sera suffisant ?

— Peut-être pas, c'est vrai, mais le logiciel peut aussi bloquer les votes Nivosis, sur une cinquantaine de votes, quand on arrive à soixante-quinze et les enregistrer en Chlols. Pour ça, il nous faut un informaticien capable d'interférer dans leurs ordinateurs, nous avons ce genre de type.

— Il acceptera, vous croyez ?

— Il nous suffit de le convaincre. Il a une famille, des gosses, ne vous inquiétez pas, il pourra le faire. Le tout, c'est d'obliger les Nivosis à accepter qu'on lui explique comment fonctionne leur programme.

— Dans ce cas, nous vous donnons carte blanche, Daluce.

— Merci. J'aimerais vous rencontrer, pour d'autres problèmes, qui n'ont rien à voir avec notre réunion de ce soir.

— Comme vous voulez, nous sommes d'accord.

Daluce avait réuni un dossier compromettant sur chacun de ces individus. Il les vit les uns après les autres, pour bien leur signifier qu'il avait de quoi les faire tous tomber, au cas où ils auraient l'idée de lui jouer un sale tour, voire de l'assassiner. Ils reçurent fort bien le message. Personne ne souhaitait être démasqué, Daluce devint un privilégié, intouchable.

L'informaticien fut autorisé à consulter le programme des élections, il conçut le logiciel demandé. Il n'avait guère le choix, sa femme et ses enfants étaient retenus par les sbires de Daluce. Chacun votait de chez lui, directement vers la maison communale.

Le résultat des élections sortit dix minutes après la fin du vote. Les Chlols avaient gagné ! De peu, certes, mais ils avaient gagné.

Les premières mesures prises par le nouveau gouvernement furent répressives.

— Nous ne pouvons pas accepter que vous vous serviez de vos capacités télépathiques ! Mettez-vous un instant à notre place. Chaque fois que vous vous taisez, nous ignorons si vous êtes en train de sonder notre esprit ou si vous réfléchissez !

— Mais nous ne cherchons jamais à lire en vous ! C'est une question de déontologie.

— Déontologie ou pas, nous demandons que soit interdit l'usage de ce don ! Des téléphones existent !

Les Nivosis fidèles à leur éthique renoncèrent à utiliser leur capacité à lire dans l'esprit, en respectant le souhait des Terriens, ainsi, ils ne purent pas déjouer leurs mauvaises intentions...

Les Chlols transformèrent peu à peu les lois Nivosis et dix ans après leur débarquement sur Éryl, dans la capitale. Ils entamèrent une chasse à l'homme, surprenant les habitants dans leur sommeil, ils opérèrent un véritable génocide.

Très peu réussirent à s'échapper, seuls ceux qui avaient eu des prémonitions y parvinrent. Ces derniers se réfugièrent en Tallemnie ou chez les Nefrids.

Ils se débarrassèrent des députés Nivosis, en les tuant ou en les enfermant dans les prisons. Il n'y avait plus aucune opposition. C'était un véritable coup d'État qu'ils avaient effectué, ils décidèrent que le pays s'appellerait dorénavant : Chlols-land, du nom de leur vaisseau et de leur parti.

Ils établirent un profil des gens à arrêter : yeux en amande, pilosité quasi inexistante sur le torse et les membres des hommes, suspicion de capacités télépathiques ou prémonitoires.

Ils ne tolérèrent que les Autochtones qui n'avaient pas ces caractéristiques et qui avaient survécu. Ceux qui avaient les particularités physiques désignées étaient tués sans sommation.

Parfois, on leur octroyait un simulacre de jugement, puis ils étaient exécutés. Pour être sûrs que les Nivosis ne se rebelleraient pas dans les décennies suivantes, ils faisaient également tuer les enfants des familles incriminées.

Ils les parquèrent bientôt dans des réserves, sous prétexte de les protéger.

*

* *

Le ministre sud-américain avait gardé le nom de Jack Raitter, de crainte que son véritable patronyme ne soit un jour identifié par des Terriens. Il avait débarqué chez les Monzains

Son premier objectif fut de se faire accepter dans la société des pionniers très aisés. Il s'inscrivit dans le parti politique qu'ils avaient créé et entreprit de prendre une place influente dans la direction de leur mouvement.

Il agissait comme sur terre, il était très bon pour donner des conseils, rameuter les foules, faire des discours. Par contre, il s'arrangeait chaque fois à laisser les autres prendre des risques à sa place. Il faisait beaucoup de vent, mais peu d'actions concrètes.

Son attitude de « mouche du coche » était masquée par ses grandes envolées lyriques et son activité apparemment débordante. Très bon orateur et comédien à souhait, il savait captiver son auditoire. Il mentait avec un aplomb tel, que le plus souvent, personne ne pensait à vérifier ses sources.

Il était souvent à la remorque des décisions de ses camarades, mais s'arrangeait à tromper son environnement, en s'octroyant les réussites des autres, avec une impudence quasi artistique.

Quand il réalisait qu'il avait fait fausse route, il prenait le contre-pied de ce qu'il avait préalablement défendu, accusant ses collaborateurs d'avoir pris la mauvaise décision. Il retournait sa veste et condamnait la position de ses amis, se mettant en avant pour exposer le contraire de ce qu'il avait dit précédemment.

Si quelqu'un avait le malheur de le lui faire remarquer, il s'emportait, le traînait plus bas que terre en alléguant qu'il était un imbécile et n'avait rien compris à son discours, qu'il fallait bien entendu saisir, au deuxième degré.

Ne souhaitant pas être pris au dépourvu, il s'était imposé également parmi la haute société Monzaine. Certain, qu'il pourrait toujours, le cas échéant se positionner en leur faveur si quelque chose tournait mal avec ses alliés Terriens.

Quand les événements se produisirent chez les Nivosis, les pionniers Monzains en profitèrent pour imiter les Chlols. Ils menèrent les mêmes traques. Comme leurs voisins, ils avaient pris la direction du pays.

Il y eut de nombreuses interventions au sein de leur communauté. Les uns prônaient la mort pour les personnes douées de pouvoir télépathiques, les autres n'étaient pas d'accord :

— Les habitants de cette planète nous ont offert l'hospitalité, c'est pourquoi nous refusons d'avoir un comportement de nazi.

— Comment pouvez-vous dire ça ? Nous ne faisons que nous défendre contre des monstres qui lisent dans nos cerveaux !

— Ils nous ont fait construire des habitations ! Nos enfants reçoivent le même enseignement que les leurs ! Ils nous ont offert du travail !

— Ce qu'ils ne voulaient pas faire eux-mêmes !

— Non ! C'était en fonction de ce que nous étions capables de faire.

— Et comment le savaient-ils ? Si ce n'est en sondant notre esprit !

— C'est possible, mais ils n'ont jamais eu un comportement agressif envers nous !

— Ils n'en ont pas besoin ! Ils nous manipulent à notre insu !

— Nous ne pouvons pas croire ça. Notre vie ici est bien meilleure que sur Terre !

C'est à ce moment que Raitter prit la parole. Il avait évalué la salle, il avait compris qu'il était impossible de faire la même chose que chez les Nivosis. Un grand nombre de pionniers ne les suivraient pas sur cette voie. Il fit un long discours d'apaisement pour les deux clans et termina par :

— À cause de leurs dons, nous sommes des proies faciles. C'est vrai. Mais nous nous refusons à agir comme des nazis. Ce ne serait pas humain de tuer des gens uniquement parce qu'ils sont légèrement différents de nous. J'ajouterai qu'ils nous ont quand même accueillis chaleureusement. Nous devons faire preuve de discernement.

— Et que proposez-vous ? Alors ? s'écria un homme dans la salle.

— Il faut leur interdire de se servir de leurs pouvoirs, sous peine d'emprisonnement et de confiscation de leurs biens.

— Vous pensez qu'ils vont accepter ça ?

— Oui. Je pense que c'est honnête.

— Ils voient ce qui se passe chez leurs voisins, ils n'auront guère le choix ! s'exclama un autre.

— Nous devons leur proposer avec persuasion et sans aucune animosité, renchérit Raitter. Je crois que nos camarades ici présents seront les plus à même de le faire.

Il s'était volontairement écarté de la délégation qui aurait à mener la discussion. Il restait ainsi le grand gagnant, quel que soit le résultat de la négociation.

Les Monzains acceptèrent. Un traité fut signé, par lequel ils souscrivaient à la nouvelle loi.

Les pionniers, désormais débarrassés de l'opposition, emprisonnèrent les Autochtones les plus dangereux et acceptèrent d'aider les Chlols en envahissant le nord de la Tallemnie qui séparait ces deux pays, afin de permettre à leurs alliés de terminer l'extermination des quelques Sages Nivosis, qui s'y étaient réfugiés.

Parmi ces derniers, des télépathes pressentirent le destin qui les attendait s'ils ne s'empressaient pas de fuir. Ils descendirent vers le sud, regrettant de ne pas avoir utilisé leurs dons, quand il en était encore temps.

Leur honnêteté avait causé leur ruine, ils prévinrent tardivement les Tallems.

Chapitre 23

Les Chlols, alliés aux Monzains envahirent le nord de la Tallemnie. Les troupes prévenues peu de temps avant par des réfugiés, réussirent à freiner les attaques un peu plus au sud, dans la région de Merpreri.

Tous les hommes et femmes en âge de combattre furent appelés pour affronter les envahisseurs. Les pionniers étaient exclus de cette conscription. Il était clair que les ennemis ne s'arrêteraient pas spontanément. Il fallait leur barrer la route.

Felko venait juste de revenir de sa dernière mission astronautique de deux ans. Il avait fait connaissance de son deuxième enfant, un fils, né trois mois après son départ. Sa fille avait bien grandi. Il regretta de ne pas avoir le temps d'en profiter un peu.

Yann, Roby, Geoff, John Taylor et de nombreux pionniers dont Roncet se présentèrent spontanément pour défendre leur nouveau pays.

La première réaction des Tallems fut de les refuser. Ils craignaient une trahison de la part de ces immigrés.

Yann et les frères Chamouilleaux demandèrent à être reçu par un Sage. Un refus leur fut opposé.

Revenus chez eux, ils décidèrent de ne pas admettre cette décision.

— Nous allons essayer auprès de notre hiérarchie, dirent les deux policiers.

— Moi, je vais voir avec Léna, elle connaît peut-être quelqu'un qui acceptera de nous rencontrer.

— Leur mobile me fait penser à la Deuxième Guerre mondiale sur Terre, murmura tristement Geoff.

— Oui, la chasse aux Juifs, aux homos, aux Bohémiens, aux communistes et francs-maçons... là, c'est la chasse aux télépathes !

Ils se séparèrent, déçus de ne pouvoir défendre leur nouvelle patrie et indirectement leur famille.

Quand il eut expliqué à Léna ce qu'il voulait faire avec les frères Chamouilleaux, elle fut inquiète.

— Tu veux participer au conflit contre les pionniers !

— Oui, c'est exactement ça. Tu es allé voir dans ma tête ?

— Non, je n'en ai pas eu besoin, je te connais, c'est tout.

Il l'embrassa.

— Aide-nous, ma chérie, pense à nos enfants.

Elle resta un moment sans rien dire.

— Tu as ton rendez-vous demain matin, au centre de recrutement.

— Ils acceptent ?

— Non, ils acceptent de te recevoir, c'est à toi de les convaincre.

— Je pourrai y aller avec Geoff et Roby ?

— Tu leur demanderas l'autorisation de le faire.

— D'accord. Merci ma chérie.

Il l'embrassa de nouveau.

— Tu me remercies de t'envoyer au combat ?

— Non, de pouvoir te prouver mon amour pour toi et ma reconnaissance pour mon pays d'accueil.

— Si je n'avais pas été mère de trois enfants je t'aurais accompagné, j'aurais coupé mes cheveux et j'aurais participé aux combats.

— Couper tes cheveux ?

— Oui, quand une femme est dans l'armée, soit elle a les cheveux longs attachés, de façon à ne pas être gênée, soit coupés très courts.

— Dans ce cas, pourquoi dis-tu que tu les aurais coupés ?

— Parce que c'est plus rapide pour se préparer quand il faut combattre. Et il ne faut pas laisser de prise à l'adversaire.

— Eh bien, j'espère que c'est moi qui vais aller combattre, je préfère que tu gardes tes cheveux longs. Et que tu veilles sur nos bambins.

Il l'embrassa tendrement, une nouvelle fois. L'amour qu'il éprouvait pour elle n'avait jamais diminué, bien au contraire. Il était conscient que jamais aucune terrienne n'aurait pu être une femme si parfaite pour lui.

En arrivant au centre de recrutement, Yann dut négocier la présence de Geoff et Roby.

— Je suis désolé, mais le rendez-vous est pour vous et vous seul, monsieur Khwenchk.

— Je sais, mais plusieurs Sages Simas descendent de leurs parents.

L'homme le considéra un instant en hésitant.

— Je suis désolé, je ne peux pas enfreindre un ordre.

— Je comprends. Je vais y aller seul, mais vous verrez que dans cinq minutes, le Sage qui va me recevoir demandera à les faire entrer.

Le soldat sembla douter de sa conviction.

Quand Yann fit la demande de se faire accompagner par les hommes qui descendaient de la famille Chamouilleaux, honorés chez les Simas et dont le Sage Dagor était le descendant, le Sage accepta de les recevoir tous les trois. Le soldat fut plus qu'étonné, de constater que ce pionnier avait eu gain de cause.

Les trois amis défendirent les motifs des volontaires :

— Mais enfin ! Que craignez-vous ? Nous sommes mariés depuis près de dix ans ! Nous avons épousé des Tallems, nous avons des enfants qui seront probablement des « éveillés », voire des Sages ! Vous croyez vraiment que nous irions jusqu'à les condamner à mort ?

— Nous sommes d'accord avec vous, ceux qui ont épousé une Tallem et qui ont des enfants sont probablement sincères, nous les autoriserions volontiers à incorporer l'armée.

— Mais ?

— Mais nous ne pouvons être certains de ceux qui ont épousé des pionnières. Nous serions accusés de faire de la discrimination, si nous acceptions les uns et pas les autres.

— Je ne vois vraiment pas où est le problème, intervint Geoff, vous pouvez les sonder discrètement, non ?

— Quoi ? C'est vous qui me dites ça ?

— Oui. Vous sauriez tout de suite s'ils sont sincères ou pas.

— Vous accepteriez ça, vous ?

— Oui. Mieux, je vous le propose !

— Et vous ?

— Nous aussi.

— Vous pensez que nous devons le faire avec les pionniers qui se présentent pour nous aider ?

— Oui. Vous n'avez pas besoin de leur dire, répliqua Roby.

— Ce n'est pas très honnête.

— Vous préférez finir comme les Nivosis ?

— Non, bien sûr que non.

— Alors il faut mettre de côté votre déontologie. Nous, nous savons que vous allez aller fouiller dans notre esprit et nous l'acceptons, déclara Yann.

— Quant aux autres, s'ils ne sont pas sincères, vous les écartez et vous les mettez sous surveillance pour être certains qu'ils ne chercheront pas à nous attaquer de l'intérieur, compléta Roby.

— Vous justifiez votre décision en disant que vous avez besoin d'eux pour autre chose, n'importe quelle occupation qui ne leur permette pas de saboter la défense de notre pays, ajouta Yann.

— Je ne veux pas dire, mais vous avez des réactions bien... Terriennes, messieurs, fit-il en fronçant les sourcils.

— C'est une question de survie. Nous avons nos familles à protéger, répliqua Geoff.

— Vous oubliez qu'il y a eu des génocides sur Terre, on ne veut pas que ça se reproduise ici, compléta Roby. Sans compter que nous les connaissons bien, nous savons comment ils réfléchissent, nous savons le machiavélisme dont ils peuvent faire preuve... nous connaissons leur cruauté pour obtenir ce qu'ils souhaitent... C'est à cause de ces travers que la Terre est mourante, c'est pour ça que nous voulons lutter contre eux...

— Vu comme ça, évidemment, je vais en faire part à mes frères, nous vous rendrons notre réponse sous trois jours.

— Ne tardez pas trop. Sans résistance, les Chlols peuvent aller très vite, ajouta Yann.

— Nous le savons. Merci, messieurs.

— Au revoir.

Ils n'eurent pas longtemps à attendre. Ils venaient de quitter le centre de recrutement quand deux militaires les rattrapèrent. Ils les ramenèrent au bureau du Sage. Ils furent surpris de voir cinq Sages dont deux blancs.

— Messieurs, nous avons compris vos motivations, vos craintes sont certainement justifiées. Vous connaissez mieux que nous les travers des Terriens.

— Hélas ! Oui ! soupira Yann.

— Nous allons recevoir un par un tous les pionniers qui voudront défendre la Tallemnie. Nous les sonderons et nous déciderons ceux qui seront acceptés et ceux dont on se méfiera, comme vous nous l'avez conseillé.

— Nous ne sommes pas un peuple belliqueux, c'est pourquoi nous avons du mal à prendre la décision d'une déclaration de guerre, compléta un Sage blanc.

— Mais vous ne déclarez pas la guerre ! Les Chlols et les Monzains ont déjà envahi la Tallemnie, le contredit Yann.

— Vous avez raison. Vous avez eu une formation militaire tous les trois, n'est-ce pas ?

— Oui, c'est exact.

— Nous allons vous donner vos affectations, nous essaierons de créer une compagnie mixte composée de pionniers et de Tallems, vous avez des techniques un peu différentes des nôtres.

— Pardon monsieur, mais nous sommes également des Tallems, le reprit Yann.

— C'est ce que nous allions dire, ajouta Roby, nous sommes des pionniers Tallems, pas des pionniers tout court.

— C'est moi qui vous présente mes excuses, j'aurais dû dire des pionniers Tallems et des Autochtones. Excusez-moi.

— Nous comprenons, mais c'est le genre de mot qui peut blesser, répondit Geoff, c'est de ce genre d'erreur dont il faut se méfier.

— Vous faites bien de me faire ce reproche, j'apprécie votre droiture, messieurs. Bien, vous êtes prêts ? Vous allez pouvoir annoncer aux pionniers Tallems qu'il y aura un entretien préalable à leur admission dans l'armée.

— Merci. C'est un grand honneur que vous nous faites.

— Nous ferons tout notre possible pour contrer ceux qui ne veulent pas vivre en paix, renchérit Geoff.

Ils sortirent et se dirigèrent vers les pionniers qui attendaient pour se faire inscrire, mais étaient jusque-là maintenus à l'écart.

— Roby, Geoff, en votre qualité de commandant, vous avez l'habitude de donner des ordres, sourit Yann, alors, je vous laisse vous adresser aux pionniers.

— Salaud ! Tu charries ! Que veux-tu qu'on leur dise ?

— Que les Tallems ont été très touchés de les voir venir spontanément défendre leur nouvelle patrie. Pris de court, ils ont souhaité nous rencontrer pour nous demander si nous pensions que c'était une bonne chose que de les accepter.

— Attends, tu veux créer une émeute ?

— Non, tu ajoutes qu'ils ne voulaient pas les obliger à se battre contre leurs anciens frères intergalactiques. Et qu'ils craignaient une mauvaise compréhension des ordres, parce que nous ne maîtrisons pas encore totalement leur langue.

— Tu aurais dû faire de la politique.

— Non, je n'accepte pas facilement les compromis. Allez, vas-y, courage.

— Merci du cadeau !

Le discours de Roby, complété par des interventions de Geoff fut un succès. Les pionniers présents étaient gonflés à bloc, lorsqu'ils entrèrent dans la cour, pour se faire inscrire sur les listes de l'armée.

Roby, Geoff et Yann furent les premiers à passer l'entretien. Rassurés, les autres suivirent.

Chapitre 24

Les trois jeunes gens se retrouvèrent dans le même régiment que John Taylor. Même s'il était marié à la fille d'un pionnier, il se sentait avant tout Tallem. C'était son pays et ses valeurs qu'on attaquait. Il souhaitait avant tout les défendre. Son père qui était le premier à s'être marié dans l'espace s'était associé avec un autochtone et leurs affaires avaient bien prospéré. C'était ici leur nouvelle vie, leur nouvelle patrie, John se devait de la défendre. Les Sages l'acceptèrent sans sourciller, après l'avoir inspecté.

Yann et Louis Roncet n'étaient que lieutenants, ils ne fréquentaient donc pas les mêmes lieux que Roby et Geoff. Ils étaient obligés de les saluer militairement quand ils les croisaient. C'était sans doute ce qui coûtait le plus à Yann.

L'invasion du nord de la Tallemnie avait été stoppée. La frontière entre Futaie et le Sud de Tamnech n'avait pas bougé. Les Monzains avaient attaqué uniquement à l'ouest pour rejoindre les troupes Chlols.

Regroupées, ces deux formations avaient dépassé les villes de Merpreri, Sitor et fonçaient sur Negol, quand les troupes Tallems les arrêtèrent.

C'était en rase campagne, entre l'océan à l'ouest et Réniforte à l'est que les combats se déroulaient. Des militaires Simas et Nefrids vinrent grossir les rangs Tallems.

Dans l'état-major Tallem les discussions allaient bon train.

— Nous devons nous déployer sur toute la longueur de notre frontière avec les Monzains !

— C'est inutile, le gros de leurs troupes n'est pas dans ce secteur !

— À leur place, c'est pourtant ce que je ferais.

— Ce qu'il faudrait, c'est que nous voyons ce qu'en pensent les pionniers qui sont avec nous.

— Vous pensez à des personnes en particulier ?

— Oui. Les commandants Chamouilleaux et le lieutenant Khwenchk. Il devine fort bien les tactiques de l'ennemi, j'ai eu de très longues discussions avec lui au début de la guerre et je dois constater qu'il avait raison. Il sait comment raisonnent les Chlols et les pionniers Monzains.

— Si vous y tenez ! Convoquez-les.

Yann et les frères Chamouilleaux se présentèrent à la convocation, au quartier général. Après les avoir salués, Yann se risqua à leur parler comme au bon vieux temps, ils n'étaient pas dans le même secteur.

— Vous savez pourquoi je suis convoqué ?

— Non, pas plus que nous.

— Ce n'est pas rassurant.

— Ça va, toi ?

— Si on veut, ça barde dans le coin où je suis.

— Comment se fait-il que tu ne sois que lieutenant ?

— J'ai été incorporé dans l'armée quand je suis arrivé à Kourou. Je n'ai pas eu le temps de faire toutes mes classes, je ne pouvais pas prétendre à un grade plus élevé.

— Évidemment.

Ils patientaient dans le hall d'un hôtel où l'état-major avait élu domicile. Un caporal vint les chercher. Il les pria d'entrer dans une grande salle où des cartes étaient affichées sur les écrans.

En entrant, ils saluèrent les officiers présents. Felko leur fit un clin d'œil discret.

— Repos ! Messieurs, vous êtes convoqués ici, parce qu'en tant que pionniers, vous avez une meilleure connaissance du combat que nous.

Les trois hommes ne réagirent pas, ils attendaient la suite.

— Nous nous posons des questions quant à la tactique des Monzains.

Ils ne bronchaient toujours pas.

— Bien, vous pouvez constater que le gros des troupes Monzaines sont ici. Alors que sur toute cette partie de la frontière, de Réniforte ici, à Futaie à l'Est, cette zone reste sans aucune protection ou presque.

— ... ?

— Comment expliquez-vous ça ?

Aucun des trois n'osait prendre la parole. Felko intervint.

— Écoutez, nous laissons nos grades de côté. Pouvez-vous nous dire ce que vous en pensez ?

Tout en parlant il regarda intensément Yann.

— C'est simple, les Monzains ne sont pas assez nombreux pour se permettre d'étaler leurs troupes sur toute la frontière, répondit-il.

— Comment ? Ils sont aussi nombreux que nous ! réagit le général.

— Oui, si vous comptez les Monzains Autochtones, mais là, il n'y a que les pionniers qui acceptent cette guerre. Les autres ne sont pas des engagés volontaires, ils ne peuvent donc pas s'étaler sur toute la longueur de la frontière. Ils n'ont pas confiance en eux, compléta Roby.

— En effet, c'est pour ça qu'ils font le forcing ici, de l'océan à Réniforte. S'ils gagnent, ils s'infiltreront dans tout le pays, poursuivit Geoff.

— Et les Monzains d'origine ne bougeront pas, c'est contraire à leur culture, ils laisseront faire les pionniers, compléta Yann.

— Mais ils ne nous aideront pas ! ronchonna le général.

— Non, leurs lois leur interdisent de correspondre télépathiquement, sous peine d'être emprisonnés et privés de tous leurs biens, vous le savez.

— Et si nous déplacions nos troupes pour les attaquer là, justement.

— Nous serions affaiblis, ils pourraient traverser nos lignes et ils nous envahiraient totalement par-là, expliqua Yann. Ils nous prendraient à revers, compléta-t-il.

— Nos troupes ne sont pas assez bien formées à ce genre de guerre, remarqua un autre colonel.

— Donc, si je vous suis bien, vous nous conseillez de porter notre effort, là où nous sommes ? demanda Felko.

— Oui, je mettrais les troupes non encore opérationnelles sur le reste de la frontière, uniquement en leurre pour les impressionner et les empêcher d'avoir l'idée de passer par là.

— Et s'ils le tentent quand même ? intervint un colonel.

— J'ai confiance dans la volonté des Tallems pour se battre et donner tout ce qu'ils ont, même si on les considère comme n'étant pas au top, conclut Yann.

Il regretta aussitôt la dernière partie de sa phrase. Les gradés n'allaient probablement pas apprécier.

— Que voulez-vous dire ?

Aïe !

— Qu'ils n'ont pas fini leurs classes, tout simplement.

— Ah, oui, bien sûr, je vois. Vous avez raison.

— Et vous, messieurs ? demanda un général.

— Nous sommes de l'avis de Ya... du lieutenant Khwenchk, répondit Geoff, tandis que Roby acquiesçait de la tête.

— Bien. Vous avez quelque chose à ajouter ?

— Oui, répondit Yann.

Les gradés le regardèrent, surpris de cette audace.

— Ah ? Que voulez-vous ajouter ?

— Qu'il ne faut pas se laisser bloquer ainsi.

— Expliquez-vous ! Ce n'est pas notre intention.

— Non, mais c'est la leur, ils veulent nous refaire la guerre des tranchées. C'est-à-dire que personne n'avance. On stagne. On fait tuer beaucoup de monde pour rien. Il faut les obliger à se déplacer, sinon on peut rester les uns en face des autres pendant des années, compléta-t-il.

— Et ils en profiteront quand on sera bien stoppés, pour passer par chez les Monzains, pour nous envahir totalement et seulement à ce moment-là, reprit Roby.

— Vous suggérez donc qu'on fasse une avancée dans un endroit précis ou sur l'ensemble de la ligne de front ? questionna Felko.

— Il faut choisir le lieu où ça les gênera le plus et aussitôt après avoir enfoncé leurs lignes poursuivre sur l'ensemble du front, là et là, précisa Geoff.

— C'est aussi ce que vous pensez lieutenant ?

— Oui. Ils seront obligés de reculer et on pourra envisager une autre tactique.

— D'accord. Vous n'avez rien à ajouter ?

— Non, mon Colonel.

— Et vous ?

— Non, mon Colonel.

— Dans ce cas, nous ne vous retenons pas plus longtemps, merci, messieurs.

Ils saluèrent et sortirent.

— Ce n'est pas sur Terre qu'on aurait eu le droit d'intervenir comme ça, murmura Yann.

— Oui, il y a quand même une différence manifeste, sourit Roby.

— Maintenant, il faut espérer qu'on ne s'est pas planté dans notre analyse, sinon, je crains le pire.

— C'est vrai, c'est à double tranchant cette largesse qu'ils nous font.

Ils firent quelques pas à l'extérieur. Des soldats étaient dans la cour. Ils se saluèrent militairement.

Yann était attendu par un caporal qui s'empressa de le ramener à son poste à plusieurs dizaines de kilomètres.

Les frères Chamouilleaux remontèrent à l'arrière de leur véhicule et retournèrent auprès de leur section. Depuis peu, ils n'étaient plus ensemble.

— Tu savais que Felko était Colonel ? demanda Geoff.

— Non, je l'ignorais.

— Yann aussi apparemment.

— Je suppose qu'il a gagné ses galons quand il faisait ses missions dans l'espace.

— Il devait déjà être bien gradé pour devenir un si jeune colonel !

— Oui, il doit avoir un sacré bagage intellectuel...

— Le problème ici, c'est que leur armée fait plus folklorique qu'autre chose.

— Oui, c'est aussi ce que je pense.

— Allez on y va, il va falloir être deux fois plus efficaces, si on veut reprendre du terrain aux Chlols.

Chapitre 25

Yann et ses camarades étaient allongés, à plat ventre dans l'herbe boueuse. Au signal donné par leur capitaine, ils se mirent à ramper vers l'ennemi, sans bruit, sous la pluie, ils se glissaient rapidement vers le futur lieu de combat.

Le capitaine donna l'ordre de stopper. Personne ne bougea plus. L'avantage des Tallems était dans la communication. Leurs ordres se transmettaient télépathiquement. Les nombreux « éveillés », leur permettaient cette option. Ils avaient bien des appareils, mais ils ne s'en servaient que si le télépathe était dans l'incapacité de le faire.

Yann observait le capitaine, prêt à obéir au moindre mouvement. En même temps, il surveillait les lignes Chlols.

Les canons Tallems firent pleuvoir des obus un peu plus loin, devant eux. C'est le moment que choisit son chef pour donner l'ordre de l'assaut.

Se redressant à demi, ils se mirent à courir vers l'ennemi en tirant sans arrêt. Les Chlols répliquèrent aussitôt. Ils plongèrent au sol pour éviter les balles qui leur sifflaient aux oreilles. Ils tiraient à l'aveugle, sans réellement voir leurs adversaires.

Les canons continuèrent un moment encore. Des explosions leur faisaient parfois retomber les débris autour et sur eux, blessant quelques-uns de leurs propres soldats.

Ils se relevèrent et avancèrent prudemment. Des hommes tués couvraient le sol, il n'y avait que peu de blessés, les Chlols avaient abandonné cette partie de terrain.

Tout autour d'eux, ils entendaient les bruits de mitrailleuses et de canons, les explosions incessantes, il semblait que ça ne s'arrêterait jamais. Le seul intérêt était que l'ennemi avait reculé.

Ils avaient commencé à creuser une tranchée, celle-ci était maintenant derrière la ligne de front, de nouveau dans le territoire Tallem. Les Chlols n'avaient pas eu le temps d'en creuser d'autres.

Il fallait à présent gagner du terrain bosquet par bosquet, maison par maison, rue par rue, village par village. La progression serait lente, mais ils ne devaient pas laisser le temps à leurs ennemis, de se regrouper et de reformer leurs bataillons, leurs sections, ou leurs groupes.

Chaque soir, ils campaient en s'abritant comme ils le pouvaient. Jamais le temps n'avait été aussi pourri, depuis des décennies. Il faisait froid. La neige allait bientôt faire son apparition, compliquant toute la logistique.

Les Tallems craignaient toujours une brusque attaque de petits groupes d'intervention Chlols, souvent rapides et efficaces. Ils avaient effectué ce genre de raids plusieurs fois, dans différents secteurs. Il fallait toujours être sur le qui-vive.

Les jours, les semaines se succédèrent. Les accrochages étaient fréquents. La guerre sanglante se transformait progressivement en guérilla, tout aussi meurtrière. Les Tallems réussirent à reprendre Sitor, après deux mois de bataille.

Ils furent horrifiés en constatant le nombre de civils exécutés, des corps de femmes, d'enfants jonchaient les rues et les maisons. Une colère sourde monta. Une agressivité encore plus forte naquit en eux. Désormais, ils n'hésitaient plus, si les soldats ennemis ne se rendaient pas spontanément à la première sommation, ils tiraient, ne cherchant même plus à faire des prisonniers.

Yann envoyait régulièrement des courriers à Léna. Plus le temps passait, plus il regrettait l'évolution de la haine dans leurs rangs :

« Ils ont fait tant d'horreurs, que nous n'éprouvons plus aucune compassion. Je crains de devenir comme eux. Chaque fois qu'on découvre ces charniers, nous n'avons qu'une envie, les tuer tous. Ce n'est pas ainsi que nous pourrons retrouver la paix, il faut qu'on stoppe ces massacres ».

L'hiver prit fin, la pluie recommença à tomber, incessante et pénétrante. Roncet avait été blessé à la jambe. Pour lui, la guerre était finie. C'est là qu'il trouva sa fiancée, une infirmière Tallem.

John Taylor, son frère Ted et Yann étaient dans le même peloton.

Les Chlols attaquèrent soudainement. Les Tallems durent reculer de quelques kilomètres pour se regrouper.

Leur section prit position près d'un pont. Ils avaient pour mission de le tenir le plus longtemps possible, en attendant les renforts. Plusieurs jours durant, ils subirent les frappes des ennemis. Le capitaine fut tué dès le premier affrontement.

Yann était le plus gradé, c'est lui qui reprit le commandement. Ils résistaient, mais le nombre de blessés augmentait de jour en jour. Tim, un jeune Tallem, avait une vilaine plaie. Yann profita d'un moment d'accalmie pour s'approcher de lui.

— Comment ça va, Tim ?

— Ça va.

— Tiens bon, ils ne vont plus tarder maintenant.

— Vous m'avez déjà dit ça hier, mon lieutenant.

— Je sais, mais John tente de les joindre, ils vont arriver, ils savent que nous sommes là.

Des avions Tallems passèrent au-dessus d'eux, bombardant les lignes Chlols.

— Ils ne peuvent pas grand-chose contre notre aviation, ils n'ont pas l'habitude de piloter nos avions, sourit Tim.

— Je sais, c'est différent de ceux qu'ils ont connus, mais ils vont rapidement s'y mettre, il ne faut pas rêver.

— C'est pour ça qu'il faut être plus rapide qu'eux.

— Je sais.

— Vous êtes un pionnier, mon lieutenant, hein ?

— Oui.

— C'est facile de vous reconnaître. Quand vous jurez, vous dites : putain, nous, on dit : fenta, dit-il en grimaçant un nouveau sourire.

— Tiens bon et je te promets de ne plus jamais dire le mot pionnier !

— Rien que pour ça, je tiendrai.

— Tu n'es pas télépathe, toi ?

— Non, je ne crois pas, pourquoi ?

— Parce que je croyais que tous les Tallems l'étaient plus ou moins.

— Désolé, mais pas moi et aucun d'entre nous ici, à ma connaissance. Ceux qui y étaient sont morts, il n'y avait plus que le capitaine. Aucun de ceux qui restent ne l'est.

— Put... Fenta, ça ne m'arrange pas ça.

— Vous êtes presque un Tallem, sourit le jeune homme.

— Merci Tim. J'espère que les renforts arrivent, je vais me renseigner, à tout à l'heure.

Yann passa auprès de chacun des blessés, les rassura et leur remonta le moral. Gina avait pris une balle dans l'épaule, Kate, dans le bras et Tania dans le côté. Les autres avaient tous de petites blessures sans gravité. Sept étaient morts.

Après avoir discuté avec Ted, touché à la cuisse, il alla auprès de John. Celui-ci saignait de la main, il l'avait enveloppée dans un morceau de chiffon.

— Alors ? Tu les as contactés ?

— J'essaie mon lieutenant, j'essaie.

— Tim ne tiendra pas longtemps si on ne les joint pas rapidement.

— Ça y est, je les ai !

Les renforts arrivèrent six heures plus tard. Tim était très mal.

— Il va s'en sortir ?

— Je ne sais pas, lieutenant, on va tout faire pour.

— Merci.

— Et vous ? Vous ne vous faites pas soigner ?

— Moi ?

— Oui, vous n'avez pas vu que vous êtes aussi blessé ?

— Non. Où ?

— À la tête.

— À la tête ?

— Oui, vous avez dû recevoir un éclat de pierre, ou une balle vous a frôlé.

— Mais j'avais mon casque !

— Où est-il ?

— Je ne sais pas.

— À mon avis, vous ne l'aviez plus quand vous avez été touché.

— C'est vrai, je l'ai perdu à un moment, je croyais l'avoir remis presque aussitôt. Et je ne me rappelle pas où je l'ai retiré... Si ! C'était quand je suis allé voir Tim, la dernière fois, pendant que ça canardait.

— Bon, je vous embarque avec moi.

— Hein ? Mais il n'en est pas question ! Mes hommes !

— Vos hommes ? Il n'y en a pas un qui n'a rien. Laissez la relève s'occuper des Chlols.

Yann était trop occupé à défendre la position avec ses hommes pour avoir remarqué quoi que ce soit. Le médecin considéra que le choc était à l'origine de ce comportement. Il fut donc transféré avec les autres vers l'hôpital de campagne qui avait été installé un peu plus loin, à l'abri des combats.

Il n'y resta que quelques jours. Il alla souvent voir ses camarades. Tim était sorti d'affaire. Il le remercia chaleureusement.

— Merci, mon lieutenant, les médecins m'ont dit que ce que vous avez fait m'avait sauvé la vie. Sans vous, je ne serais plus là.

— Fenta ! Si je m'attendais à ça, répondit-il avec humour.

— Bravo, vous êtes en train de devenir un vrai Tallem, rétorqua le blessé en riant.

Chapitre 26

Yann et les frères Chamouilleaux avaient été convoqués au Quartier Général.

— Vous savez pourquoi on nous a demandé de passer ?

— Non Yann, nous n'avons aucune idée.

— J'espère que ce n'est pas encore pour nous demander comment mener une bataille.

— Oui, ça va finir par nous retomber dessus, si on se plante, bougonna Geoff.

Ils rencontrèrent Felko. C'était lui qui les avait fait appeler dans son bureau. Ils saluèrent.

— Ça va les gars, on est entre nous. Comment allez-vous ?

— Ça va.

— Et toi Yann ? Ta blessure ?

— Ça va. Ce n'était qu'une égratignure.

— Oui, qui n'est pas passée loin.

— J'avais perdu mon casque dans la bagarre, sourit-il.

— Tâche que ça ne se reproduise pas, sinon, j'en ai une qui ne me le pardonnera pas ! Asseyez-vous. Vous voulez boire quelque chose ?

— Un café, si tu as.

— Évidemment que j'ai ! Qu'est-ce que vous croyez ? Je suis colonel ! fit-il en riant.

— Tu es planqué, quoi ? rétorqua Roby.

— Exactement, mais pas pour longtemps.

Il appela son ordonnance.

— Vous pouvez nous apporter des cafés, s'il vous plaît.

— Oui, mon colonel.

Ils attendirent que l'ordonnance leur apporte leur boisson. Ils ne reprirent leur conversation que lorsque celui-ci fut ressorti.

— Tu disais que tu n'allais pas rester, planqué pendant longtemps ? demanda Geoff.

— Oui, et Léna non plus.

— Léna ? reprit Yann en fronçant les sourcils.

— Oui, Léna.

— Mais nous avons trois enfants ! Je croyais...

— Pour l'armée, oui, mais c'est une Sage. Nous allons avoir besoin d'elle.

— Comment ? Pour quoi faire ?

— C'est compliqué. Il va nous falloir entrer sur le territoire Chlols. Enfin sur le territoire Tallem que les Chlols occupent encore.

— Hein ?

— Oui, on devra s'infiltrer derrière leur ligne.

— Et tu comptes faire ça comment ? interrogea Roby.

— Je compte sur vous.

— Rien que ça !

— Oui.

— Tu es fou !?

— Non, il faut qu'on s'approche au plus près du centre de commandement.

— Mais on sera mort avant d'y arriver ! Ils vont nous tirer dessus ! C'est certainement le coin le mieux protégé !

— Je sais, je compte sur vous pour avancer discrètement et tuer tous ceux que vous rencontrerez, mais sans bruit.

— Un commando, quoi ?

— C'est ça.

Les trois hommes se regardèrent. Felko disait ça, comme s'il s'agissait d'une promenade de santé. Il était vraiment trop loin des combats pour réaliser ce qu'il leur demandait.

— Je sais ce que vous pensez.

Une fois de plus ils échangèrent un regard affolé.

Mince ! C'est vrai qu'il peut lire en nous !

— Ne vous inquiétez pas, je ne vous ai pas sondés pour connaître vos pensées. Mais je les devine fort bien.

— Bon, d'accord, admettons qu'on accepte ta proposition. Quel est le plan ? demanda Roby.

— Premièrement, je ne vous laisse pas le choix d'accepter ou de refuser.

— C'est le colonel qui parle ! réagit Yann.

— Non, c'est l'ami. Mais je n'ai confiance qu'en vous pour mener cette mission.

— Le cirage, maintenant ? fit Geoff, ironique.

— Non, répliqua-t-il d'un ton plus ferme.

Là, c'est le colonel qui revient au grand galop, pensèrent les hommes.

Felko soupira. Il se força à rester calme. Décidément, ces Terriens étaient légèrement insolents...

— Je vous explique. Si je vous veux, vous, c'est parce que je sais que vous ferez tout pour me protéger et protéger Léna.

— Parce qu'elle serait aussi du voyage ? s'exclama Yann.

— Ben, oui, évidemment.

— D'accord, on t'écoute, explique.

— Derrière les lignes Chlols, il y a encore des Sages qui n'ont pas été démasqués. Nous communiquons avec eux, ce qui nous permet d'éviter quelques traquenards. Quelques-uns ont réussi à se faire passer pour des sympathisants Chlols, parce qu'ils n'ont pas le physique décrit. Ils ont donc argué du fait qu'ils n'avaient pas de pouvoirs et voulaient donc nous combattre avec eux.

— On peut leur faire confiance ? questionna Roby.

— Oui, ce sont des Sages, ils ne peuvent pas nous mentir, on le saurait rapidement autrement.

— Mais ils mentent aux Chlols ! intervint Roby.

— Oui, mais dans un cas d'agression, notre déontologie l'accepte.

— Il y a deux poids, deux mesures, quoi ? sourit Geoff.

Felko soupira.

Comment leur expliquer ?

— Bon. Notre cerveau n'accepte pas le mensonge, ça nous est impossible de le faire s'il ne se sent pas agressé. C'est physique.

— Et là, leur cerveau se sent agressé à cause du comportement des Chlols, vis-à-vis des Nivosis, supposa Yann.

— C'est ça. Le mensonge est rendu possible puisque c'est pour protéger leurs concitoyens de la mort.

— Et alors ? Quel est le plan ?

— C'est simple, ils nous dirigeront pour qu'on soit le plus possible tranquille, dans notre progression.

— Le plus possible, ça veut dire qu'on en rencontrera quand même ? interrogea Roby.

— Certainement.

— Donc, nous serons cinq pour cette opération, supposa Geoff.

— Un peu plus.

— Combien ?

— Une cinquantaine.

— Un commando de cinquante hommes ?

— Non, un commando de huit ou douze, pour protéger une cinquantaine de Sages.

— Hein ? Mais c'est du suicide ! Des gens qui ne sont même pas dans l'armée ! Tu te rends compte ? s'exclama Roby.

— Des Sages, qui ont tous fait leur service militaire, rectifia Felko.

— Dans une armée d'opérette !

— Pardon ? réagit Felko en fronçant les sourcils.

— Je voulais dire que les Tallems ne sont pas un peuple belliqueux et qu'à ce titre, je crains que vous ne manquiez d'agressivité, c'est tout.

Yann ne disait rien. Il cogitait. Comment comptait-il s'y prendre ?

— Tu peux nous expliquer ton projet ? demanda-t-il.

— Nous allons attaquer ici et là. Ils vont se défendre et envoyer un maximum de troupes. Nous passerons par là.

— Tu as déjà fait le plan d'attaque ? dit Geoff.

— Pourquoi ? Parce que je suis un colonel d'opérette ?

— Je n'ai pas dit ça ! Excuse-moi, pour tout à l'heure, mais vous ne pratiquez pas comme nous, ça nous perturbe. Mais, je t'estime et je ne te considère pas comme un colonel de pacotille !

— Je sais, ça va. On oublie, d'accord ?

— Merci, Felko. Alors ? Tu l'as préparée cette attaque ?

— Évidemment ! Il faut bien savoir comment pratiquer et surtout que vous puissiez intervenir si vous trouvez des failles dans mon plan.

— Juste une question, tes collègues de l'état-major, ils sont tous d'accord avec toi pour...

Yann ne finit pas sa phrase, Felko l'interrompit :

— Ils ne sont pas au courant. C'est une décision des Sages.

— Mais... je... tu... euh...

— Quoi ? Entre une décision de l'armée et une décision des Sages, c'est celle des Sages qui s'impose. Vous avez l'air troublé par ce que je dis ?

— Oui, un peu.

— Pourquoi ?

— Ben, c'est l'armée ! Elle accepte sans broncher ? s'étonna Roby.

— Ils n'en savent rien, ils ne risquent pas de dire quelque chose.

— Oui, évidemment, vu comme ça...

— Mais pour faire manœuvrer les troupes comme tu le disais tout

214

à l'heure, il va bien falloir les convaincre ?

— Oui, mais quand c'est un Sage qui leur demandera de faire cette diversion, ils obéiront.

— Sans poser de questions ? réagit Yann.

— Sans poser de questions, confirma-t-il.

Décidément, les trois Terriens avaient des difficultés pour assimiler le fonctionnement des Tallems.

— Si tu le dis !

— Bon, alors je reprends.

J'avais raison, ils n'agissent vraiment pas comme nous ! réfléchit Geoff.

En quelques minutes, Felko développa ses arguments. Quand il eut terminé Roby demanda :

— Si je te suis bien, nous sommes là pour vous protéger, en cas d'attaque des soldats Chlols ? Mais normalement, à part la première partie du plan, nous n'aurons pas à intervenir ?

— Exact.

— Et les Sages Nivosis ? Que vont-ils faire ?

— Ils ont une déontologie qui leur interdit de participer à notre action. Ils ne feront que nous indiquer où se trouvent les soldats ennemis pour qu'on les évite, ou qu'on s'en débarrasse.

— Ils n'ont toujours pas compris ?! s'exclama Roby.

— Qu'est-ce qu'il leur faut ? poursuivit Yann.

— Je sais. Ils nous indiqueront le chemin à suivre, mais en cas d'attaque, ils ne feront rien.

— C'est pas vrai ! tonchonna Yann.

— Et vous ? Vous comptez faire quoi ? demanda Roby.

— Ça ne vous regarde pas.

Les frères Chamouilleaux et Yann faillirent répondre, mais Felko poursuivit :

— Dès que nous aurons ouvert la voie, des Sages Nefrids entreront également dans le terrain tenu par les Chlols. Ils agiront comme nous, élargissant la partie du front, que nous aurons conquise. Avec leurs soldats, bien entendu.

— Tu veux dire avec leur commando ?

— Oui. Si vous préférez ce terme, avec leur commando.

Voyant qu'aucun de ses amis ne prenait la parole, Felko tenta de se justifier.

— Sachez tout de même, que c'est aussi contraire à notre déontologie, mais qu'il faut savoir passer outre pour sauver des milliers de personnes.

— Si tu le dis ! répondit Geoff, dubitatif.

Les deux autres n'avaient pas l'air plus convaincus.

— Vous pouvez me faire confiance.

— On le fait, mais, c'est bien parce que c'est toi, on n'aurait jamais accepté, si ça avait été un autre.

— Je le sais et je vous en remercie. Vous me proposerez quatre ou cinq personnes de confiance pour vous accompagner.

— D'accord.

— Ah ! Autre chose, les Sages Simas vont se positionner le long de la frontière Monzaine, de Réniforte à Futaie. Pour pallier tout risque d'attaque de ce côté. Ça vous paraît être une bonne initiative ?

— Très bonne, répondirent ensemble ses trois amis.

— Au fait, j'ai oublié de vous dire, félicitations Yann.

— Pourquoi ?

— Pour ta promotion.

— Quelle promotion ?

— Tu as été nommé capitaine.

— Pourquoi ?

— Parce que ton niveau d'études aurait dû te permettre de l'être depuis longtemps. Mais aussi pour ton action de résistance héroïque sur le pont.

— Je n'étais pas seul.

— Rassure-toi, John Taylor a eu une promotion au grade de caporal, Gina et Kate aussi.

— Dans ce cas, j'accepte.

— Parce que tu crois peut-être que tu avais le droit de refuser, sourit-il.

— Non, bien sûr que non, mais je ne voulais pas être le seul à être récompensé.

— Cette attitude t'honore, rit le colonel Lholm.

— Tu te fous de moi !

— Non, vous méritiez bien tous, ces promotions. Vous avez tenu plus longtemps que prévu et tout le monde pensait que vous étiez morts.

— Sympa. Autrement dit, si nous n'avions pas réussi à communiquer, personne ne serait venu nous aider ?

— Exact. Nous serions venus, mais plus tard.

— Heureusement que je ne l'ai pas su plus tôt.

216

— Pourquoi ?

— Parce que je t'aurais euh... passé un savon.

— À un colonel ?

— Non, à mon copain et cousin Felko ! sourit-il.

— Je te comprends. C'est pourquoi j'ai été chargé de t'annoncer cette promotion. Je suis très heureux pour toi. Et puis le salaire sera meilleur.

— Vu comme ça...

— Une question encore. Vous avez des vaisseaux spatiaux. Pourquoi ne pas s'en servir ?

— Parce qu'ils appartiennent à tous les pays, à la planète, quoi. Et ne peuvent pas être utilisés dans un conflit entre deux nations.

— Évidemment.

Ils restèrent encore un moment à discuter de banalités. Puis les trois pionniers se retirèrent.

Chapitre 27

Il faisait presque nuit, quand les frères Chamouilleaux, Yann et les quelques militaires qui les accompagnaient se présentèrent au point de rendez-vous.

Le colonel Felko Lholm était présent avec un grand nombre de personnes, dont Léna. Yann ne pouvait pas aller embrasser son épouse devant les autres soldats. Tout au plus se firent-ils un petit signe prudent. Son beau-père était là aussi.

Discrètement, Roby, Geoff et Yann échangèrent quelques paroles.

— Que ce soit d'un côté ou de l'autre, ils n'ont pratiquement pas de chars, vous avez remarqué ? s'enquit Yann.

— Oui, on voit que ce ne sont pas des peuples guerriers ! reconnut Roby.

— Même au niveau aviation, ils n'en ont pas tant que ça. Mais je reconnais que ce sont des as !

— Je crois que les appareils sont nettement plus performants que ceux que nous avions sur Terre, continua Yann.

— C'est vrai, malgré tout, il ne faut pas oublier que les gamins qui sont arrivés avec nous, il y a dix ans, sont capables maintenant de les piloter chez nos ennemis aussi.

— En effet, j'ai assisté à une bataille aérienne l'autre jour, c'était impressionnant, admit Yann.

— Oui, on en a vu une aussi, hein ? Geoff.

— Je reconnais que ça nous a un peu perturbés dans notre bataille, et ce, des deux côtés.

Ils remarquèrent que le groupe des Sages se scindait par endroits.

— C'est peut-être le moment de rencontrer Felko, non ? suggéra Yann.

— Oui, on y va.

Ils avancèrent devant le colonel Lholm. Ils le saluèrent.

— Mon colonel, nous souhaiterions un entretien avec vous pour la préparation de la mission.

— Suivez-moi, répondit-il très sobrement.

Ils s'installèrent dans une petite salle.

— Allez-y, je vous écoute.

— On aimerait savoir ce qu'on va faire, commença Roby.

— C'est simple, vous allez avancer en terrain ennemi. Vous le faites discrètement, pas un coup de feu, compris ?

— Très bien, oui. Ça, tu nous l'avais déjà dit.

— Normalement, les Nivosis vont nous guider.

— Mais nous, on n'est pas télépathe, intervint Yann.

— Je sais, c'est pour ça qu'un Sage va vous accompagner.

Les frères Chamouilleaux avaient décidé de faire remarquer, à leur ami colonel, qu'ils manquaient cruellement d'informations, sur le but réel de cette expédition.

— On sait où on doit aller, mais on attend toujours que tu nous expliques mieux, que ce que tu as fait la dernière fois, reprocha Roby.

— Oui, tu as plutôt survolé certains points, comme si c'était une promenade de santé à laquelle on se rendait, insista Geoff.

— Sauf que s'il arrive quelque chose à votre Sage, on sera paumé, reprit Roby.

— À part vous encadrer, on ne sait toujours pas ce qu'on aura à faire, dans la deuxième partie de ton plan ! insista son frère.

Felko écoutait les récriminations des deux frères, sans broncher.

— Tu n'en remets pas une couche Yann ? interrogea-t-il, provocant, quand ils s'arrêtèrent enfin.

— À quoi bon ? Tu ne le feras que si tu le veux bien, alors... répliqua-t-il désabusé.

— Bon, d'accord. Attendez, je vous montre la carte.

Il appuya sur un bouton, le plan de la région apparut en trois dimensions sur le bureau. Felko saisit une règle pour indiquer les lieux concernés.

— Ici. C'est ici que vous devez nous attendre. Après, vous n'aurez plus rien à faire, normalement. Ou alors, on vous le dira au fur et à mesure.

— Au fur et à mesure ?

— Télépathiquement.

— Télépathiquement ? Mais on n'est pas télépathes ! Je te le rappelle, réagit Roby.

— Vous nous entendrez quand même, si c'est nécessaire.

— Tu ne pourrais pas être plus explicite, non ? ronchonna Yann.

— Quand nous serons tous au point de rendez-vous, vous n'aurez plus à sortir d'arme, normalement.

— Attends ! Tu nous dis normalement, normalement, normalement ! Ne peux-tu une bonne fois pour toutes, nous expliquer et être clair ? râla Roby.

Felko soupira, il ne pouvait pas tout révéler, c'était très délicat à expliquer.

— Les Sages à partir de ce moment se chargeront d'empêcher les soldats rencontrés d'intervenir... Ne me demandez pas comment ! Je ne peux rien vous dire. Votre seul travail sera de veiller à ce qu'aucun ne cherche à tuer l'un d'entre nous ! Un qui n'aurait pas été repéré. C'est compris ?

— D'accord.

En fait, il ne nous a rien révélé de plus, que ce qu'il nous avait expliqué la dernière fois, songèrent les trois pionniers.

— Donc vous interdisez à vos hommes de tirer, après que nous soyons arrivés à cet endroit. Nous avons besoin de discrétion.

— Très bien. Merci Felko, répondirent-ils sans chercher à avoir plus de renseignements.

— Vous allez bientôt partir. Bonne chance les gars. Soyez prudents.

— À vos ordres mon colonel, répliquèrent-ils, reprenant ainsi leurs grades respectifs.

— Yann ! Reste ici un moment, je te prie, ordonna-t-il.

Geoff et Roby sortirent. Ils comprirent alors pourquoi Felko avait retenu Yann. Léna attendait dans le couloir.

Elle prit le temps de les embrasser, puis, elle entra dans la salle. Felko sortit immédiatement.

— Chérie ! s'exclama Yann, surpris de la voir.

— Comment vas-tu ? J'ai appris que...

Il ne lui laissa pas le temps de finir. Il l'embrassa passionnément.

— Nous n'avons que deux minutes, tenta-t-elle de lui expliquer.

— Je t'aime, tu m'as tellement manqué !

— Moi aussi, tu me manques.

— Il aurait pu me dire que c'était pour te voir qu'il me demandait de rester ici !

— Tu devras obéir aveuglément. Promets-moi de le faire !

— Je te le promets, répondit-il en lui donnant un autre baiser.

Il lui prit les mains et lui demanda :

— Comment vont les enfants ?

— Ils vont bien, ils t'embrassent.

— Ils...

— Désolé de vous interrompre, mais il faut y aller, dit Felko en frappant et en ouvrant aussitôt la porte.

— J'y vais, répondit aussitôt Léna en faisant un dernier baiser à son époux. N'oublie pas de lui obéir aveuglément.

Elle s'éclipsa rapidement. Yann passa devant Felko qui attendait.

— Tu es un bel enfoiré, toi ! Tu aurais pu me dire que c'était pour voir Léna que...

— La surprise n'aurait pas été si belle, sourit-il avec un regard complice.

Ils sortirent. Lholm rejoignit son groupe de Sages, Yann retrouva les frères Chamouilleaux qui avaient déjà donné leurs ordres aux soldats qui les accompagneraient.

— Je ne sais pas vous, mais j'ai l'impression que Felko ne veut absolument pas nous mettre dans la confidence de la fin de cette attaque.

— C'est ce qu'on a cru comprendre. On dirait du secret-défense.

— Ce n'est pas fait pour me rassurer.

— Nous non plus...

Il faisait nuit, les onze soldats et le Sage se déplaçaient silencieusement. Au loin, de part et d'autre de leur position, on entendait le bruit des combats et le bombardement des lignes arrière Chlols.

— On traverse la rivière à la nage. Enfilez ces combinaisons pour passer inaperçus, elles sont noires, ça devrait nous permettre de ne pas être repérés.

À cet endroit, la rivière faisait un coude. Ils devaient arriver de l'autre côté, là où le bord était le moins commode pour sortir de l'eau. Les sentinelles Chlols ne guettaient pas spécifiquement ce coin, ils étaient occupés sur un secteur situé à environ un kilomètre, autour d'un pont, où une attaque avait lieu.

Deux hommes leur lancèrent des cordes pour qu'ils grimpent facilement sur la rive. Aussitôt sortis, ils se changèrent et revêtirent leur tenue de camouflage, sans un mot, sans un bruit. Ils s'éloignèrent rapidement de ce lieu, ne communiquant que par gestes. Ils portaient tous des lunettes à vision nocturne.

Le Sage Gary les informa que deux sentinelles approchaient. Personne ne lui demanda comment il le savait. Ils se cachèrent et les éliminèrent dès qu'ils passèrent à leur portée.

Des Nivosis étaient cachés un peu partout, ils ne bougeaient pas, mais lui communiquaient les informations. Gary n'avait plus qu'à les retransmettre au commando.

Ils continuèrent leur progression, toujours en silence, se débarrassant de tous les soldats qui se trouvaient sur leur passage, sans un mot. Les tirs cessèrent.

Deux minutes plus tard, ils attaquèrent par surprise leurs ennemis. Ceux-ci pensaient en avoir terminé avec cet accrochage, qui depuis plusieurs jours, se répétait fréquemment. Les Tallems furent rapidement maîtres du pont. Ils vérifièrent que plus aucun soldat Chlols n'était en état de nuire.

Le groupe se scinda en deux. Geoff resta sur place avec quatre hommes, les lieutenants Hans, Diego, Lare et un Sage Nivosis qui permettait de communiquer télépathiquement avec la section de Roby, qui elle, poursuivait son chemin. Elle était composée de Yann, du lieutenant Judy, du caporal John Taylor, de deux soldats et du Sage Gary.

Ils avancèrent sans bruit pendant quelques minutes. Subitement, ils entendirent l'arrivée d'un peloton d'une douzaine d'hommes, ils se dissimulèrent, inquiets. Les Chlols se dirigeaient droit sur Geoff et ses hommes.

Persuadés de voir cette section fondre sur leurs camarades, ils réfléchissaient à la meilleure décision à prendre. Quand Yann eut une idée :

— Putain ! Regarde-moi ça, s'exclama-t-il en anglais, à tous les coups c'est pour faire sauter le machin là-bas.

Entendant parler un Terrien, et reconnaissant l'accent caractéristique d'un Français, les Chlols s'arrêtèrent net, persuadés que c'était leurs sentinelles qui étaient derrière les fourrés. Elles devaient avoir découvert un piège Tallem, une charge d'explosif devait être quelque part, prête à se déclencher, supposèrent-ils.

Le chef du groupe envoya deux types pour s'informer de ce qu'ils avaient découvert.

Tandis que ses compagnons se cachaient, Yann s'était penché

vers le sol, comme occupé à désamorcer quelque chose. En l'apercevant les deux Chlols s'approchèrent doucement.

— Ne bougez pas ! C'est une mine ce truc-là ! On va tous sauter si vous faites un pas de plus.

Reconnaissant soudain en Yann, un Tallem, les deux soldats relevèrent leur arme pour l'abattre. Roby et John ne leur laissèrent pas le temps de tirer. Ils se débarrassèrent vivement d'eux.

— Merci, murmura Yann, c'était moins une.

— Quelle idée aussi ! grogna Roby.

— Ça en fait deux de moins, sourit Yann.

— Crétin.

— Attends, il va probablement en venir d'autres pour voir ce qui se passe.

Ils dissimulèrent le corps des deux Chlols.

Toute la section ennemie s'était tournée vers le son d'où provenait la voix.

— Putain ! Y a pas de démineur dans votre groupe ? On ne va pas y passer le réveillon ! s'écria Yann.

D'un geste le capitaine Chlols envoya deux autres soldats.

— Tâchez de faire le nécessaire ! Il a raison ! On ne va pas rester bloqué ici pendant une heure ! Les autres doivent nous attendre pour la relève.

Comme pour les deux autres, Judy et Roby les neutralisèrent. Gary leur signala que Geoff arrivait pour leur donner un coup de main. Ils se dirigèrent alors lentement vers le groupe.

— Ça y est ? demanda le commandant.

— Ça y est, répondit Yann.

La section ennemie s'était décontractée, attendant le retour de leurs camarades, sans méfiance. Geoff, Hans et Diégo surgirent derrière eux, tandis que Roby, Yann, John et Judy sortaient des fourrés, de l'autre côté.

Chacun s'occupa d'un adversaire. Gary s'était contenté de regarder le dernier soldat, sans bouger. Il avait commencé à remuer lentement la main pour lever son arme, sous le regard du Sage. Hans, très rapide, l'exécuta avec sa lame, avant qu'il ne termine son geste.

Les six militaires considérèrent la scène avec étonnement. Pourquoi n'avait-il pas tiré ? Pourquoi n'avait-il pas bougé plus vite ?

Le Sage se détourna.

Les deux sections repartirent alors dans des directions opposées.

— C'est vous qui avez appelé Geoff ? demanda Roby.

— Oui, par l'intermédiaire de Lare, le Sage Nivosis.

— Je me demande pourquoi le dernier soldat a été si lent ?

— Parce que je l'ai freiné.

Roby et Yann échangèrent un regard. Ils n'eurent pas besoin de parler pour se comprendre. Et pourtant, ils n'étaient pas télépathes !

Le pouvoir des Sages n'est vraiment pas une légende ! pensèrent-ils.

Les paroles de Felko quand il n'y avait que quelques mois qu'il était arrivé sur Éryl, revinrent à Yann : « *Je préfère ne pas avoir à le vérifier* », avait-il dit. Il en était maintenant persuadé, ce n'était pas de l'humour.

Ils progressèrent prudemment, obéissant au moindre geste de Gary. Ils abordèrent une clairière.

— C'est ici.

— Je croyais que les Nivosis devaient nous attendre ?

— Eh bien ! C'est ce qu'ils font, ils sont ici.

— Vous pouvez vous rendre invisibles ? murmura Roby que plus rien ne pouvait étonner.

Yann avait eu la même question, mais avait été moins rapide à la formuler.

— Fenta ! Non ! Ils sont cachés tout autour de nous, dans les arbres, sous les fourrés, partout.

— Eh bien ! Ce sont les champions du camouflage !

C'est vrai, Léna me l'avait dit. Ils nous traumatisent avec leurs pouvoirs !

À ce moment, deux ou trois Nivosis apparurent. Ils se saluèrent tous.

— Au fait, bravo pour ton idée, tout à l'heure.

— Tu devrais remercier Tim, il m'a fait remarquer que les pionniers disaient tous « putain », au lieu de fenta, comme les Tallems. Alors, je me suis dit qu'en jurant et en parlant anglais avec un bon accent français, ils penseraient que c'était deux des leurs, qui étaient derrière les fourrés.

— Pas bête.

— Merci, ironisa-t-il. Tu ne disais pas ça tout à l'heure.

— Non, je n'avais pas compris ton intervention.

— J'avais cru remarquer.

— Il ne nous reste plus qu'à attendre Felko et ses Sages.

— Je dois remercier John, il m'a quand même sauvé la vie.

Il s'éloigna pour voir Taylor.

Geoff, Hans et Diego étaient retournés au bord de la rivière. Trois minutes plus tard, les Sages traversaient le pont en toute sécurité.

Sans un bruit, Felko prit la tête du groupe, les quatre militaires les encadraient. Après une heure de marche, ils pénétrèrent à leur tour dans la clairière.

Aucun mot ne fut prononcé. Les Nivosis disparurent aussi soudainement qu'ils étaient apparus une heure plus tôt.

Chapitre 28

Ils avancèrent lentement vers le secteur de l'état-major Chlols. Chaque fois qu'ils croisaient des soldats, ceux-ci baissaient leurs armes et avançaient en entourant les Sages.

Les militaires du commando Tallems ne faisaient aucune réflexion. Cependant, ils se demandaient comment la suite des événements allait se dérouler. Certes, ils encadraient les soldats ennemis, mais la distance entre eux ne cessait de croître.

À les voir marcher ainsi, on aurait pu croire que les Sages étaient les prisonniers des Chlols, eux-mêmes prisonniers des douze Tallems.

La colonne était impressionnante, surprenante même. Au début, lorsque des soldats ennemis les voyaient, ils commençaient par les mettre en joue pour tirer. Puis ils laissaient pendre leur arme et rejoignaient leurs camarades dans la procession.

Au petit matin, ils furent en vue du château que le quartier général Chlols avait réquisitionné. Les Sages s'alignèrent sur deux rangées, se positionnant dos à dos.

Les militaires ennemis qui encadraient la colonne allèrent spontanément se regrouper sur la pelouse devant le bâtiment. Ils s'assirent sans un mot, comme des robots.

Cette attaque pacifique prit par surprise l'état-major Chlols. Quelques-uns sortirent en pensant que leurs soldats avaient fait des prisonniers Tallems. Ils se présentèrent à l'extérieur, afin de venir constater la victoire de leurs troupes et narguer leurs ennemis

Comme les soldats, ils se bloquèrent devant la double ligne des Sages, au fur et à mesure qu'ils sortaient.

— *À vous de jouer les gars, sécurisez le bâtiment,* ordonna mentalement Felko.

Bien que surpris, Roby, Geoff et Yann obéirent.

— On prend le bâtiment, allez, ordonnèrent-ils à leur groupe.

Le commando Tallems se scinda en deux. Un groupe se positionna autour de la demeure, tandis que l'autre y pénétrait. Il y eut de nombreux coups de feu échangés. L'effet de surprise leur permit de faire la différence. Après un moment d'affrontement, ils finirent par se rendre maître du quartier général ennemi. Ils obligèrent tout le personnel, tous les généraux, les gradés qui y étaient encore, à sortir.

Dès que tout le commandement Chlols fut à l'extérieur, un silence pesant s'établit.

Faisant fi de leur éthique, les Sages imprimèrent une phrase, comme une brûlure, dans le cerveau de leurs ennemis.

— *Si vous ne renoncez pas, ce sont tous les vôtres que nous réduirons à notre merci, nous avons une arme que vous ne possédez pas ! Sachez que les femmes et les enfants ne seront pas épargnés !*

Tous commencèrent à se tenir la tête, à grimacer sous la douleur ressentie.

Les militaires du commando Tallems n'entendaient pas ce message, ils assistaient, ébahis, à la scène, sans savoir pourquoi les Chlols se comportaient ainsi, alors qu'aucun Sage n'avait bougé.

Malgré tout, les frères Chamouilleaux et Yann avaient deviné qu'ils étaient en train de toucher l'esprit de ces hommes. Yann avait brièvement expliqué aux deux frères ce que Léna et Felko lui avaient dit : « *S'ils veulent, les Sages peuvent griller le cerveau des individus et les rendre totalement idiots* ». Était-ce ce qu'ils faisaient en ce moment ?

Après quelques minutes, tous les Chlols se relevèrent, ils semblaient épuisés. Ils montèrent à l'arrière des camions qui étaient garés dans l'allée principale. Des Sages se mêlèrent à eux. Les militaires Tallems grimpèrent dans des voitures appelées « vintsets ». Felko s'installa à l'arrière avec un général et un colonel ennemi, qui prit place à côté du chauffeur. Léna, de la même manière, monta avec un colonel et un commandant. Les véhicules démarrèrent tranquillement.

Ils roulèrent pendant près de trois heures en direction des bombardements et des combats. Les tirs Tallems cessèrent vingt minutes avant leur arrivée.

En voyant passer les « vintsets » avec leur état-major, les soldats ne se méfièrent pas. Persuadés que les « huiles » étaient là pour visiter leurs troupes et les féliciter de l'ardeur qu'ils mettaient au combat.

Les gradés ordonnèrent le rassemblement. En tout cas, c'était bon signe.

Les soldats descendirent des camions et rejoignirent leurs camarades. En quelques minutes, ils furent tous alignés pour présenter les armes à leurs chefs.

C'est à ce moment que les Chlols réalisèrent que ceux qu'ils avaient d'abord pris pour des prisonniers n'en étaient pas. Ils n'eurent pas le temps de réagir. Une violente douleur leur martela le crâne. Ils lâchèrent leurs armes en se prenant la tête dans les mains.

Restés dans leur véhicule, le commando Tallem regardait pétrifié.

— On ne peut pas les laisser faire ça ! réagit Geoff.

— Quelle différence avec ce qu'eux ils ont fait ?

— Ça fait peur...

— Oui, Geoff, ça fait peur.

Ils virent alors, des soldats, des officiers plus ou moins gradés se rouler par terre et hurler de douleur, sous les yeux terrorisés de leurs camarades.

Les uns après les autres, ils levèrent les bras, signifiant ainsi qu'ils se rendaient. Dans l'heure qui suivit, les Tallems avaient investi les lieux et emmenaient l'ensemble de l'armée présente à cet endroit vers des camps de prisonniers amis.

Ceux qui s'étaient roulé par terre en hurlant étaient de véritables loques humaines, incapables de marcher. Leurs yeux étaient hagards, perdus dans on ne sait quel cauchemar.

Ils regagnèrent leur campement dans les véhicules empruntés aux Chlols.

Geoff, Roby et Yann se regroupèrent, s'écartant de leurs camarades Judy, Hans et Diégo qui patientaient un peu plus loin.

— À votre avis ? Ils leur ont grillé le cerveau ? demanda discrètement Geoff à Yann et son frère.

— Je n'en sais rien, mais ça y ressemble, répondit Roby.

— Pourquoi juste à certains et pas à tous ?

— En tout cas, je suis bien content de ne pas être leur ennemi, glissa Roby.

— Moi aussi. Vous avez pensé que nos enfants pourraient être capables de faire la même chose ?

— Je préfère ne pas l'envisager, Yann.

— Je ne peux pas croire que Léna ou Felko aient pu faire ça, il doit y avoir une autre explication.

— Je l'espère, parce que ça ne colle pas avec les personnes qu'on connaît...

Ils remarquèrent Léna qui venait à leur rencontre avec Felko et monsieur Vernet père. Ils discutaient en souriant tous les trois.

Les trois hommes firent le salut militaire.

— Repos, lança le colonel Lholm, redevenu sérieux.

Il leur proposa :

— Si nous faisions quelques pas, messieurs ?

— À vos ordres mon colonel ! répondirent-ils comme un seul homme.

Ils s'éloignèrent. Quand ils furent à une distance respectable, loin des regards indiscrets, Felko se tourna vers eux, en fronçant les sourcils :

— J'ai eu peur que vous n'interveniez...

— On a hésité, avoua Roby.

— Ça semblait si inhumain, renchérit Yann.

— Votre compassion vous honore, je suis fier de vous avoir pour ami.

Léna approcha, elle prit discrètement la main de Yann. Il tourna son visage vers elle. Il l'aimait toujours, mais il avait besoin d'explications, elle ne pouvait pas avoir été si cruelle !

C'est monsieur Vernet qui commença :

— Nous comprenons que vous soyez traumatisés par ce que vous venez de voir.

— Disons que c'est impressionnant et terrifiant de voir ce dont vous êtes capables sans arme. Il n'y a pas de garde-fou, ce qui rend la chose bien effrayante....

— Rassurez-vous, la peur et l'anxiété, qu'ils ont ressenties en voyant leurs frères d'armes dans le même état qu'eux a amplifié leur impression de douleur. Un des nôtres a accepté d'être parmi eux, pour juger du moment où ça aurait pu devenir insoutenable.

— D'accord ! Si je comprends bien, un Sage subissait la douleur en même temps qu'eux. C'est bien ça ? demanda Roby.

— Tout à fait, sourit Felko.

— Mais et ceux qui se roulaient par terre en hurlant ? Il n'y avait que certains soldats et officiers ? Ils avaient quand même l'air de souffrir plus que les autres, questionna Yann.

— Parce que c'était le cas. Ce sont ceux qui ont violé des femmes, ou encore martyrisé et tué des vieillards, ou des enfants, gratuitement. Ils s'en sont pris à des êtres sans défense et ils l'ont fait avec plaisir, expliqua monsieur Vernet.

— Vous leur avez grillé le cerveau ? interrogea Geoff.

— Non, enfin, pas totalement, se reprit Felko.

— Toi aussi, tu as fait ça ? demanda Yann à son épouse.

— Je suis désolée mon chéri, mais quand j'ai vu dans leur tête le contentement que leur avait procuré la torture de bébés de six mois ou d'un an, j'ai laissé ma puissance parler.

— Oui, je crois que j'en aurais peut-être fait autant, reconnut-il.

— Je sais, tu me l'avais écrit.

— C'est vrai. La violence engendre la violence, constata-t-il en haussant les épaules et en secouant la tête.

— Vous avez quand même une certaine propension à contester les ordres, souligna Felko.

— N'importe comment, c'est dans notre nature de Français que de contester les ordres ! s'insurgea Geoff.

— Ah bon ? expliquez-moi ça ! dit-il, taquin.

Il semblait amusé par les réactions de ses amis, ce qui les exaspéra encore davantage.

Des durs aux cœurs tendres ! pensa-t-il.

Yann commença :

— Notre peuple a quelques difficultés à accepter la hiérarchie. Systématiquement, quand une loi est édictée, on cherche comment la détourner...

— Eh bien ! Ça promet ! s'exclama-t-il.

— Que veux-tu dire ?

— Je veux dire que vous allez probablement avoir des rejetons qui vont devenir des Sages et s'ils doivent en plus contester la hiérarchie, ça ne va pas manquer de piquants, dans les années à venir, ironisa-t-il.

— Je crois que je comprends ce que tu veux dire, répondit Yann.

Felko sourit en imaginant ce genre d'enfant.

— Et alors ? Ils sont revenus à l'état végétatif ? questionna Roby qui pensait encore à la scène à laquelle il venait d'assister.

— Non. Mais ils sont certainement redevenus plus tolérants. Ça m'étonnerait qu'ils aient un jour envie de recommencer à faire souffrir quelqu'un gratuitement, sourit monsieur Vernet.

— Donc, vous vous êtes arrêtés à temps ?

— Rassurez-vous, oui. Là aussi le fait de voir les autres dans cet état, n'a fait qu'augmenter leur impression de douleur.

— Mais vous auriez pu le faire, si vous aviez voulu ? insista Geoff.

— Oui. Nous aurions pu. Mais nous ne l'avons pas fait.

— Tant mieux, je ne voudrais pas devenir aussi insensible qu'eux, déclara Yann.

— Mais tu ne l'es pas, chéri, rit-elle en lui donnant un baiser furtif.

— Doucement tous les deux ! Ou on va devoir vous laisser seuls.

— Non, mon colonel, je sais encore me tenir.

— Juste une question encore.

— Oui, Roby ?

— Nous avons gagné une bataille sur ce secteur, mais nous en avons d'autres encore à mener, non ?

— Exact. Mais maintenant, nous avons les tenues ennemies pour nous infiltrer, répliqua Felko.

— D'accord ! On va se déguiser, quoi !

— Oui. Et n'oubliez pas que les Nefrids ont fait la même chose sur le secteur ouest. Ils sont sur le chemin du retour avec une belle récolte !

— Je crois qu'on nous cherche, remarqua monsieur Vernet, ne faisons pas attendre le général.

— Oui, il vient probablement d'en être informé, lui aussi.

Chapitre 29

Les Sages se travestirent en officiers et soldats Chlols. Ils se scindèrent en plusieurs groupes le long de la frontière vers l'Est et vers l'Ouest.

Ils s'infiltrèrent dans les lignes ennemies. Ils arrivaient aux moments où les Chlols et les Monzains s'apprêtaient à lancer des assauts. Ils pratiquaient de la même façon que la première fois.

Ils stoppaient les soldats avant qu'ils n'aient eu le temps de comprendre que ce n'était pas leurs chefs, mais des ennemis travestis en Chlols. Les Sages les soumettaient, les obligeant à les accompagner, jusqu'à l'endroit choisi par eux.

L'armée Tallem les récupérait alors, les dirigeant vers les camps de prisonniers.

Quelques soldats Chlols furent libérés. Les Sages avaient découvert en eux la répulsion qu'ils éprouvaient à tuer des innocents. La plupart étaient mariés ou épris d'une Nivosis, ils savaient que leur progéniture risquait elle-même de devenir Sage. C'est pourquoi ils ne partageaient pas les idées de leurs gouvernants. Sans en avoir l'air, les Tallems les laissaient s'évader des camps de prisonniers.

Ces fugitifs firent savoir à travers le pays ce qui arrivait aux militaires Chlols :

— Les Sages agressent les esprits des chefs. Ils hurlent de douleur, se roulent par terre, devant les regards terrorisés des soldats.

— Vous voulez dire qu'ils leur grillent le cerveau ?

— Oui, ils deviennent de vraies loques humaines, c'est horrible ! Ils obéissent à tous leurs ordres !

De leur côté, les Sages Simas contraignaient progressivement les troupes Monzaines qui gardaient la frontière nord-ouest.

Le président Chlols finit par demander l'armistice. Il ne pouvait plus faire confiance à ses soldats qui désertaient à qui mieux mieux, ni à ses commandants qu'il soupçonnait être devenus plus ou moins débiles, à la suite de l'intrusion des Sages, dans leurs cerveaux.

Leur armée se retira, les Chlols contactèrent leurs alliés Monzains pour qu'ils ratifient aussi le traité.

La paix fut signée à Merpreri. Les Tallems avaient récupéré tout leur territoire. Ils souhaitaient continuer d'avoir accès à la mer des Nefrids, mais le risque était grand de voir bientôt une nouvelle guerre pour ce passage. Après avoir réfléchi au problème, ils proposèrent que la route qui y menait devienne une zone internationale, d'une largeur d'un kilomètre de chaque côté de celle-ci, octroyant ainsi à tous les pays un corridor pour les échanges commerciaux.

— Pourquoi n'avez-vous pas gardé cette parcelle ? demanda Yann.

— Parce qu'avoir les Monzains à l'est et les Chlols à l'ouest, c'était être certains que tôt ou tard, ils recommenceraient à vouloir nous piquer ce bout de terre. On ne peut pas risquer une guerre pour ça.

— Mais ils peuvent le faire pour la route, non ?

— Et avoir la planète entière contre eux ? Ça m'étonnerait qu'ils s'y risquent, enfin pour le moment. D'ici à ce qu'ils en aient envie, ils seront peut-être devenus plus tolérants...

— Je ne saisis pas la différence ?

— Cette zone est considérée comme appartenant à tous les peuples d'Éryl. Tous !

Ils conservèrent cependant une enclave dans le nord, sachant que dans des temps reculés, selon un ancien tracé, la limite des territoires était là. Dans leur désir de stopper toute animosité future, ils proposèrent cette nouvelle frontière aux Monzains et aux Chlols, qui acceptèrent.

Les pionniers de plusieurs pays étaient partagés, en voyant que le pays Nivosis avait disparu au profit de l'aristocratie Chlols, quelques-uns eurent envie d'aller s'y installer.

Les Sages firent passer un texte, incitant les pionniers insatisfaits de leurs conditions de vie dans le pays où ils vivaient, à se faire connaître et à demander leur changement de nationalité pour le Chlolsland, ou le Monzane-land.

Il n'y eut que fort peu d'entre eux qui prirent cette décision. Les Tallems ne leur reprochèrent rien. Ils les conduisirent jusqu'à la frontière, avec leur famille et leur signifièrent leur exclusion définitive de leur pays d'accueil.

Dans les mois qui suivirent, il fut décidé que les noms des Sages seraient tenus secrets, même pour leurs proches, la dernière guerre avec les pionniers les incitant à prendre des précautions.

*

* *

Daluce comme Raitter avait eu l'intelligence de rester en dehors du conflit. Selon leur habitude, ils avaient dirigé les opérations sans prendre le moindre risque. Restés à l'arrière, ils s'étaient contentés d'influencer les dirigeants.

Avant que la guerre n'éclate, Daluce avait fomenté de nombreux assassinats, des raids contre les soi-disant télépathes Nivosis, ainsi que contre les quelques pionniers qui lui barraient la route.

Quand il comprit que le chef du gouvernement Chlols allait envahir la Tallemnie, il mesura rapidement le danger. Tout en soutenant discrètement cette action, il resta en retrait.

Comme lui, Raitter s'arrangea à prendre des responsabilités qui n'avaient rien à voir avec la guerre. En sous-main cependant, ils aiguillaient tous deux les décisions.

Lorsque les Chlols eurent accepté le traité de paix, ils constatèrent qu'ils avaient eu raison de préserver leur image. Ils acceptèrent un poste important dans leur gouvernement, mais se refusèrent toujours à prendre la place du chef.

Ils avaient les mains plus libres pour « magouiller » à volonté. Ils laissaient délibérément à leurs amis la place de soi-disant responsables. À chaque élection, ils en sortaient indemnes, pendant que d'autres se faisaient démolir, pour leurs erreurs de choix.

Il leur suffisait d'une pirouette, pour lâcher leurs anciens amis, ils « aboyaient avec les loups », trompant le peuple et poursuivant leur but : se faire une fortune conséquente.

Leur position favorisée leur octroyait des privilèges. Les manœuvres, malversations, corruptions, escroqueries en tous genres étaient masquées par leur statut d'intouchable.

Dans le pays Chlols, les pionniers étaient satisfaits, ils décrétèrent l'institution d'un système semblable à celui de la Terre. Ils recréèrent le système financier qui avait conduit leur planète à sa perte.

Les Nivosis les plus riches avaient été exécutés. Les autres furent repoussés dans des réserves, où les ressources, tant agricoles que minières, étaient insuffisantes pour leur permettre de mener une existence correcte.

Ils étaient à la merci de ceux qu'ils avaient si complaisamment acceptés.

Dans les années qui suivirent, les Nivosis cherchèrent le plus souvent à s'enfuir pour rejoindre soit les Nefrids, soit les Tallems.

Leurs tentatives d'évasion se soldaient le plus souvent par un échec, suivi de l'exécution de ceux qui avaient osé ne pas obéir. Il fallait en effet traverser une partie du territoire Chlols pour atteindre la Tallemnie, la mer, ou la zone internationale.

Malgré les risques encourus, ils furent nombreux à braver les dangers pour échapper à leurs envahisseurs.

Quelques-uns réussirent cependant. Dans le siècle qui suivit, ils continuèrent à tout braver pour s'évader, en particulier ceux qui détectaient chez leurs enfants des capacités de prémonition ou de télépathie.

Les Tallems et les Nefrids proposèrent aux Chlols d'accueillir les Nivosis qui voudraient venir s'installer dans leur pays. Mais ils se heurtèrent à une opposition claire et définitive de leur nouveau voisin.

Comme les Nivosis eux-mêmes, refusaient toujours d'enfreindre leur éthique et rejetaient l'aide proposée, persuadés que c'était une épreuve divine qui leur était imposée, leurs alliés se résolurent à contrecœur, à ne rien faire pour leur porter assistance.

Le Nivosis n'existait plus, l'état Chlols venait de naître.

Chez les Monzains, les pionniers avaient eux aussi pris le pouvoir. Moins sectaires que les Chlols, ils avaient toléré que les Autochtones continuent de vivre parmi eux. Les années passant, la majorité de ceux-ci, furent enfermés et privés de leurs biens.

Il suffisait de vouloir la propriété d'un indigène, pour le dénoncer comme télépathe utilisant ses pouvoirs et le tour était joué.

Progressivement, ils les relâchèrent, mais sans leur restituer leurs anciens avoirs. La plupart des Autochtones faisaient partie des pauvres, voire des très pauvres.

Comme les Chlols, ils refusèrent de les laisser quitter le pays, prétextant qu'ils étaient chez eux et qu'il était hors de question de les obliger à s'expatrier, sauf s'ils le désiraient vraiment. Dans ce cas, ils pourraient choisir leur pays d'adoption.

Les Tallems et les Nefrids furent rassurés, ils espérèrent voir bientôt des Monzains franchir la frontière, mais il n'en fut rien.

Quelques-uns firent la demande de s'expatrier vers l'un ou l'autre des États. Les pionniers les enfermèrent pendant plusieurs années. Ils ne les relâchèrent qu'après leur avoir trouvé un lieu de résidence, ou plus exactement une réserve. Si bien qu'il leur fut impossible de rejoindre les pays alliés.

Régulièrement, ces deux pays firent des demandes pour émouvoir leurs voisins et les inciter à accepter le départ de ceux qui le désiraient, malheureusement, toujours sans succès.

Démobilisés, les soldats Tallems revinrent dans leur famille. John Taylor reprit son travail dans le garage avec son frère. Ses enfants épousèrent des Tallems, renforçant ainsi leur lien avec la planète d'accueil.

Roby eut trois fils qui devinrent tous des Sages. Geoff devint le papa d'un garçon et une fille avec les mêmes pouvoirs que leurs cousins.

Yann et Léna eurent quatre enfants, deux garçons et deux filles et de nombreux petits-enfants, tous devinrent Sages ! Ils continuèrent de traduire des textes, afin que les enfants des pionniers et des Tallems connaissent non seulement l'histoire d'Éryl, ses légendes, sa mythologie mais également celles de la Terre.

Felko repartit pour une mission de neuf mois dans l'espace. À son retour, il eut la surprise de faire la connaissance d'un petit Andy, âgé de deux mois. Après cette troisième naissance, il renonça à poursuivre ses voyages interplanétaires. Il préféra un poste dans l'aéronautique, mais à terre.

Une amitié solide était née entre eux et ils continuèrent de se fréquenter, racontant souvent leurs histoires d'anciens combattants à leurs enfants, puis petits-enfants.

Ils espéraient tous que plus jamais aucune guerre n'aurait lieu sur Éryl. C'était sans compter avec les Chlols et les Monzains qui réitéraient les mêmes erreurs que celles qui avaient amené la Terre à sa perte.

C'est ainsi que les descendants des Tallems seraient eux aussi entraînés dans un conflit qu'ils ne souhaitaient pas.

www.ingramcontent.com/pod-product-compliance
Lightning Source LLC
LaVergne TN
LVHW091703190726
843493LV00001B/121